IMAGÍNA ME

EL MUNDO NO ME OLVIDARÁ

IMAGÍNAME

TAHEREH MAFI

Traducción de Xavier Beltrán

Argentina – Chile – Colombia – España
Estados Unidos – México – Perú – Uruguay

Título original: *Imagine Me*
Editor original: HarperCollins Children's Books,
a division of HarperCollins*Publishers*
Traducción: Xavier Beltrán

1.ª edición: octubre 2024

Reservados todos los derechos. Queda rigurosamente prohibida, sin la autorización escrita de los titulares del *copyright*, bajo las sanciones establecidas en las leyes, la reproducción parcial o total de esta obra por cualquier medio o procedimiento, incluidos la reprografía y el tratamiento informático, así como la distribución de ejemplares mediante alquiler o préstamo públicos.

Copyright © 2020 *by* Tahereh Mafi
All Rights Reserved
© de la traducción 2024 *by* Xavier Beltrán
© 2024 *by* Urano World Spain, S.A.U.
Plaza de los Reyes Magos 8, piso 1.º C y D – 28007 Madrid
www.mundopuck.com

ISBN: 978-84-10239-02-9
E-ISBN: 978-84-10365-20-9
Depósito legal: M-18.189-2024

Fotocomposición: Urano World Spain, S.A.U.
Impreso por: Rodesa, S.A. – Polígono Industrial San Miguel
Parcelas E7-E8 – 31132 Villatuerta (Navarra)

Impreso en España – *Printed in Spain*

Para Tara Weikum, por todos estos años.

~~ELLA~~ JULIETTE

Es noche cerrada y oigo pájaros.

Los oigo, los veo, cierro los ojos y los siento, plumas que se estremecen en el aire, que se doblan por el viento, alas que me acarician los hombros cuando alzan el vuelo, cuando se posan. Unos chillidos discordantes suenan y retumban, suenan y retumban...

¿Cuántos?

Cientos.

Pájaros blancos, blancos con manchas doradas, como coronas sobre la cabeza. Vuelan. Surcan el cielo con alas fuertes, firmes, dueños de sus destinos. Antes me daban esperanza.

Ya no.

Giro la cara hacia la almohada y hundo los dedos en la carne de algodón mientras las memorias me invaden la mente.

«¿Te gustan?» pregunta ella.

Estamos en una habitación grande y espaciosa que huele a suciedad. Hay árboles por todas partes, tan altos que por poco no tocan las tuberías y las vigas del techo abierto. Decenas de pájaros trinan mientras baten las alas. Sus graznidos son sonoros. Me asustan un poco. Intento no encogerme cuando uno de los grandes pájaros blancos se abalanza en picado y me pasa por el lado. Lleva un brazalete brillante de un color verde neón alrededor de una pata. Todos lo llevan.

Esto no tiene ningún sentido.

Me recuerdo a mí misma que estamos dentro de un edificio —las paredes blancas y el suelo de hormigón bajo mis pies— y levanto la vista hacia mi madre, confundida.

Nunca he visto sonreír tanto a mamá. Normalmente sonríe si papá está cerca o cuando papá y ella se apartan a una esquina y se susurran algo, pero ahora mismo solo estamos mamá, un puñado de pájaros y yo, y está tan feliz que decido ignorar la sensación extraña que tengo en el estómago. Las cosas van mejor cuando mamá está de buen humor.

«Sí», miento. «Me gustan mucho».

Sus ojos se iluminan. «Lo sabía. A Emmaline no le hicieron demasiada gracia, pero tú… tú siempre has mostrado demasiado afecto por las cosas, ¿verdad que sí, tesoro? No te pareces en nada a tu hermana». En cierto modo, las palabras son mezquinas. No parece que lo sean, pero suenan como tal.

Frunzo el ceño.

Todavía estoy intentando desentrañar lo que está ocurriendo cuando dice…

«Cuando tenía más o menos tu edad, tuve uno como mascota. Por aquel entonces, eran tan comunes que no nos podíamos deshacer de ellos». Se ríe, y la observo mientras ella dirige la mirada hacia uno de los pájaros que está volando. «Uno vivía en un árbol cerca de mi casa, y decía mi nombre cada vez que pasaba cerca. ¿Te lo puedes imaginar?». Su sonrisa se desvanece cuando formula la pregunta.

Al fin, se gira para mirarme.

«Ahora prácticamente se han extinguido. Entiendes por qué no podía permitir que ocurriera».

«Claro», le digo, pero estoy mintiendo de nuevo. Hay poco que entienda sobre mamá.

Ella asiente.

«Estas son unas criaturas muy especiales. Inteligentes. Pueden hablar, bailar. Y cada uno de ellos lleva una corona». Vuelve a desviar los ojos para observar a los pájaros con la misma mirada que les dedica a todas las cosas que hace por el trabajo: con alegría. «La cacatúa galerita se empareja de por vida», me explica. «Igual que tu padre y yo».

La cacatúa galerita.

Me estremezco, de repente, al notar la sensación inesperada de una mano cálida sobre mi espalda y unos dedos que me resiguen con suavidad la columna.

—Cariño —dice él—, ¿estás bien?

Cuando no respondo, se remueve, haciendo crujir las sábanas, y tira de mí hacia sus huecos, su cuerpo curvándose alrededor del mío. Es cálido y fuerte, y su mano se desliza por mi torso e inclino la cabeza hacia él, encontrando paz en su presencia, en la seguridad de sus brazos. Sus labios tocan mi piel, un roce sobre mi cuello tan sutil que suelta chispas, calientes y frías, que me recorren todo el cuerpo.

—¿Está pasando otra vez? —susurra.

Mi madre nació en Australia.

Lo sé porque me lo dijo un día, y porque ahora, a pesar de mi desesperación por eludir muchos de los recuerdos que me han sido devueltos, no consigo olvidar. Un día me dijo que la cacatúa galerita era nativa de Australia. Se introdujo en Nueva Zelanda en el siglo diecinueve, pero Evie, mi madre, no la descubrió allí. Se quedó prendada de esos pájaros en casa, cuando era niña, cuando uno de ellos, según dice, le salvó la vida.

Esos eran los pájaros que en su día me atormentaban en sueños.

Esos pájaros, enjaulados y criados por una mujer loca. Me siento avergonzada al darme cuenta de que me había aferrado a un sinsentido, a las impresiones borrosas y desfiguradas de antiguos recuerdos que había descartado sin más. Había tenido esperanzas de conseguir más cosas. Había soñado con más cosas. La decepción se ancla en mi garganta, una piedra fría que soy incapaz de tragar.

Y entonces

de nuevo

lo siento

Me pongo rígida por las náuseas que preceden una visión, el puñetazo repentino en el estómago que significa que hay más, hay más, siempre hay más.

Aaron me estrecha más, me sujeta con más firmeza contra su pecho.

—Respira —susurra—. Estoy aquí, cariño. Estaré siempre aquí.

Me aferro a él, cerrando los ojos con fuerza mientras me da vueltas la cabeza. Estos recuerdos fueron un regalo de mi hermana, de Emmaline. La hermana cuya existencia descubrí hace nada, recuperé hace nada.

Y solo porque hizo lo imposible por encontrarme.

A pesar del incesante empeño de mis padres por eliminar de nuestras mentes las persistentes pruebas de sus atrocidades, Emmaline prevaleció. Usó sus poderes psicoquinéticos para devolverme lo que nos robaron de nuestros recuerdos. Me dio este regalo, el don de recordar, para ayudarme a salvarme a mí misma. Para salvarla a ella. Para pararles los pies a nuestros padres.

Para arreglar el mundo.

Pero ahora, tras una huida por los pelos, este don se ha convertido en una maldición. Cada hora mi mente vuelve a nacer. Alterada. Los recuerdos no dejan de venir.

Y mi madre muerta se niega a guardar silencio.

«Pajarillo», susurra, recolocándome un mechón de pelo detrás de la oreja. «Ha llegado la hora de que alces el vuelo».

«Pero no quiero ir», le digo, mientras el miedo hace que me tiemble la voz. «Quiero quedarme aquí, contigo y con papá y con Emmaline. Todavía no entiendo por qué me tengo que ir».

«No hace falta que lo entiendas», me dice con voz amable.

Me quedo incómodamente quieta.

Mamá no grita. Nunca ha gritado. En toda mi vida, jamás me ha levantado la mano, nunca me ha chillado ni me ha insultado. No como el padre de Aaron. Pero mamá no necesita gritar. A veces simplemente dice cosas, cosas como que no hace falta que lo entienda, en las que subyace una advertencia, una rotundidad en sus palabras que siempre me ha asustado.

Noto que se me acumulan las lágrimas y me arden los ojos y...

«Nada de llorar», me dice. «Eres ya demasiado mayor para llorar».

Inhalo por la nariz, con fuerza, conteniendo las lágrimas. Pero las manos no me dejan de temblar.

Mamá levanta la vista y asiente hacia alguien detrás de mí. Me giro justo a tiempo para ver a Paris, el señor Anderson, esperando con mi maleta. En sus ojos no hay ningún tipo de amabilidad. Ningún tipo de bondad. Me gira la cara y mira a mamá. No saluda.

Dice: «¿Max se ha instalado ya?».

«Ah, hace días que está preparado». Mamá le echa un vistazo a su reloj, distraída. «Ya sabes cómo es», dice, esbozando una media sonrisa. «Siempre busca la perfección».

«Solo cuando se trata de tus deseos», repone el señor Anderson. «Nunca he visto a un hombre adulto tan enamorado de su esposa».

La sonrisa de mamá se ensancha. Parece estar a punto de decir algo, pero la interrumpo.

«¿Estáis hablando de papá?», pregunto, con el corazón desbocado. «¿Papá estará allí?».

Mi madre se gira hacia mí, sorprendida, como si se hubiera olvidado de mi presencia. Vuelve la atención hacia el señor Anderson.

«¿Cómo le está yendo a Leila, a todo esto?».

«Bien», responde él, aunque suena enojado.

«¿Mamá?». *Las lágrimas amenazan de nuevo.* «¿Me voy a quedar con papá?».

Pero mamá no parece oírme. Está hablando con el señor Anderson cuando dice: «Max te dará los detalles de todo cuando lleguéis y podrá responderte a la mayoría de las preguntas. Si hay algo que no pueda contestar, lo más probable es que se trate de una información para la que no tengas autorización».

De repente, el señor Anderson parece irritado, pero no dice nada. Mamá no dice nada.

No puedo soportarlo.

Las lágrimas se me derraman por la cara ahora, mi cuerpo tiembla con tanto ímpetu que hace que se me entrecorte la respiración. «¿Mamá?», *susurro*. «Mamá, por favor, co-contéstame…».

Mamá me posa una mano fría y firme alrededor del hombro y me quedo completamente quieta. Callada. No me mira. No se digna a mirarme. «También te encargarás de esto, ¿verdad, Paris?».

En este momento, el señor Anderson me mira a los ojos. Son muy azules. Muy fríos. «Por supuesto».

Un destello de calor me atraviesa. Una ira tan repentina que durante un breve instante reemplaza el terror.

Lo odio.

Lo odio tanto que hace que algo brote en mi interior cuando lo miro… y el aluvión abrupto de emoción hace que me sienta valiente.

Me giro hacia mamá. Lo vuelvo a intentar.

«¿Por qué Emmaline sí puede quedarse?», pregunto, enjugándome las mejillas húmedas con furia. «Si tengo que irme, ¿no podemos al menos irnos jun...?».

Me quedo a media palabra cuando la veo.

Mi hermana, Emmaline, se está asomando por detrás de la puerta entornada. No debería estar aquí. Mamá se lo dijo.

Se supone que Emmaline debería estar en sus clases de natación.

Pero está aquí, con su cabello mojado goteando sobre el suelo, y me está mirando fijamente con los ojos abiertos como platos. Está intentando decir algo, pero sus labios se mueven demasiado rápido como para que pueda comprenderla. Y entonces, de la nada, una descarga eléctrica me sube por la espalda y oigo su voz, aguda y extraña...

Mentirosos.
MENTIROSOS.
MÁTALOS A TODOS

Abro los ojos de golpe y jadeo, con el pecho acelerado y el corazón martilleándome. Warner me sujeta mientras musita sonidos calmantes y me pasa una mano reconfortante arriba y abajo del brazo.

Las lágrimas se derraman por mi cara y me las seco, con las manos temblorosas.

—Odio esto —susurro, aterrorizada por cómo me tiembla la voz—. Lo odio mucho. Odio que me siga ocurriendo. Odio lo que me hace. ¡Lo odio!

~~Warner~~ Aaron me apoya la mejilla en el hombro y suelta un suspiro; su respiración me acaricia la piel.

—Yo también lo odio —dice en voz baja.

Me giro con cuidado entre sus brazos y recuesto la frente en su pecho desnudo.

Han pasado menos de dos días desde que escapamos de Oceanía. Dos días desde que maté a mi propia madre. Dos días desde que me encontré con los residuos que quedan de mi hermana, Emmaline. Solo dos días desde que mi vida entera se puso patas arriba otra vez, algo que me parecía imposible.

Solo dos días, y las cosas ya están ardiendo a nuestro alrededor.

Esta es nuestra segunda noche aquí, en el Santuario, el centro neurálgico del grupo rebelde dirigido por Nouria —la hija de Castle— y su esposa Sam. Se supone que aquí estamos a salvo. Se supone que aquí podemos respirar tranquilos y reagruparnos después del infierno que hemos vivido durante las últimas semanas, pero mi cuerpo se niega a relajarse. Mi mente está sobrepasada, atacada. Creía que la avalancha de los nuevos recuerdos al final se iría calmando, pero las pasadas veinticuatro horas he sufrido un asalto inusualmente brutal, y por lo visto soy la única que lo pasa mal.

Emmaline nos ha devuelto a todos, a todos los hijos de los comandantes supremos, los recuerdos que nuestros padres nos habían robado. Una a una se han ido desvelando las verdades que nuestros padres habían enterrado, y uno a uno hemos ido volviendo a nuestra vida normal.

Todos menos yo.

Los demás hace mucho que han seguido adelante, han puesto en orden sus líneas temporales, le han encontrado el sentido a la traición. Mi mente, por otro lado, continúa flaqueando. Girando. Pero, claro, ninguno de los demás perdió tanto como yo; no tienen tantas cosas que recordar. Ni siquiera Warner —*Aaron*— está experimentando una reestructuración de su vida con tantas dificultades.

Me empieza a asustar.

Es como si mi historia se estuviera reescribiendo, párrafos infinitos tachados y corregidos apresuradamente. Imágenes viejas y nuevas —recuerdos— hacen capas unos encima de los otros hasta que corre la tinta, rompiendo las escenas y convirtiéndolas en algo nuevo, algo incomprensible. A veces siento que mis pensamientos son como perturbadoras alucinaciones, y la arremetida es tan invasiva que temo que me esté haciendo un daño irreparable.

Porque algo está cambiando.

Cada nuevo recuerdo viene acompañado de una violencia emocional que se estampa contra mí, que me reordena la mente. Había sentido este dolor en pequeñas oleadas —el mareo, las náuseas, la desorientación—, pero no he querido prestarle demasiada atención. No he querido mirarlo de cerca. La verdad es que no quería creer en mis propios miedos. Pero la verdad es que soy un neumático pinchado. Cada inyección de aire me deja tanto llena como deshinchada.

Estoy olvidando.

—¿Ella?

El terror sube por mi interior como la espuma y me sangra por los ojos abiertos. Tardo unos instantes en recordar que soy ~~Juliette~~ Ella. Cada vez, tardo un poco más.

La histeria amenaza con...

Me obligo a contenerla.

—Sí —respondo obligando a mis pulmones a llenarse de aire—. Sí.

~~Warner~~ Aaron se tensa.

—Cariño, ¿qué pasa?

—Nada —miento. El corazón me late rápido, demasiado rápido. No sé por qué estoy mintiendo. Es un esfuerzo inútil, ya que él puede percibir todo lo que estoy sintiendo. Debería decírselo. ~~No sé por qué no se lo digo~~. Sé por qué no se lo digo.

Estoy esperando.

Estoy esperando a ver si se me pasa, si los fallos en mi memoria son solo problemas técnicos que esperan que los reparen. Decirlo en voz alta hace que sea demasiado real, y es demasiado pronto como para expresar estos pensamientos en voz alta, para ceder al miedo. Después de todo, solo ha pasado un día desde que empezó. Ayer me pasó por la mente que algo no andaba nada bien.

Se me pasó por la cabeza porque cometí un error.

Varios errores.

Estábamos sentados fuera, mirando las estrellas. No recordaba haber visto nunca el firmamento así, nítido y claro. Era tarde, tan tarde que no era de noche sino que empezaba a clarear el alba, y la vista era vertiginosa. Me estaba helando. Un viento agitado meció las copas de una arboleda cercana, llenando el aire con un leve susurro. Me había atiborrado a pastel. Warner olía a azúcar, a hedonismo. Yo me sentía embriagada de alegría.

«No quiero esperar», dijo él tomándome la mano. Apretándola. «No esperemos más».

Lo miré pestañeando. «¿El qué?».

¿El qué?

¿El qué?

¿Cómo pude olvidar lo que había ocurrido apenas unas horas antes? ¿Cómo me pude olvidar del momento en el que me pidió que me casara con él?

Era un problema técnico. Al menos lo sentía como tal. Donde una vez hubo un recuerdo de pronto había un vacío, una cavidad hueca solo hasta que pudiera reajustarla con un movimiento seco.

Me recuperé, recordé. Warner se rio.

Yo no.

Olvidé el nombre de la hija de Castle. Olvidé cómo habíamos aterrizado en el Santuario. Olvidé, durante dos minutos, cómo me había escapado de Oceanía. Pero esos errores eran temporales, me parecían retrasos naturales. Solo experimentaba confusión mientras mi mente se cargaba y vacilación hasta que mis recuerdos resurgían, anegados y difusos. Creía que quizá se tratara de cansancio, que estaba abrumada. No le di mayor importancia, no hasta que estuve sentada bajo las estrellas y fui incapaz de haber recordado pasar el resto de mi vida con alguien.

Humillación.

Una humillación tan grande que creía que iba a morir por el embate de su fuerza. Incluso ahora un rubor se extiende por mi cara, y me alivia que Warner no pueda verme en la oscuridad.

Aaron, no Warner.

Aaron.

—No sé si estás asustada o avergonzada —dice, y exhala levemente. Parece una risa—. ¿Estás preocupada por Kenji? ¿Por los demás?

Me aferro a esta media verdad con todas mis fuerzas.

—Exacto —respondo—. Estoy preocupada por Kenji. Y por James. Y por Adam.

Kenji lleva guardando cama desde primera hora. Entrecierro los ojos con la vista perdida en un rayo de luz de luna que entreveo por la ventana y recuerdo que hace rato que ha pasado la medianoche, y eso significa que técnicamente Kenji enfermó ayer por la mañana.

De todos modos, ha sido algo horrible para todos.

Las drogas que Nazeera le administró a Kenji en el vuelo internacional desde el sector 45 hasta Oceanía fueron una dosis demasiado grande, y ha estado tambaleándose desde entonces. Al final se desplomó —las gemelas, Sonya y Sara, han estado comprobando su estado y dicen que se pondrá bien—, pero no antes de que supiéramos que Anderson ha estado reuniendo a los hijos de los comandantes supremos.

Adam, James, Lena, Valentina y Nicolás están bajo su custodia.

James está bajo su custodia.

Han sido un par de días terribles y devastadores. Han sido un par de semanas terribles y devastadoras.

En realidad, meses.

Años.

Algunos días, por más que intente volver la mente atrás, no consigo encontrar buenos momentos. Algunos días, la felicidad esporádica que he experimentado me ha parecido un sueño extraño. Un error. Surrealista y desenfocado, con los colores demasiado brillantes y los sonidos demasiado altos.

Productos de mi imaginación.

Hace solo unos días que al fin alcancé la claridad. Solo unos días que parecía que había dejado lo peor atrás, que el mundo parecía estar lleno de potencial, que mi cuerpo era más fuerte que nunca, mi mente cabal y afilada, más capaz de lo que creí jamás.

Pero ahora

Pero ahora

Pero ahora siento que estoy colgando por los bordes difusos de la cordura, esa amiga que desaparece en los momentos difíciles y siempre me rompe el corazón.

Aaron me estrecha más fuerte y me fundo en su cuerpo, agradecida por su calor, por la firmeza de sus brazos a mi alrededor. Tomo una bocanada de aire temblorosa y exhalo contra su cuerpo. Inhalo el aroma profundo de su piel, la sutil fragancia a gardenias que curiosamente desprende siempre. Los segundos pasan envueltos en un completo silencio mientras escuchamos nuestras respiraciones.

Poco a poco, mis latidos se van calmando.

Las lágrimas se secan. Los miedos toman un descanso. El terror se distrae con el vuelo de una mariposa y la tristeza se echa una siesta.

Durante un instante, somos solo él y yo y nosotros, y todo está inmaculado, libre de oscuridad.

Sabía que quería a ~~Warner~~ Aaron antes de todo esto —antes de que nos capturara el Restablecimiento, antes de que nos despedazaran, antes de que conociéramos una historia compartida—, pero ese amor era nuevo, recién brotado, con profundidades sin explorar, sin examinar. Durante esa breve ventana deslumbrante en la que sentía llenos los agujeros de mis recuerdos, las cosas cambiaron entre nosotros. Todo cambió entre nosotros. Incluso ahora, con todo este ruido en la cabeza, lo siento.

Aquí.

Esto.

Mis huesos contra los suyos. Esto es mi casa.

Noto que se tensa de repente y me aparto, preocupada. En esta perfecta oscuridad, no logro distinguir bien su figura, pero noto cómo se le eriza la piel de los brazos cuando me dice:

—¿En qué piensas?

Pongo los ojos como platos, y la realidad destrona a la preocupación.

—Estaba pensando en ti.

—¿En mí?

Vuelvo a acortar la distancia que nos separa. Asiento con la cara pegada a su pecho.

No dice nada, pero en el silencio puedo oír el martilleo de su corazón desbocado y al final lo oigo exhalar. Se trata de un sonido profundo e irregular, como si hubiese estado aguantando la respiración durante demasiado rato. Ojalá pudiera verle la cara. Por más tiempo que pasemos juntos, me sigo olvidando de que es capaz de sentir mis emociones, sobre todo en momentos como este, cuando nuestros cuerpos están arrimados.

Con delicadeza, le resigo la espalda con un dedo.

—Estaba pensando en lo mucho que te quiero —le digo.

Se queda quieto, pero solo durante un breve instante. Me toca el pelo y sus dedos me peinan los mechones lentamente.

—¿Lo has notado? —le pregunto.

Cuando no me ofrece ninguna respuesta, me vuelvo a apartar. Pestañeo en la oscuridad hasta que consigo discernir el brillo de sus ojos y la sombra de su boca.

—¿Aaron?

—Sí —responde, pero es como si le faltara el aliento.

—¿Sí lo has notado?

—Sí —repite.

—¿Qué es lo que sientes?

Suspira. Se tumba de espaldas. Está tanto rato en silencio que no estoy segura de que me vaya a contestar. Al final, me dice en voz baja:

—Me cuesta describirlo. Es un placer tan cercano al dolor que a veces no logro diferenciarlos.

—Qué horror.

—No —repone—. Es una maravilla.

—Te quiero.

Inhala abruptamente. Incluso envueltos en la oscuridad puedo ver la fuerza de su mandíbula, la tensión que la embarga, mientras se queda mirando el techo.

Me incorporo, sorprendida.

La reacción de Aaron es tan natural que no sé cómo no me había dado cuenta antes. Pero, claro, puede que se trate de algo nuevo. Quizá sea verdad que algo ha cambiado entre nosotros. Quizá antes no lo quería tanto como ahora. Supongo que tiene sentido. Porque cuando me detengo a pensarlo, cuando examino lo mucho que lo quiero ahora, después de todo por lo que...

Otro jadeo repentino. Y entonces se ríe con nerviosismo.

—Vaya —me sorprendo.

Se tapa los ojos con la mano.

—Esto es un poco humillante.

Estoy sonriendo, casi a punto de reír.

—Ey, no pasa...

Mi cuerpo se agarrota.

Un estremecimiento violento me recorre la piel y me yergue la espalda. Unos alfileres invisibles me dejan los huesos clavados en el sitio y la boca abierta, intentando respirar.

El calor me llena la visión.

No oigo nada más aparte de una electricidad estática, unos rápidos bulliciosos, agua blanca, un viento feroz. No siento nada. No pienso nada. No soy nada.

Durante un momento infinitesimal soy...

Libre.

Bato los párpados y los abro cierro abro cierro abro cierro soy un ala, dos alas, una puerta batiente, cinco pájaros

El fuego me sube por el interior, estalla.

¿Ella?

La voz aparece en mi mente con una fuerza repentina, contundente, como si me aguijonearan el cerebro con unos dardos. Me doy cuenta débilmente de que estoy sumida en dolor —me duele la mandíbula, mi cuerpo sigue suspendido en una posición antinatural—, pero lo ignoro. La voz vuelve a insistir:

¿Juliette?

Al caer en la cuenta, es como si me hubieran hecho un tajo en las rodillas. Las imágenes de mi hermana inundan mi mente: huesos y piel derretida, dedos palmeados, boca empapada, sin ojos. Su cuerpo suspendido bajo el agua con un largo cabello castaño que es como un enjambre de anguilas. Su voz extraña e incorpórea me atraviesa. Así que digo sin hablar:

¿Emmaline?

La emoción me recorre como unos dedos que se hincan en mi carne y una sensación que me araña toda la piel. Su alivio es palpable. Puedo saborearlo. Está aliviada, aliviada de que la reconozca, aliviada por haberme encontrado, aliviada aliviada aliviada...

¿Qué ha pasado?, le pregunto.

Un aluvión de imágenes me inunda el cerebro hasta que se hunde, creo. Sus recuerdos me anegan los sentidos, me saturan los pulmones. Me ahogo cuando los sentimientos arremeten contra mí. Veo a Max, a mi padre, inconsolable después de la muerte de su esposa; veo al comandante supremo Ibrahim, histérico y furioso, exigiéndole a Anderson que reúna a los demás niños antes de que sea demasiado tarde; veo a Emmaline, a la que dejan sola un breve instante y aprovecha la oportunidad...

Suelto un grito ahogado.

Evie lo dispuso todo para que solo Max o ella pudieran controlar los poderes de Emmaline, y ahora que Evie ha muerto, los mecanismos de seguridad implementados se han debilitado de golpe. Emmaline predijo que tras la muerte de nuestra madre se abriría una pequeña brecha que podría aprovechar, una pequeña ventana durante la cual puede que fuera capaz de retomar el control de su propia mente antes de que Max rehiciera los algoritmos.

Pero el trabajo de Evie era demasiado bueno y la reacción de Max, demasiado veloz. Emmaline solo lo logró en parte.

Muriendo, me dice.

Muriendo.

Cada destello de sus emociones viene acompañado por un tortuoso asalto. Siento que me quema la piel. Mi columna parece hecha de líquido, mis ojos están ciegos, me arden. Percibo a Emmaline —su voz, sus sentimientos, sus visiones— con más fuerza que antes porque es más fuerte que antes. Que haya conseguido recuperar suficiente poder como para encontrarme ya es una prueba de que al menos en parte está desatada, libre. Durante los últimos meses, Max y Evie habían estado experimentado con Emmaline hasta niveles temerarios, intentando hacerla más fuerte, aunque su cuerpo se marchitara. Esta es la consecuencia.

Estar tan cerca de ella es insoportable.

Creo que he gritado.

¿He gritado?

Todo sobre Emmaline se intensifica hasta niveles enloquecedores; su presencia es salvaje, imponente, y hace que se me pongan los nervios de punta. Los sonidos y las percepciones pasan por delante de mis ojos y recorren mi cuerpo violentamente a toda velocidad. Oigo una araña que se escurre por el suelo de madera. Las polillas cansadas arrastran las alas por la pared. Un ratoncillo se sobresalta y se tranquiliza en sueños. Las motas de polvo se estrellan contra la ventana, la metralla patina por el cristal.

Mis ojos se remueven inestables en mi cráneo.

Noto el peso opresivo de mi pelo, de mis brazos y piernas, mi carne que me rodea como si fuera celofán, un ataúd de cuero. Mi lengua, mi lengua es un lagarto muerto posado en mi boca, áspera y pesada. El fino vello de mis brazos se eriza y se mece, se eriza y se mece. Tengo los puños cerrados con tanta fuerza que las uñas me desgarran la carne suave de la palma.

Noto una mano que se posa sobre mí. ¿Dónde? ¿Estoy?

Sola, me dice.

Me lo muestra.

Una visión de nosotras en el laboratorio donde la vi por primera vez, donde maté a nuestra madre. Me veo a mí misma desde la perspectiva de Emmaline, y es deslumbrante. No ve mucho más que un borrón, pero nota mi presencia, distingue el contorno de mi forma, el calor que emana de mi cuerpo. Y luego mis palabras, mis propias palabras, arrojadas de vuelta a mi cerebro...

debe de haber otra manera
no tienes que morir
podemos superar esto juntas
por favor
quiero a mi hermana de vuelta
quiero que vivas
Emmaline
no dejaré que mueras aquí
Emmaline Emmaline
podemos superar esto juntas
podemos superar esto juntas
podemos superar esto
juntas

Una sensación fría y metálica empieza a florecer en mi pecho. Se mueve por mi interior, me sube por los brazos, me baja por la garganta y me empuja el estómago. Las encías me palpitan. El dolor de Emmaline me acuchilla y me desgarra, se aferra con una ferocidad que no puedo soportar. Su sensibilidad también es desesperada, apabullante por lo sincera que resulta. Está sobrepasada por la emoción, caliente y fría, alimentada por la rabia y la devastación.

Todo este tiempo me ha estado buscando.

Durante los últimos dos días, Emmaline ha estado rastreando el mundo consciente en busca de mi mente, intentando encontrar un puerto seguro, un lugar donde descansar.

Un lugar donde morir.

Emmaline, digo. *Por favor...*

Hermana.

Algo se contrae en mi mente, me aprieta. El miedo se propulsa por mi interior y me perfora los órganos. Me falta el aire. Me llega un olor a tierra y a humedad, a hojas en descomposición, y siento que las estrellas observan mi piel con el viento empujando a través de la oscuridad como un padre ansioso. Tengo la boca abierta. Estoy tumbada en el suelo.

¿Dónde?

Me doy cuenta de que ya no estoy en mi cama, ya no estoy en mi tienda, me doy cuenta de que ya no estoy protegida.

Pero ¿cuándo he echado a andar?

¿Quién ha movido mis pies? ¿Quién ha empujado mi cuerpo?

¿Cuánto me he desplazado?

Intento mirar en derredor, pero estoy ciega, con la cabeza sujeta con tornillos, con el cuello reducido a tendones crispados. Mi respiración resuena en mis oídos, áspera y alta, áspera y alta, áspera áspera, me falta el aire, me da vueltas la cabeza

Aflojo las manos, las uñas arañan el suelo mientras los dedos se desenroscan y las palmas se allanan. Huelo el calor, saboreo el viento, oigo la tierra.

se balancea

La tierra que está bajo mis manos, en mi boca, bajo mis uñas. Me doy cuenta de que estoy gritando. Alguien me está tocando y estoy gritando.

¡Basta!, grito. *Por favor, Emmaline… Por favor, no lo hagas…*

Sola, insiste.

s o l a

Y con una agonía repentina y feroz…
Me desplazo.

KENJI

Me parece raro llamarlo suerte.

Me parece raro, pero en cierto modo perverso y retorcido lo es. Es una suerte estar en medio de un bosque húmedo y helado antes de que el sol se haya dignado a levantar la cabeza. Es una suerte que la parte superior de mi cuerpo esté medio entumecida por el frío.

Es una suerte que Nazeera esté conmigo.

Hemos activado nuestra invisibilidad casi al instante, así por lo menos ella y yo estamos temporalmente a salvo aquí, en la extensión de tierra virgen que se alarga casi un kilómetro entre el territorio regulado y la tierra inhóspita. El Santuario se erigió sobre un par de acres de tierra sin regular no muy lejos de donde estoy ahora, y está oculto con destreza a la vista directa solo gracias al poder antinatural de Nouria para doblegar y manipular la luz. En la jurisdicción de Nouria, el clima es en cierta manera más templado, el tiempo es más predecible. Pero aquí, en la tierra salvaje, los vientos son imparables y combativos. Las temperaturas, peligrosas.

Aun así, somos unos afortunados por poder estar aquí.

Nazeera y yo hacía un rato que habíamos salido de la cama, corriendo a toda velocidad en la oscuridad en un intento de matarnos el uno al otro. Al final todo acabó siendo un complicado malentendido, pero también algún tipo de destino: si Nazeera no hubiera entrado a hurtadillas en mi habitación a las tres de la mañana y casi me hubiera matado, no la habría perseguido por el bosque, más allá de las protecciones visuales y acústicas del Santuario. Si no hubiésemos estado tan lejos del Santuario, jamás habríamos oído los distantes gritos retumbantes de terror de los civiles. Si no hubiésemos oído esos gritos, jamás nos habríamos apresurado a buscar su origen. Y si no hubiésemos hecho nada de eso, jamás habría visto a mi mejor amiga gritar hasta ver despuntar el alba.

Me habría perdido esto. Esto:

J. de rodillas sobre la tierra, Warner agachado a su lado, los dos con el semblante ceniciento mientras las nubes literalmente se funden en el cielo sobre ellos. Los dos están justo delante de la entrada del Santuario, mirando hacia la extensión de bosque que sirve como muro separador de nuestro campo y el corazón del sector más cercano, el número 241.

¿Por qué?

Me he quedado congelado cuando los he visto ahí, dos figuras rotas entrelazadas, con los miembros plantados sobre el suelo. Me ha paralizado la confusión, luego el miedo, luego la incredulidad, todo mientras los árboles se zarandeaban y el viento me azotaba el cuerpo, recordándome de manera cruel que no había tenido la oportunidad de ponerme una camiseta.

Si mi noche hubiese sido distinta, quizá habría tenido la oportunidad.

Si mi noche hubiese sido distinta, quizá podría haber disfrutado, por primera vez en mi vida, de un amanecer romántico y reconciliación atrasada con una chica preciosa. Nazeera y yo nos habríamos reído por cómo me había pateado la espalda y casi me había matado, y cómo yo después casi le disparo por ello. Después de eso me habría dado una buena ducha, habría dormido hasta el mediodía y habría comido mi propio peso en platos del desayuno.

Tenía un plan para hoy: no esforzarme.

Quería un poco más de tiempo para curarme después de mi reciente experiencia cercana a la muerte, y creo que no era tanto pedir. Creía que quizá, después de todo lo que he vivido, el mundo finalmente me daría algo de tregua. Me dejaría respirar entre tragedias.

Pero no.

Aquí estoy, muriéndome de frío y de terror, observando cómo el mundo se cae en pedazos a mi alrededor. El cielo se está balanceando salvajemente entre horizontes horizontales y verticales. El aire se perfora en lugares aleatorios. Los árboles se hunden en la tierra. Las hojas revolotean a mi alrededor. Lo estoy viendo, lo estoy presenciando, y aun así soy incapaz de creérmelo.

Pero prefiero denominarlo suerte.

Suerte de poder ver esto, suerte de que sienta que tal vez vomite, suerte por haber corrido todo este trecho con un cuerpo que aún está enfermo y dolorido para llegar a tiempo de agenciarme un asiento en primera fila para contemplar el fin del mundo.

Suerte, destino, coincidencia, serendipia…

Voy a pensar que esta puta sensación que tengo en el estómago no es más que una nimiedad si eso me puede ayudar a mantener los ojos abiertos el tiempo suficiente como para ser testigo y desentrañar cómo puedo ayudar.

Porque aquí no hay nadie más.

Nadie aparte de Nazeera y de mí, algo que me parece una locura hasta límites insospechados. Se supone que el Santuario tiene guardias patrullando a todas horas, pero no veo a ningún centinela ni ninguna señal de que la ayuda esté en camino. Tampoco ningún soldado del sector cercano. Ni siquiera civiles curiosos o histéricos. Nada.

Es como si estuviéramos en un vacío, en un plano de existencia invisible. No sé cómo J. y Warner han conseguido llegar tan lejos sin que los localizaran. Ambos parece que los hayan arrastrado literalmente por la tierra; no tengo ni idea de cómo han pasado inadvertidos. Y aunque es posible que J. justo se haya puesto a gritar ahora, todavía tengo miles de preguntas sin respuesta.

Tendrán que esperar.

Dirijo la vista hacia Nazeera por costumbre, olvidándome por un instante que tanto ella como yo somos invisibles. Pero entonces noto que se acerca y suelto una exhalación de alivio cuando su mano se desliza con la mía. Me aprieta los dedos. Le devuelvo la presión.

Es una suerte, me recuerdo.

Es una suerte que estemos aquí ahora, porque si hubiese estado en la cama, donde debería haber estado, ni siquiera habría sabido que J. estaba en peligro. Me habría perdido el temblor en la voz de mi amiga mientras grita, suplicando clemencia. Me habría perdido los colores devastadores de un amanecer retorcido, un pavo real en medio del infierno. Me habría perdido la manera como J. se ha llevado la cabeza entre las manos y ha empezado a sollozar. Me habría perdido los aromas pungentes de pino y azufre que arrastra el viento, me habría perdido el dolor seco en mi garganta, el temblor recorriéndome el cuerpo. Me habría perdido el momento en el que J. menciona el nombre de su hermana. No habría oído cómo J. le pedía específicamente a su hermana que no hiciera algo.

Sí, definitivamente es una suerte.

Porque si no hubiese oído nada de eso, no sabría a quién culpar.

Emmaline.

~~ELLA~~
~~JULIETTE~~

Tengo dos ojos, los siento, se dirigen en todas direcciones dentro de sus cuencas, dando vueltas y vueltas alrededor de mi cráneo. Tengo dos labios, los siento húmedos y pesados, los abro a la fuerza tengo muchos dientes, una lengua y diez dedos, los cuento.

unodostrescuatrocinco, lo mismo en la otra mano, raro, rraro tener lengua, rrraro una cosa rrrara, una extrañacosarrrrrrrrara.

soledad

      se te acerca sin hacer ruido
silenciosa
        y
tranquila,
se sienta a tu lado en la oscuridad, te acaricia el pelo mientras duermes, seenvuelvealrededor de tus huesos apretando contantafuerzaqueapenas puedes respirar, apenas puedes oír el pulso acelerado de tu sangre mientras circula, circula a toda velocidad por tu

    piel

te acerca los labios al fino vello de la
nuca

la soledad es una extrañacosararauna exxtrañacosarara una antigua amiga que se queda a tu lado en el espejo gritándote que no valeslosuficiente nunca lo suficiente

    a vecessssss no
              te deja
   en
paz

KENJI

Esquivo una erupción del suelo y me agacho justo a tiempo de eludir un conjunto de enredaderas que salen de la nada. A lo lejos, una roca se hincha hasta adquirir un tamaño astronómico, y cuando empieza a acelerar hacia nuestra dirección le aferro la mano a Nazeera y me agacho en busca de protección.

El cielo se está resquebrajando. El suelo se está agrietando bajo mis pies. El sol titila, emitiendo una luz estroboscópica, ahora intensa, ahora atenuada, todo sobrenatural. Y las nubes... Hay algo completamente nuevo y desajustado con las nubes.

Se están *desintegrando*.

Los árboles no consiguen decidir si erigirse o echarse al suelo, ráfagas de viento salen disparadas de la tierra con un poder pavoroso, y de repente el cielo se llena de pájaros. Se llena de putos pájaros.

Emmaline está fuera de control.

Sabíamos que sus poderes telequinéticos y psicoquinéticos eran parecidos a los de un dios —mucho más potentes que cualquier cosa que hayamos visto— y sabíamos que el Restablecimiento construyó a Emmaline para controlar nuestra experiencia del mundo. Pero solo era eso, y no eran más que habladurías. Teorías.

Nunca la habíamos visto así.

Desatada.

Está claro que en este instante le está haciendo algo a J., devastando su mente mientras azota el mundo a nuestro alrededor, porque la escena que tengo delante y que parece fruto de un trance producto de las drogas no hace más que empeorar.

—¡Vuelve! —grito por encima del estruendo—. Consigue ayuda... ¡Trae a las chicas!

Con un simple chillido de afirmación, la mano de Nazeera se zafa de la mía, sus pesadas botas sobre el suelo son la única prueba que tengo de que regresa a toda prisa hacia el Santuario. Pero incluso ahora, sobre todo ahora, sus acciones rápidas y certeras me llenan de una cantidad considerable de alivio.

Me complace tener a una compañera capaz.

Me abro camino por el disperso bosque, agradecido por haber logrado esquivar los obstáculos más grandes, y cuando al fin estoy lo bastante cerca como para discernir el rostro de Warner, desactivo mi invisibilidad.

Estoy temblando por el cansancio.

A duras penas me había recuperado de los medicamentos que casi me llevan al otro barrio y, aun así, aquí estoy, con un pie en la tumba otra vez. Pero cuando levanto la vista, medio agachado con las manos sobre las rodillas intentando respirar, me doy cuenta de que no tengo ningún derecho a quejarme.

Warner tiene peor aspecto del que me imaginaba.

Expuesto, tenso, con una vena que le palpita en la sien. Está de rodillas sujetando a J. como si intentara contener un motín, y no me había dado cuenta hasta este momento de que puede que esté aquí no solo para proporcionar apoyo emocional.

Toda la situación es surrealista: los dos están prácticamente desnudos, en la tierra, de rodillas —J. con las manos apretadas sobre las orejas—, y no puedo evitar preguntarme qué tipo de infierno los ha llevado hasta este instante.

Y pensaba que era yo el que estaba teniendo una noche rara.

Algo me golpea de repente el estómago, me doblo por la mitad y me desplomo en el suelo con fuerza. Con brazos temblorosos, me incorporo y miro a mi alrededor en busca del culpable. Cuando lo localizo, se me hace un nudo en la garganta.

Es un pájaro muerto, a un par de metros de distancia.

Madre mía.

J. sigue gritando.

Me sacude una repentina y violenta ráfaga de viento y, justo cuando recobro el equilibrio, preparado para acortar los escasos cincuenta metros que me separan de mis amigos, el mundo se queda callado.

Sonido desactivado.

Ningún viento aullador, ningún grito torturado, ningún ataque de tos, ningún estornudo. No es una calma normal. No es quietud ni silencio.

Es algo más.

Es nada.

Pestañeo, pestañeo, con la cabeza girando en un movimiento lento e insoportable mientras examino a lo lejos en busca de respuestas, esperando que aparezcan las explicaciones. Esperando que la pura fuerza de mi mente sea suficiente como para que la lógica brote del suelo.

No lo es.

Me he quedado sordo.

Nazeera ya no está aquí, J. y Warner siguen a cincuenta metros y yo me he quedado sordo. Sordo sin poder oír el sonido del viento, de los árboles que se estremecen. Sin poder oír mi propia respiración jadeante ni los gritos de los civiles que se alzan de las instalaciones a lo lejos. Intento apretar los puños y tardo una eternidad, como si el aire hubiese aumentado de densidad. Espeso.

Algo no anda bien en mi interior.

Soy lento, más lento de lo que he sido jamás, como si estuviera corriendo debajo del agua. Algo está empecinado en retrasarme, apartándome físicamente de Juliette, y de repente todo tiene sentido. La confusión de hace unos segundos se desvanece. Claro que no hay nadie más aquí. Claro que nadie más ha venido a ayudar.

Emmaline no lo habría permitido jamás.

Quizá haya llegado tan lejos solo porque ella estaba demasiado ocupada como para percatarse de inmediato de mi presencia, para percibirme aquí, con la invisibilidad activada. Me pregunto qué más ha hecho para mantener esta área libre de intrusos.

Me pregunto si voy a sobrevivir.

Me resulta más difícil pensar con cada segundo que pasa. Tardo una eternidad en fusionar los pensamientos. Tardo una eternidad en mover los brazos. En levantar la cabeza. En mirar alrededor. Para cuando consigo abrir la boca a la fuerza, me he olvidado de que mi voz no emite sonido alguno.

Un destello dorado en la distancia.

Vislumbro a Warner, moviéndose tan lentamente que me pregunto si estamos padeciendo ambos la misma aflicción. Está intentando con todas sus fuerzas sentarse al lado de J., J. todavía está de rodillas, inclinada hacia delante con la boca abierta. Tiene los ojos cerrados en un gesto concentrado y si está gritando no puedo oírla.

Mentiría si dijera que no estoy aterrado.

Estoy lo bastante cerca de Warner y J. como para discernir sus expresiones, pero no sirve de nada; no tengo ni idea de si están heridos, así que desconozco el alcance de lo que sea con lo que estamos lidiando. Tengo que acercarme más como sea. Pero cuando doy un único paso doloroso hacia delante, un lamento agudo estalla en mis oídos.

Grito sin emitir ningún sonido llevándome las manos a la cabeza, ya que el silencio se llena de repente de una presión malvada. El dolor acuchillador me aguijonea y la presión aumenta en mis oídos con una intensidad que amenaza con estrujarme desde dentro. Es como si alguien me hubiese llenado la cabeza hasta el tope con helio, como si el globo en el que se ha convertido mi cerebro fuera a explotar en cualquier momento. Y justo cuando creo que la presión me va a matar, justo cuando pienso que no puedo soportar más el dolor, el suelo empieza a retumbar. A retumbar.

Se oye un crujido sísmico...

Y el sonido se vuelve a activar. Un sonido tan violento que desgarra algo en mi interior, y cuando al fin aparto las manos de las orejas están rojas, goteando. Trastabillo mientras me palpita la cabeza. Oigo un pitido. Un pitido.

Me seco las manos en mi torso desnudo y mi visión se emborrona. Me abalanzo hacia delante estupefacto y aterrizo torpemente, golpeando con las palmas húmedas la tierra con tanta fuerza que el impacto hace que me tiemblen todos los huesos. El suelo bajo mis pies se ha vuelto resbaladizo. Húmedo. Levanto la vista y entrecierro los ojos hacia el cielo y la repentina lluvia torrencial. Mi cabeza sigue balanceándose sobre una bisagra bien engrasada. Una gota de sangre me cae por la oreja y me aterriza sobre el hombro.

Una segunda gota de sangre me cae por la oreja y me aterriza sobre el hombro. Una tercera gota de sangre me cae por la...

Mi nombre.

Alguien grita mi nombre.

El sonido es amplio, agresivo. La palabra escora confusamente por mi cabeza, expandiéndose y contrayéndose. No puedo estabilizarla.

Kenji

Me doy la vuelta y mi cabeza resuena, resuena.

Kenji

Tardo días en pestañear, varias vueltas del sol.

Amigo

leal

Algo me está tocando por debajo, levantándome, pero en vano. No me muevo.

Pesa

demasiado

Intento hablar, pero no puedo. No digo nada, no hago nada cuando me abren la mente de par en par, cuando unos dedos helados rebuscan dentro de mi cráneo y desconectan los circuitos que hay en el interior. Me quedo quieto. Me tenso. La voz retumba en la oscuridad detrás de mis ojos, diciendo palabras que me parecen más un recuerdo que una conversación, palabras que desconozco, que no comprendo

el dolor que acarreo, los miedos que debería haber dejado atrás. Me hundo bajo el peso de la soledad, de las cadenas de la decepción. Mi corazón pesa quinientos kilos. Peso tanto que ya no me pueden levantar de la tierra. Peso tanto que no me queda más opción que me entierren bajo ella. Peso tanto, peso demasiado

Exhalo mientras me desplomo.

Mis rodillas sueltan un crujido al golpear el suelo. Mi cuerpo se desploma hacia delante. La tierra me besa la cara, me da la bienvenida a casa.

El mundo se torna oscuro de repente.

Valiente

Pestañeo. Un sonido zumba en mis oídos, una especie de corriente eléctrica amortiguada. Todo está sumido en las sombras. Un apagón, un apagón en el mundo natural. El miedo se aferra a mi piel. Me envuelve.

pero

d é b i l

Unos cuchillos me perforan agujeros en los huesos que se llenan rápidamente con pena, una pena tan aguda que hace que me quede sin aliento.
Nunca había tenido tantas ganas de dejar de existir.

Estoy flotando.
Ingrávida y, aun así, algo tira de mí hacia las profundidades, destinado a hundirme para siempre. Una luz tenue resquebraja la oscuridad detrás de mis ojos y en la claridad veo agua. Mi sol y mi luna son el mar; mis montañas, el océano. Vivo en un líquido que jamás beberé, ahogándome lentamente en unas aguas marmóreas, lechosas. Mi respiración es profunda, automática, mecánica. Me veo obligada a inhalar, obligada a exhalar. El sonido áspero y ronco de mi propia respiración es mi recordatorio constante de la tumba que es mi casa.

Oigo algo.

Reverbera a través del tanque, un golpe sordo amortiguado de metal contra metal, que me llega a los oídos desde el espacio exterior. Entorno los ojos para fijarme en las nuevas figuras y colores, en las formas difusas. Aprieto los puños, pero mi piel es blanda, mis huesos son como una masa fresca, mi piel se desprende en pequeñas tiras húmedas. Estoy rodeada de agua, pero mi sed es insaciable y mi rabia...

Mi rabia...

Algo se rompe. Mi cabeza. Mi mente. Mi cuello.

Tengo los ojos abiertos de par en par y la respiración agitada. Estoy de rodillas con la frente apoyada en el suelo y las manos escarbando en la tierra mojada.

Yergo la espalda con la cabeza que me da vueltas.

—Pero ¿qué cojones ha pasado? —Todavía estoy intentando respirar. Miro en derredor. Tengo el corazón desbocado—. ¿Qué..., qué...?

Estaba cavando mi propia tumba.

Un terror que se arrastra y serpentea me recorre el cuerpo mientras lo comprendo: Emmaline estaba dentro de mi cabeza. Quería comprobar si podía conseguir que me suicidara.

Y mientras lo pienso, mientas agacho la vista hacia el intento miserable de enterrarme vivo, siento una empatía apagada y punzante por Emmaline. Porque he sentido su dolor, y no era cruel.

Era desesperado.

Como si tuviera la esperanza de que, si me suicidaba mientras ella estaba en mi cabeza, de algún modo sería capaz de matarla a ella también.

J. ha empezado a gritar de nuevo.

Me pongo en pie trastabillando con el corazón acelerado mientras los cielos se deshacen y liberan su ira sobre mí. No estoy seguro de por qué Emmaline le ha dado a mi sesera una oportunidad —valiente pero débil—, pero sé lo suficiente como para comprender que lo que está ocurriendo aquí es lo bastante jodido como para que me pueda encargar de ello yo solo. Ahora mismo, solo puedo esperar que todos los del Santuario estén bien y que Nazeera regrese pronto. Hasta entonces, mi cuerpo roto tendrá que dar lo mejor de sí.

Me obligo a avanzar.

Me obligo a avanzar a pesar de que la sangre se enfría y se seca en mis oídos y en mi pecho, armándome de valor para enfrentarme a las volátiles condiciones atmosféricas, que van en aumento. La continua sucesión de terremotos. Los centelleos de los relámpagos. La tormenta embravecida que está evolucionando a toda prisa en un huracán.

Cuando al fin estoy lo bastante cerca, Warner levanta la vista.

Parece conmocionado.

Se me ocurre que acabo de materializarme delante de él —después de todo lo ocurrido—, se acaba de dar cuenta de que estoy aquí. Un destello de alivio le cruza los ojos, reemplazado demasiado rápido por el dolor.

Y entonces pronuncia una palabra. Una palabra que jamás pensé que me dirigiría:

—Ayúdame.

El viento se lleva la frase, pero la agonía de su mirada permanece. Y desde mi perspectiva ventajosa, por fin comprendo la profundidad de lo que ha tenido que soportar. Al principio creía que Warner solo la estaba sujetando, intentando consolarla.

Me equivocaba.

J. está vibrando con poder y Warner apenas puede contenerla. Retenerla en el sitio. Algo —alguien— está usando el cuerpo de Juliette, articulando sus piernas, intentando obligarla a levantarse y probablemente a salir corriendo de aquí, y Emmaline no lo ha logrado gracias a Warner.

No tengo ni idea de cómo lo está haciendo.

La piel de J. se ha vuelto traslúcida y las venas son extrañas y protuberantes en su pálida cara. Tiene un tono casi azul, a punto de romperse. Un leve zumbido emana de su cuerpo, el chisporroteo de la energía, el ronroneo del poder. La agarro del brazo y, en el medio segundo que tarda Warner en redistribuir su peso entre nosotros, los tres nos vemos arrojados hacia delante. Nos estampamos en el suelo con tanta fuerza que apenas puedo respirar, y cuando finalmente soy capaz de levantar la cabeza miro a Warner con los ojos desorbitados por un terror evidente.

—Todo es obra de Emmaline —digo, gritándole las palabras.

Asiente con el semblante sombrío.

—¿Qué podemos hacer? —le pregunto—. ¿Cómo puede seguir gritando así?

Warner se limita a mirarme.

Solo hace eso, y la torturada expresión que hay en sus ojos me dice todo lo que necesito saber. J. no puede dejar de gritar así. No puede estar de rodillas aquí gritando hasta el fin de los tiempos. Esta mierda la va a acabar matando. Por el amor de Dios. Sabía que estábamos en una mala situación, pero no creía que fuera así de mala.

J. parece que se vaya a morir.

—¿Por qué no intentamos levantarla? —No sé ni por qué lo propongo. Dudo de que pueda levantar su brazo por encima de mi cabeza, mucho menos todo su cuerpo. Mi propio cuerpo todavía tiembla, tanto que apenas puedo cumplir con parte para evitar que esta chica se eleve literalmente del suelo. No tengo ni idea de qué tipo de mierda le está recorriendo las venas en este instante, pero J. está en otro planeta. Parece medio viva, con el aspecto de un alienígena. Tiene los ojos cerrados y la mandíbula floja. Está irradiando energía. Verla así me aterra.

Y apenas puedo seguir el ritmo.

El dolor de mis brazos ha empezado a subirme hacia el hombro y a bajarme por la espalda, y me estremezco con violencia cuando una ráfaga de viento me golpea la piel desnuda y sobrecalentada.

—Intentémoslo —dice Warner.

Asiento.

Respiro hondo.

Me suplico a mí mismo ser más fuerte de lo que soy.

No sé cómo lo hago, pero por obra de una especie de milagro consigo ponerme en pie. Warner y yo logramos sujetar a Juliette entre nuestros cuerpos, y cuando desvío la mirada hacia él, al menos me consuela ver que también le está costando. Nunca he visto que tuviera que esforzarse de verdad y estoy bastante seguro de no haberlo visto sudar jamás. Pero aunque me encantaría reírme un poco ahora, verlo forcejeando solo para sostenerla hace que una nueva oleada de miedo me recorra el cuerpo. No tengo ni idea de cuánto rato hace que lleva intentando contenerla él solo. No tengo ni idea de qué le habría pasado a Juliette si él no hubiese estado ahí para sujetarla. Y no tengo ni idea de qué le ocurriría a ella ahora si la soltáramos.

Ese pensamiento hace que me nazcan energías renovadas. Hace que esa opción desaparezca. J. nos necesita ahora mismo, y punto.

Y eso significa que tengo que ser más fuerte.

Estar de pie aquí en medio hace que seamos un objetivo más fácil en toda esta locura, y grito una advertencia cuando un fragmento de metralla vuela hacia nosotros. Interpongo mi cuerpo para proteger a J. y recibo un impacto en la espalda, con un consecuente dolor tan agudo que veo las estrellas. Ya me había lesionado la espalda esta noche, y ahora seguramente los moratones empeoren. Pero cuando

Warner me clava la mirada con un pánico aterrador, asiento, haciéndole saber que estoy bien. Yo la cubro.

Centímetro agonizante tras centímetro agonizante, vamos regresando al Santuario.

Arrastramos a J. entre los dos como si fuera Jesús, con la cabeza colgando hacia atrás y los pies dejando sendos surcos en la tierra. Al fin ha dejado de gritar, pero ahora se está convulsionando, con el cuerpo temblando incontrolablemente, y parece que la cordura de Warner pende de un único hilo deshilachado.

Da la impresión de que hayan pasado siglos antes de volver a ver a Nazeera, pero la parte racional de mi cerebro sospecha que deben de haber pasado no más de veinte o treinta minutos. Quién sabe. Estoy seguro de que estaba intentando con todas sus fuerzas regresar aquí con personas que pudieran ayudar, pero me temo que ya es demasiado tarde. Todo es demasiado tarde.

No tengo la más mínima idea de qué cojones está pasando.

Ayer, esta mañana —hace una hora—, estaba preocupado por James y Adam. Creía que nuestros problemas eran simples y claros: recuperar a los hijos, matar a los comandantes supremos, darnos un buen banquete.

Pero ahora...

Nazeera, Castle, Brendan y Nouria se detienen en seco delante de nosotros. Pasan la vista de uno a otro.

Miran detrás de nosotros.

Ponen los ojos como platos y se quedan boquiabiertos. Giro el cuello para ver qué están contemplando y me doy cuenta de que hay un maremoto de fuego que se dirige directamente en nuestra dirección.

Creo que me voy a desplomar.

Mi cuerpo ha dejado atrás los temblores. En este punto, mis piernas están hechas de goma. Apenas puedo soportar mi propio peso, y es un milagro que consiga sujetar a J. De hecho, una rápida mirada de soslayo al cuerpo agarrotado y tenso de Warner es todo cuanto necesito para darme cuenta de que probablemente esté haciendo la mayor parte del esfuerzo.

No sé cómo vamos a poder sobrevivir a esto. No me puedo mover. Está claro que no voy a poder esquivar una ola de fuego, joder.

Y de hecho no acabo de comprender lo que sucede a continuación.

Oigo un grito inhumano y Stephan está de repente corriendo hacia nuestra posición. Stephan. De golpe se planta delante de nosotros, de golpe está entre nosotros. Agarra a J. y la sujeta en volandas como si fuera una muñeca de trapo, y empieza a gritarnos a todos que corramos. Castle se queda para redirigir el agua de un pozo cercano y, aunque su esfuerzo para sofocar las llamas no es del todo exitoso, nos da el tiempo suficiente para escapar. Warner y yo nos arrastramos junto con los demás de vuelta al campamento, y nada más cruzar el umbral del Santuario nos da la bienvenida un mar de caras histéricas. Un número incontable de siluetas se adelanta, con sus gritos y alaridos y conmoción frenética fusionándose en un único barullo ininterrumpido. Lógicamente, comprendo por qué la gente está aquí fuera, preocupada, llorando, gritándose preguntas sin respuesta, pero ahora mismo lo único que quiero es que se quiten del puto medio.

Nouria y Sam parecen leerme la mente.

Empiezan a vociferar órdenes a la multitud y los cuerpos empiezan a despejarse. Stephan ha dejado de correr, aunque sigue andando a paso ligero, apartando a codazos a la gente que le barre el paso, algo por lo que le estoy agradecido. Pero cuando Sonya y Sara se acercan corriendo, gritándonos que las sigamos hacia la tienda médica, por poco me arrojo hacia ellas y les doy un beso en la boca.

No lo hago.

Me limito a detenerme unos instantes para buscar a Castle; me pregunto si ha podido escapar. Pero cuando echo la vista atrás para inspeccionar nuestra porción de tierra protegida, experimento un momento de comprensión repentina que me devuelve la sobriedad. La diferencia entre aquí dentro y ahí fuera es surrealista.

Aquí dentro, el cielo está despejado.

El tiempo calmado. El suelo parece haberse vuelto a suturar. El muro de fuego que ha intentado perseguirnos todo el camino de vuelta al Santuario no es más que un humo que se disipa. Los árboles están en su posición vertical y el huracán es poco más que una neblina. La mañana parece casi preciosa. Durante un segundo, juraría haber oído el canto de un pájaro.

Es probable que haya perdido la cabeza.

Me desplomo en medio de un camino desgastado que lleva de vuelta a nuestras tiendas, con la cara golpeando contra la hierba húmeda. El olor a tierra fresca y mojada me llena la cabeza y me embriago de él, de todo él. Es como un bálsamo. Un milagro. Quizá, pienso. Quizá todo haya acabado. Quizá pueda cerrar los ojos, darme un respiro.

Warner pasa por al lado de mi cuerpo caído, sus emociones son tan intensas que me incorporo de golpe sorprendido.

No tengo la más mínima idea de cómo puede seguir moviéndose.

Ni siquiera lleva puestos los zapatos. Sin camiseta, sin calcetines, sin zapatos. Solo un par de pantalones de deporte. Me doy cuenta por primera vez de que tiene un enorme tajo que le cruza el pecho. Varios cortes en los brazos. Un arañazo con mal aspecto en el cuello. La sangre se derrama lentamente por su torso, y ni siquiera parece darse cuenta. Tiene cicatrices por toda la espalda y manchas de sangre por todo el cuerpo. Parece estar enajenado, pero todavía se mueve, con los ojos ardientes de rabia y algo más..., algo que me da muchísimo miedo.

Alcanza a Stephan, que todavía sujeta a J. —que sigue con las convulsiones—, y yo repto hasta un árbol para usar el tronco para levantarme. Cojeo detrás de ellos, encogiéndome involuntariamente por una brisa repentina. Me giro demasiado rápido para comprobar los bosques en busca de escombros o alguna piedra voladora, pero solo me encuentro con Nazeera, que me posa una mano sobre el brazo.

—No te preocupes. Dentro de los confines del Santuario, estamos a salvo.

Me la quedo mirando, pestañeando. Y luego observo a mi alrededor, las familiares tiendas blancas que cubren todas las sólidas estructuras independientes del glorioso campamento que forma este refugio.

Nazeera asiente.

—Sí... Para eso están las tiendas. Nouria ha mejorado todas sus protecciones de luz con algún tipo de antídoto que nos hace inmunes a las ilusiones que crea Emmaline. Los dos acres de tierra están protegidos y el material reflectante que cubre las tiendas nos provee de protección en el interior.

—¿Cómo lo sabes?

—Lo he preguntado.

Vuelvo a mirarla batiendo las pestañas. Me siento tonto. Insensible. Como si se hubiera roto algo dentro de mi cerebro, en lo profundo de mi cuerpo.

—Juliette —digo.

Es la única palabra que me llena la mente en estos momentos, y Nazeera ni siquiera se toma la molestia de corregirme, de decirme que su verdadero nombre es Ella. Solo se limita a agarrarme la mano y a apretármela.

~~ELLA~~
~~JULIETTE~~

Cuando sueño, sueño con sonidos.

La lluvia, que se lo toma con calma, cayendo suavemente sobre el asfalto. La lluvia, que se congrega, tamborilea, hasta que el sonido se convierte en estático. La lluvia, tan repentina, tan fuerte, que se asombra a sí misma. Sueño con agua que gotea por labios y puntas de nariz, lluvia que cae por las ramas hacia someros pantanos turbios. Oigo la muerte cuando los charcos se rompen, asaltados por el embate de unos pies.

Oigo hojas...

Hojas que se estremecen bajo el peso de la resignación, enyugadas a ramas que se doblegan con demasiada facilidad, que se rompen. Sueño con el viento en ráfagas que se alargan durante metros. Kilómetros de viento, acres de viento, susurros infinitos que se fusionan para crear una única brisa. Oigo cómo el viento peina la hierba salvaje en las montañas distantes, oigo el viento aullando confesiones en las llanuras vacías y solitarias. Oigo el siseo de los ríos desesperados que intentan silenciar el mundo en un esfuerzo infructuoso por silenciarse a sí mismos.

Pero
   enterrado

bajo el estruendo

hay un grito solitario tan invariable que cada día pasa desapercibido. Vemos, pero no comprendemos la manera como entorpece los corazones, aprieta las mandíbulas, enrosca los dedos en puños. Es una sorpresa, siempre una sorpresa, cuando al fin deja de gritar el tiempo suficiente como para hablar.

Los dedos tiemblan.

Las flores mueren.

El sol languidece, las estrellas expiran.

Estás en una habitación, en un armario, en una cripta, sin llave...

Solo oyes una voz solitaria que dice

Mátame

KENJI

J. está durmiendo.

Parece tan cerca de la muerte que apenas puedo mirarla. Su piel está tan pálida que ha adquirido un tono azulado. Los labios, tan azules que son morados. De alguna manera, en el transcurso de las dos últimas horas, ha perdido peso. Parece un pajarillo, joven, pequeño y frágil. Su largo cabello le rodea la cara y está inmóvil, como una muñequita con la cara apuntando directamente al techo. Es como si estuviera tumbada en un féretro.

No digo nada de esto en voz alta, por supuesto.

Warner también parece bastante cerca de la muerte. Tiene el semblante blancuzco y está desorientado. Enfermizo.

Y es imposible hablar con él.

Estos últimos meses de camaradería obligada por poco me lavan el cerebro; casi había olvidado cómo era antes Warner.

Frío. Afilado. Siniestramente silencioso.

Ahora no parece más que un susurro de sí mismo, sentado con la espalda erguida en una silla al lado de la cama de J. Hace horas que la hemos arrastrado de vuelta aquí y, aun así, él no se digna a mirar a nadie. El corte que tiene en el pecho parece haber empeorado, pero no hace nada al respecto. Ha desaparecido durante un instante, pero solo han sido un par de minutos, y ha vuelto con las botas puestas. Ni siquiera se ha molestado en limpiarse la sangre del cuerpo. Yo no he estado quieto el rato suficiente como para ponerme una camiseta. Warner fácilmente podría robarle los poderes a Sonya y Sara para curarse, pero no ha hecho ni el amago. Se niega a que lo toquen. Se niega a comer. Las pocas palabras que han abandonado sus labios han sido tan mordaces que ha hecho llorar a tres personas distintas. Al final Nouria le ha dicho que, si no dejaba de atacar a sus compañeros de equipo, se lo llevaría a la parte de atrás y lo ejecutaría. Creo que ha sido la falta de protesta por parte de Warner lo que ha impedido que llevara a cabo la amenaza.

Es como un gato arisco.

El antiguo Kenji se habría encogido de hombros y habría puesto los ojos en blanco. El antiguo Kenji le habría lanzado una pulla al imbécil de Warner y, si digo la verdad, probablemente habría disfrutado viéndolo sufrir así.

Pero ya no soy ese tipo.

Ahora conozco demasiado bien a Warner. Sé lo mucho que quiere a J. Sé que se arrancaría la piel a tiras solo para hacerla feliz. Quería casarse con ella, por el amor de Dios. Y acabo de observar cómo casi sacrifica su vida para salvarla, sufriendo durante horas, atravesando todo tipo de infiernos solo por mantenerla con vida.

Casi dos horas, para ser exactos.

Warner me ha dicho que hacía casi una hora que estaba allí fuera con J. antes de que apareciera yo y que han pasado como mínimo otros cuarenta y cinco minutos antes de que las chicas pudieran estabilizarla. Se ha pasado casi dos horas esforzándose físicamente para evitar que Juliette sufriera daño alguno, para protegerla con su propio cuerpo mientras lo azotaban los árboles que caían, las piedras que volaban, los escombros errantes y los vientos huracanados. Las gemelas me han dicho que con solo echarle un vistazo han sabido que tiene como mínimo dos costillas rotas. Una fractura en el brazo derecho. Un hombro dislocado. Probablemente hemorragias internas.

Se han enfurecido tanto con él que Warner al final ha acabado sentándose en una silla, se ha rodeado la muñeca del brazo herido con la mano buena y ha tirado del hombro para recolocarlo. La única muestra de su dolor ha sido una sola exhalación profunda.

Sonya ha gritado, abalanzándose hacia él, pero demasiado tarde como para detenerlo.

Y luego ha desgarrado la costura de la pernera de los pantalones, ha obtenido una tira de tela y se ha fabricado un cabestrillo para el brazo acabado de encajar. Solo después de haber hecho eso ha levantado la vista hacia las chicas.

—Ahora dejadme solo —ha dicho con tono lúgubre.

Sonya y Sara parecían tan frustradas —sus ojos ardían con una ira excepcional— que por poco no las reconozco.

Sé que se está comportando como un idiota.

Sé que está siendo cabezota, estúpido y cruel. Pero no consigo encontrar las fuerzas para estar enfadado con él ahora mismo. No puedo.

Se me rompe el corazón al verlo.

✧ ✧ ✧

Estamos todos alrededor de la cama de J., observándola. Un monitor emite un suave pitido en una esquina. La habitación huele a productos químicos. Sonya y Sara han tenido que inyectarle unos tranquilizantes potentes para que su cuerpo se relajara, aunque parece que ha servido de algo: nada más calmarse, el mundo exterior también lo ha hecho.

El Restablecimiento se ha hecho cargo de la situación de inmediato, llevando a cabo un control de daños tan impoluto que apenas puedo creerlo. Le han sacado partido al problema, asegurando que lo que ha ocurrido esta mañana ha sido una muestra de la devastación que está por venir. Aseguran que han podido controlarla antes de que empeorara y le han recordado a la gente que debían estar agradecidos por la protección que les proporciona el Restablecimiento, que sin ellos el mundo sería un lugar mucho peor. Han conseguido que todo el mundo se muera de miedo y con razón. Ahora todo está mucho más tranquilo. Los civiles parecen mucho más subyugados que antes. De hecho, es sorprendente cómo el Restablecimiento ha conseguido convencer a la gente de que el hecho de que el cielo se desplome mientras el sol desaparecía durante un minuto entero eran cosas normales que ocurren en el mundo.

Es increíble que alimenten a los ciudadanos con ese tipo de mierdas y es increíble que los civiles se lo traguen.

Pero si soy completamente franco conmigo mismo, debo admitir que lo que más me asusta es que, si no supiera cómo son las cosas en realidad, quizá me habría tragado esas patrañas yo también.

Suelto un fuerte suspiro. Me paso una mano por la cara.

Es como si esta mañana fuera un sueño extraño.

Surrealista, como una de esas pinturas con aquellos relojes que se derretían y que el Restablecimiento destruyó. Y estoy tan hecho polvo, tan cansado, que ni siquiera me quedan fuerzas para enfadarme. Solo tengo la energía suficiente para estar triste.

Todos estamos muy muy tristes.

Los pocos que nos hemos podido apiñar en esta habitación: Castle, Nouria, Sam, Superman (el nuevo apodo que le he puesto a Stephan), Haider, Nazeera, Brendan, Winston, Warner y yo. Todos con la cara larga hasta el suelo. Sonya y Sara se han marchado durante un rato, pero volverán pronto, y cuando lo hagan, también pondrán cara larga.

Ian y Lily querían estar aquí, pero Warner los ha echado. Les ha dicho directamente que se largaran, por razones que no ha tenido ganas de compartir. No ha levantado la voz. Ni siquiera ha mirado a

Ian. Solo le ha dicho que se diera la vuelta y se marchara. Brendan estaba tan sorprendido que por poco no le caen los ojos de la cabeza. Pero todos teníamos demasiado miedo por la reacción de Warner como para decir nada.

Una pequeña parte de mí que se siente culpable se pregunta si Warner sabe que Ian despotricó de él, si Warner sabe (desconozco cómo) que Ian no quería hacer el esfuerzo de ir en su busca y de J. cuando los perdimos en el simposio.

No sé. Solo es una teoría. Pero está claro que Warner se ha cansado de jueguecitos. Se ha hartado de la buena educación, se ha hartado de tener paciencia, se ha hartado de preocuparse por alguien que no sea J. Y eso significa que la tensión que hay ahora mismo en este lugar es una locura. Incluso Castle parece estar nervioso cuando está cerca de Warner, como si ya no confiara en él.

El problema es que nos hemos acomodado demasiado.

Durante un par de meses, nos hemos olvidado de que Warner daba miedo. Nos ha sonreído unas cuatro veces y media, y ya hemos decidido olvidarnos de que es básicamente un psicópata con un largo historial de asesinatos a sangre fría. Creíamos que se había enmendado. Que se había ablandado. Nos hemos olvidado de que solo nos toleraba a cualquiera de nosotros por Juliette.

Y ahora sin ella...

Ya no parece encajar.

Sin ella nos estamos fracturando. La energía de esta habitación ha cambiado visiblemente. Ya no nos sentimos como un equipo, y asusta ver lo rápido que ha sucedido. Ojalá Warner no estuviera tan empecinado en ser un imbécil. Si no estuviera tan empecinado en ponerse su antigua piel, en enemistarse con todos los presentes. Si hubiese reunido ni que fuera una pizca de buena voluntad, podríamos darle la vuelta a esta situación por completo.

Parece poco probable.

No estoy tan aterrado como los demás, pero tampoco soy estúpido. Sé que sus amenazas violentas no son un farol. Los únicos que permanecen impertérritos son los hijos de los comandantes supremos. Parecen estar la mar de cómodos con esta versión de él. Tal vez Haider el que más. Estaba siempre de los nervios, como si no tuviera la más remota idea de cómo procesar el cambio. Pero ahora no tiene ningún problema. Está supercómodo con Warner el psicótico. Son antiguos colegas.

Nouria al fin rompe el silencio.

Carraspea sutilmente. Un par de personas levantan la cabeza. Warner deja la mirada fija en el suelo.

—Kenji —dice en voz baja—, ¿puedo haber contigo un momento en privado?

Se me tensa el cuerpo.

Paso la vista alrededor, indeciso, como si me hubiese confundido con otro. Castle y Nazeera se giran abruptamente hacia mí con los ojos desorbitados por la sorpresa. Sam, por su lado, está fulminando con la mirada a su esposa. Se las está viendo y deseando para ocultar su frustración.

—Mmm... —me rasco la cabeza—, quizá deberíamos hablar aquí —contesto—, en grupo.

—En privado, Kishimoto. —Nouria está de pie y la amabilidad de su voz y de su semblante se ha desvanecido—. Ahora, por favor.

Me levanto a regañadientes.

Clavo los ojos en Nazeera y me pregunto qué opinión le merece la situación, pero su expresión es inescrutable.

Nouria vuelve a llamarme.

Niego con la cabeza, pero la sigo hacia la puerta. Me guía hasta doblar una esquina hacia un pasillo estrecho.

Huele una barbaridad a lejía.

J. está ingresada dentro de la TM —un nombre obvio para tienda médica— que en realidad me parece que es poco apropiado porque de tienda tiene más bien poco. El interior del edificio se parece más a un hospital como tal, con habitaciones individuales y quirófanos. Me voló un poco la cabeza la primera vez que me paseé por aquí, porque este lugar es completamente distinto al que teníamos en el Punto Omega y en el sector 45. Sin embargo, hasta que no aparecieron Sonya y Sara, el Santuario no tenía sanadores. Su trabajo médico era mucho más tradicional: lo llevaba a cabo un puñado de doctores y cirujanos autodidactas. Hay algo sobre sus antiguas prácticas médicas que incluso podían suponer un peligro para la vida que hacen que este lugar me parezca una reliquia de nuestro antiguo mundo. Un edificio henchido de miedo.

Aquí fuera, en el pasillo, oigo con más claridad los sonidos estándares de un hospital: máquinas que pitan, carritos rodando, algún quejido ocasional, gritos, llamadas por megafonía. Apoyo la espalda en la pared cuando un equipo pasa a toda velocidad, empujando una camilla con ruedas a lo largo del pasillo. Su ocupante es un anciano con un gotero enganchado al cuerpo y una máscara de oxígeno en la cara. Cuando ve a Nouria, levanta la mano en un saludo débil. Intenta sonreír.

Nouria le esboza una amplia sonrisa de vuelta, que mantiene hasta que el hombre desaparece en otra habitación. Nada más perderlo de vista, me acorrala. Sus ojos centellean y su piel morena brilla bajo la luz tenue como si fuera una advertencia. Yergo la espalda.

Para mi sorpresa, Nouria resulta aterradora.

—¿Qué diantres ha pasado ahí fuera? —exige saber—. ¿Qué has hecho?

—A ver, primero de todo —sostengo en alto ambas manos—, no he hecho nada. Y ya os he contado con detalles lo que ha ocurrido...

—No me has dicho en ningún momento que Emmaline había intentado acceder a tu mente.

Eso me detiene en seco.

—¿Qué? Sí que lo he hecho. Te lo he dicho palabra por palabra.

—Pero no me has dado los detalles necesarios —repone—. ¿Cómo ha empezado? ¿Cómo te has sentido? ¿Por qué te ha soltado?

—No lo sé —respondo, frunciendo el ceño—. No entiendo qué ha pasado... Lo único que tengo son suposiciones.

—Pues supón —me indica, entrecerrando los ojos—. A menos que... No sigue en tu cabeza, ¿verdad?

—¿Qué? No.

Nouria suspira, más irritada que aliviada. Se lleva los dedos a las sienes en una muestra de resignación.

—Esto no tiene sentido —dice, más para sí misma—. ¿Para qué iba a empeñarse tanto en infiltrarse en la mente de Ella? ¿O en la tuya? Creía que peleaba contra el Restablecimiento. Con esto parece que esté trabajando para ellos.

Niego con la cabeza.

—No creo. Cuando Emmaline ha entrado en mi cabeza, lo he percibido más bien como un último esfuerzo desesperado, como si le preocupara que J. no tuviera el temple de matarla y esperase que yo me pudiera encargar más rápido. Me ha llamado valiente pero débil. Es como si..., no sé, quizá te parezca una locura, pero me ha parecido que Emmaline pensaba, durante un segundo, que, si yo había llegado tan lejos en su presencia, quizá sería lo bastante fuerte como para contenerla. Pero entonces se ha metido en mi cabeza y se ha dado cuenta de que se equivocaba. No soy lo bastante fuerte como para albergar su mente, y definitivamente no lo bastante fuerte como para matarla. —Me encojo de hombros—. Así que se ha largado.

Nouria se tensa. Cuando me mira, parece asombrada.

—¿De verdad crees que está tan desesperada para morir? ¿Crees que no se defendería si alguien intentara matarla?

—Ya, es horrible —contesto, desviando la mirada—. Emmaline está en una situación nefasta.

—Pero puede existir, al menos parcialmente, en el cuerpo de Ella. —Nouria arruga el ceño—. Ambas conciencias en una única persona. ¿Cómo es posible?

—No lo sé. —Vuelvo a encogerme de hombros—. J. dijo que Evie le hizo un montón de modificaciones en los músculos y los huesos y demás mientras estaba en Oceanía, preparándola para la operación de síntesis, básicamente para convertirse en el nuevo cuerpo de Emmaline. Creo que el plan final que tenía Evie era que J. fuera el receptáculo de Emmaline.

—Y Emmaline debía de saberlo —murmura Nouria en voz baja.

Ahora es mi turno de fruncir el ceño.

—¿Y qué presupones con eso?

—No lo sé con exactitud, pero esta situación complica las cosas. Porque si nuestro objetivo era matar a Emmaline y ahora ella está viviendo en el cuerpo de Ella...

—Un momento. —El estómago me da un vuelco terrorífico—. ¿Por eso estamos aquí fuera? ¿Por eso estás actuando con tanto secretismo?

—Baja la voz —me espeta Nouria, mirando hacia algo detrás de mí.

—No voy a bajar la puta voz —le digo—. ¿En qué cojones estás pensando? ¿Qué...? Espera, ¿qué narices estás mirando? —Giro el cuello, pero solo consigo ver una pared blanca detrás de mi cabeza. El corazón me late descontrolado y mi mente va a mil revoluciones. Vuelvo a mirarla—. Dime la verdad —le exijo—. ¿Por eso me has hecho esta encerrona? ¿Porque estamos intentando descubrir si podemos matar a J. mientras tiene a Emmaline dentro? ¿Es eso? ¿Se te ha ido la cabeza?

Nouria me mira con unos ojos que echan chispas.

—¿Es una locura querer salvar al mundo? En este momento, Emmaline está en el centro de todo lo que va mal en nuestro universo y está atrapada en un cuerpo que yace en una habitación justo al final del pasillo. ¿Sabes cuánto tiempo llevamos esperando una oportunidad como esta? No me malinterpretes, no me gusta tener que pensar así, Kishimoto, pero no voy a…

—Nouria.

Al oír el sonido de la voz de su esposa, Nouria se queda visiblemente paralizada. Se aparta un paso de mí, y yo me relajo al fin. Un poco.

Ambos nos damos la vuelta.

Sam no está sola. Tiene a Castle al lado, y ambos parecen estar algo más que cabreados.

—Déjalo en paz —tercia Castle—. Kenji ya lo ha pasado bastante mal. Necesita tiempo para recuperarse.

Nouria intenta responder, pero Sam la interrumpe.

—¿Cuántas veces vamos a tener que hablar de lo mismo? —le recrimina—. No puedes dejarme a un lado cuando estás bajo presión. No puedes ir a lo tuyo sin contarme nada. —Sus mechones rubios le caen sobre los ojos y, frustrada, se los aparta de la cara—. Soy tu pareja. Este es nuestro Santuario. Nuestra vida. Lo construimos juntas, ¿recuerdas?

—Sam. —Nouria suspira y cierra los ojos—. Ya sabes que no estoy intentando hacerte a un lado. Ya sabes que eso no es…

—Me estás dejando de lado literalmente. Literalmente has cerrado la puerta.

Mis cejas salen disparadas hacia mi frente. Las miradas de Castle y la mía se conectan: parece que estamos presenciando una riña privada.

Bien.

—Oye, Sam —intercedo—, ¿sabías que tu esposa quiere matar a Juliette?

Castle se queda boquiabierto.

El cuerpo de Sam parece derretirse. Se queda mirando a Nouria, atónita.

—Sí —digo, asintiendo—. Nouria quiere matarla ahora mismo, de hecho, mientras está comatosa. ¿Qué te parece? —Ladeo la cabeza hacia Sam—. ¿Buena idea? ¿Mala idea? ¿Quizá deberíamos consultarlo con la almohada?

—No puede ser verdad —dice Sam, con la mirada clavada en su esposa—. Dime que es broma.

—No es tan sencillo —repone Nouria, que me dedica una mirada tan venenosa que casi me siento mal al instante por haber sido tan mezquino. En realidad, no quiero que Sam y Nouria se peleen, pero qué más da. No puede pretender sugerirme que matemos a mi mejor amiga y esperar que me parezca un plan estupendo—. Solo estaba comentando el hecho de que...

—Ya basta.

Levanto la vista al oír la voz de Nazeera. No tengo ni idea de cuándo ha aparecido, pero de repente está delante de nosotros con los brazos cruzados.

—No vamos a seguir así. No vamos a estar cuchicheando por las esquinas. No vamos a dividirnos. Tenemos que hablar todos sobre la maldita tormenta inminente que se acerca hacia nuestra posición, y solo juntos vamos a tener alguna oportunidad de combatirla.

—¿Qué maldita tormenta inminente? —pregunto—. Por favor, sé más específica.

—Estoy con Nazeera —interviene Sam, entornando los ojos mientras sigue mirando a su esposa—. Volvamos todos a la habitación y hablemos. Entre nosotros. A la vez.

—Sam —lo intenta de nuevo Nouria—. No voy a...

—Joder. —Stephan frena en seco al vernos y sus zapatos chirrían sobre las baldosas. Parece destacar por encima de nuestro grupo, con un aspecto demasiado pulcro y civilizado como para pertenecer aquí—. ¿Qué diantres estáis haciendo aquí?

Y entonces se gira hacia Nazeera y añade en voz baja:

—Y ¿por qué nos has dejado con él? Se está comportando como un auténtico imbécil. Por poco hace llorar a Haider hace nada.

Nazeera suspira, cierra los ojos y se pellizca el puente de la nariz.

—Haider se lo ha buscado. No entiendo cómo puede ser tan iluso como para pensar que Warner es su mejor amigo.

—Eso puede que sea cierto —aporta Stephan arrugando la frente—. Así de bajo está el nivel, ya sabes.

Nazeera suspira de nuevo.

—Si le sirve de consuelo a Haider, Warner ha estado actuando de la misma forma horrible con todo el mundo —dice Sam. Mira a Nouria—. Amir no quiere decirme qué le ha dicho Warner, por cierto.

—¿Amir? —Castle frunce el ceño—. ¿El joven que supervisa la unidad de patrulla?

Sam asiente.

—Ha dimitido esta mañana.

—No. —Nouria pestañea, aturdida—. Estás de broma.

—Ojalá lo estuviera. He tenido que asignar su trabajo a Jenna.

—Esto es una locura. —Nouria niega con la cabeza—. Solo han pasado tres días y ya nos estamos desintegrando.

—¿Tres días? —apunta Stephan—. Tres días hace de nuestra llegada, ¿no? No me parece que sea un comentario muy bonito.

—No nos estamos desintegrando —salta Nazeera, enfadada—. No nos lo podemos permitir. No en este momento. No con el Restablecimiento a punto de llamar a nuestra puerta.

—Un momento, un momento... —Sam arruga la nariz—. El Restablecimiento no tiene ni idea de dónde...

—Ay, Dios, esto es muy deprimente —me quejo, pasándome las manos por el pelo—. ¿Por qué nos estamos saltando a la yugular unos a otros? Si Juliette estuviera despierta, se pondría hecha una furia con nosotros. Y se subiría por las paredes al ver cómo actúa Warner al separarnos. ¿No se da cuenta?

—No —contesta Castle tranquilamente—. Claro que no.

Se oyen dos golpes sordos...

Y todos levantamos la mirada.

Winston y Brendan están asomados por la esquina y nos observan. Brendan tiene el puño cerrado levantado a un palmo de la pared. Vuelve a golpear contra el yeso.

Nouria exhala sonoramente.

—¿Podemos ayudaros en algo?

Se acercan a nosotros y sus expresiones divergen tanto que casi, casi, me parece divertido. Estos dos son como el día y la noche.

—Saludos a todos —dice Brendan con una sonrisa de oreja a oreja.

Winston se quita las gafas y lo fulmina con la mirada.

—¿Qué demonios está ocurriendo? ¿Por qué estáis aquí apartados de cháchara? Y ¿por qué nos habéis dejado solos con él?

—No queríamos... —intento decir.

—No es eso —exclaman Sam y Nazeera a la vez.

Winston pone los ojos en blanco. Se vuelve a colocar las gafas.

—Soy demasiado mayor para estas mierdas.

—Te falta café —zanja el tema Brendan, dándole unas palmaditas en el hombro a Winston—. Winston no duerme demasiado bien —nos explica al resto.

Winston da un respingo. Se ruboriza al instante.

Sonrío.

Juro que es lo único que hago. Me limito a sonreír y, en una fracción de segundo, Winston me clava la mirada y sus ojos mortíferos me gritan «cierra el puto pico, Kishimoto», y ni siquiera tengo la oportunidad de sentirme ofendido antes de que se dé la vuelta de golpe con las orejas rojas como un tomate.

Un silencio incómodo nos envuelve.

Me pregunto, por primera vez, si de verdad es posible que Brendan no tenga ni idea de qué siente Winston por él. Parece no enterarse de nada, pero quién sabe. Está claro que para el resto de nosotros no es un ningún secreto.

—Bueno. —Castle respira hondo y junta las manos con una palmada—. Estábamos a punto de volver a la habitación para mantener una charla como es debido. Así que caballeros —señala con la cabeza hacia Winston y Brendan—, ¿les importaría volver por donde han venido? Estamos un poco estrechos en el pasillo.

—Está bien. —Brendan echa un vistazo rápido hacia detrás—. Pero ¿crees que nos podemos esperar un minutito? Haider estaba llorando, ¿sabes?, y creo que le vendría bien un poco de intimidad.

—Ay, por el amor de Dios —me quejo.

—¿Qué ha pasado? —pregunta Nazeera, con la preocupación marcándole surcos en la frente—. ¿Quieres que vaya?

Brendan se encoge de hombros, su rostro excesivamente pálido brilla como un fluorescente en el pasillo oscuro.

—Le ha dicho algo a Warner en árabe, creo. Y no estoy seguro de qué le ha contestado él, pero mucho me creo que lo ha mandado a paseo de una forma u otra.

—Qué idiota es —musita Winston.

—Desgraciadamente, es así. —Brendan frunce el ceño.

Hago un gesto negativo con la cabeza.

—Está bien, de acuerdo, sé que se está comportando como un auténtico imbécil, pero creo que podemos hacer un poco la vista gorda con Warner, ¿no? Está devastado. No olvidemos el infierno por el que ha pasado esta mañana.

65

—Ni hablar. —Winston se cruza de brazos, y la rabia parece sacarlo de la vergüenza—. Haider está llorando. Haider Ibrahim, el hijo del comandante supremo de Asia. Está sentado en la silla de un hospital llorando porque Warner le ha herido los sentimientos. No entiendo cómo puedes defenderlo.

—Si te soy sincero —intercede Stephan—, Haider siempre ha sido demasiado delicado.

—Oye, que yo no estoy defendiendo a Warner, solo...

—Ya basta. —La voz de Castle es atronadora. Imponente—. Ya he oído suficiente. —Algo tira suavemente de mi cuello, sobresaltándome, y me doy cuenta de que Castle tiene las manos levantadas. Acaba de girar nuestras cabezas físicamente para que lo miremos. Señala hacia el final del pasillo, hacia la habitación de J. Noto un leve empujón en la espalda—. Adentro. Todos. Ya.

❖ ❖ ❖

Haider no parece haber sufrido ningún cambio cuando volvemos a la habitación. Ninguna muestra de lágrimas. Está en una esquina, solo, con la mirada perdida. Warner está exactamente en la misma posición que cuando nos hemos ido, sentado con la espalda erguida al lado de J.

Contemplándola.

Contemplándola como si pudiera despertarla solo con su fuerza de voluntad.

Nazeera da una palmada.

—Muy bien. Dejémonos de interrupciones. Debemos hablar sobre la estrategia que vamos a seguir.

Sam arruga la frente.

—¿Estrategia para qué? Ahora mismo, tenemos que hablar sobre Emmaline. Tenemos que entender lo acontecido esta mañana antes de que podamos pensar en debatir nuestros siguientes pasos.

—Y vamos a hablar de Emmaline y de lo que ha ocurrido esta mañana —asegura Nazeera—. Pero para poder evaluar el tema de Emmaline, vamos a tener que hablar primero del estado de Juliette, que conlleva un debate largo y tendido sobre la estrategia que vamos a seguir, una que se va a ensamblar a la perfección con un plan para recuperar a todos los hijos de los comandantes supremos.

Castle se la queda mirando con el mismo semblante confuso que el de Sam.

—¿Quieres abordar ahora el asunto de los hijos de los comandantes supremos? Creo que es mejor que empecemos...

—Idiotas —musita Haider.

Lo ignoramos.

Bueno, la mayoría. Nazeera niega con la cabeza y barre la habitación con esa mirada que me dedica a mí tantas veces, la que expresa su cansancio general por estar rodeada de ineptos.

—¿Cómo es posible que no vierais la conexión que hay entre estas cosas? El Restablecimiento nos está buscando. Más concretamente, están rastreando a Ella. Se suponía que teníamos que ocultarnos, ¿os acordáis? Pero la ostentosa exhibición que Emmaline ha dispuesto esta mañana les ha revelado nuestra localización. Todos hemos visto las noticias, todos habéis leído los informes de emergencia. El Restablecimiento ha llevado a cabo un meticuloso control de daños para someter a los ciudadanos. Eso significa que saben lo que ha pasado aquí.

Otra vez, rostros en blanco.

—Emmaline los ha guiado directamente hasta Ella —añade. Pronuncia la última frase muy lentamente, como si pusiera en duda nuestra inteligencia colectiva—. Ya sea a propósito o por accidente, el Restablecimiento ahora tiene una idea aproximada de nuestra ubicación.

Nouria parece afligida.

—Y eso significa —dice Haider, arrastrando las palabras con irritante condescendencia— que ahora están más cerca de descubrirnos que hace unas horas.

Todos los presentes se yerguen en sus asientos. El aire cambia de repente, se intensifica de una manera nueva. Nouria y Sam intercambian una mirada preocupada.

—¿De verdad crees que saben que estamos aquí? —pregunta Nouria.

—Sabía que acabaría ocurriendo esto —dice Sam, negando con la cabeza.

Castle se tensa.

—¿Y eso qué significa exactamente?

Sam se encrespa, pero cuando habla sus palabras son calmadas:

—Corrimos un riesgo enorme al dejar que tu equipo se quedara aquí. Expusimos nuestro sustento y la seguridad de nuestros hombres y mujeres con el fin de daros cobijo. Solo lleváis aquí tres días y ya os las habéis apañado para revelar nuestra ubicación al mundo.

—No hemos revelado nada... Y lo que ha ocurrido hoy no ha sido culpa de nadie...

Nouria levanta una mano.

—Basta —zanja el asunto, dedicándole una mirada a Sam, tan breve que por poco la paso por alto—. Nos estamos desviando del tema. Nazeera tiene razón cuando dice que estamos juntos en esto. De hecho, nos unimos con el único propósito de derrotar al Restablecimiento. Es para lo que siempre hemos estado trabajando. Jamás hemos estado destinados a vivir para siempre en jaulas y comunidades autoimpuestas.

—Eso lo comprendo —dice Sam, cuya voz serena contradice la furia que irradian sus ojos—, pero si de verdad saben en qué sector buscar, podrían encontrarnos en cuestión de días. El Restablecimiento aumentará su presencia militar en cualquier momento, si es que no lo ha hecho ya.

—Ya lo ha hecho —interviene Stephan, con el semblante tan exasperado como el de Nazeera—. Claro que lo ha hecho.

—Son unos necios —dice Haider, dedicándole una mirada sombría a su hermana.

Nazeera suspira.

Winston masculla.

Sam niega con la cabeza.

—¿Qué propones entonces? —pregunta Winston, aunque no está mirando ni a Nouria, ni a Sam ni a Castle. Su mirada se dirige a Nazeera.

Nazeera no vacila.

—Que esperemos. Que esperemos a que Ella se despierte —dice—. Necesitamos saber todo lo que podamos sobre lo que le ha ocurrido, y tenemos que priorizar su seguridad por encima de todo. Debe de haber una razón por la que Anderson está tan desesperado por hacerse con ella, y hay que descubrir cuál es antes de dar cualquier otro paso.

—¿Y el plan para recuperar a los demás hijos? —pregunta Winston—. Si esperamos a que Ella despierte antes de intentar salvarlos, puede que sea demasiado tarde.

Nazeera niega con la cabeza.

—El plan para los demás hijos tiene que ir de la mano con el plan para salvar a Ella —asevera—. Estoy segura de que Anderson está usando el secuestro de los hijos de los comandantes supremos como cebo. Una carnada repugnante diseñada para que salgamos de nuestro escondrijo. Además, diseñó toda esta estratagema antes de que tuviera la menor idea de que íbamos a revelar nuestra posición por accidente, algo que solo alimenta mi teoría de que no es más que un señuelo de mierda. Albergaba la esperanza de que saliésemos de nuestras protecciones el tiempo suficiente como para revelar nuestra localización aproximada.

—Algo que acabamos de hacer —resume Brendan con un deje de terror en la voz.

Coloco la cabeza sobre las manos.

—Mierda.

—Parece bastante claro que Anderson no tenía pensado ningún tipo de intercambio justo para los rehenes —dice Nazeera—. No podría ser de otra manera. Nunca nos dijo dónde estaba. Nunca nos dijo dónde encontrarlo. Y lo más interesante: jamás preguntó por el resto de los hijos de los supremos. No sé cuáles son sus planes, pero no necesita tenernos a todos. No quiso a Warner, a Haider, a Stephan ni a mí. A la única a la que quería era a Ella, ¿verdad? —Mira a Nouria—. Eso es lo que dijiste, que solo quería a Ella.

—Exacto —afirma Nouria—. Es verdad... Pero creo que sigo sin entenderlo. Acabas de poner sobre la mesa todas las razones para que vayamos a la guerra, pero tu plan de ataque se basa en no hacer nada.

Nazeera es incapaz de ocultar su enfado.

—Deberíamos hacer planes para pelear. Necesitaremos un plan para encontrar a los hijos, para recuperarlos, y al final asesinar a nuestros padres. Pero propongo que esperemos a Ella antes de llevar a cabo ningún movimiento. Sugiero que cerremos el Santuario a cal y canto hasta que Ella esté consciente. Ninguna entrada ni salida hasta que se despierte. Si necesitáis provisiones de emergencia, Kenji y yo podemos usar nuestra invisibilidad para salir en misiones discretas en busca de lo que sea. El Restablecimiento habrá apostado soldados por todas partes y monitorizará todos los movimientos en esta área, pero mientras permanezcamos aislados, deberíamos ser capaces de ganar algo de tiempo.

—Pero no tenemos ni idea de lo que puede tardar Ella en despertar —dice Sam—. Podrían ser semanas... o nunca...

—Nuestra misión —la interrumpe Nazeera— debe ser proteger a Ella a cualquier precio. Si la perdemos, lo perdemos todo. Ya está. Ese es todo el plan que necesitamos ahora mismo. Mantener a Ella con vida y a salvo es la prioridad. Salvar a los hijos es secundario. Además, los hijos de los comandantes supremos estarán bien. La mayoría de nosotros lo hemos pasado peor en simulaciones de entrenamiento básicas.

Haider suelta una carcajada.

Stephan emite un sonido divertido como afirmación.

—¿Y qué pasa con James? —protesto—. ¿Qué pasa con Adam? Ellos no son como vosotros. Nunca han estado preparados para esta mierda. Por el amor de Dios, James solo tiene diez años.

En este momento, Nazeera desvía la mirada hacia mí y titubea durante unos instantes.

—Haremos todo lo que podamos —me asegura. Y aunque sus palabras desprenden una empatía genuina, es lo único que me da. *Lo que podamos.*

Y ya.

Noto que el pulso se me acelera.

—Entonces, ¿nos vamos a quedar aquí y jugárnosla a que puedan morir? —pregunta Winston—. ¿Vamos a poner en riesgo la vida de un niño de diez años? ¿Vamos a dejarlo encarcelado y torturado al antojo de un sociópata y cruzar los dedos? ¿Estás hablando en serio?

—A veces hay que hacer sacrificios —tercia Stephan.

Haider se limita a encogerse de hombros.

—No, ni hablar —digo, entrando en pánico—. Necesitamos otro plan. Uno mejor. Uno que salve a todo el mundo, y rápido.

Nazeera me mira como si le inspirara lástima.

Es lo único que necesito para erguirme.

Me doy la vuelta al tiempo que el pánico se transforma rápidamente en rabia. Me acerco a Warner, que está sentado en la esquina como un inútil saco de carne.

—¿Y tú qué? —le recrimino—. ¿Qué piensas de todo esto? ¿Te parece bien dejar que tus propios hermanos mueran?

El silencio me asfixia de repente.

Warner tarda una eternidad en responderme, y la habitación está sumida en un estupor demasiado profundo por mi estupidez como para interferir. Acabo de quebrantar un acuerdo tácito de fingir que Warner no existe, pero ahora que he provocado a la bestia todos quieren ver qué ocurre a continuación.

Finalmente, Warner suspira.

No se trata de un sonido calmado y relajante. Es un sonido áspero y enfadado que solo parece dejarlo más lastimado. Ni siquiera levanta la cabeza al decir:

—Me parecen bien muchas cosas, Kishimoto.

Pero ya he cruzado la línea y es imposible volver atrás.

—Eso es una tontería —le digo, con los puños apretados—. Es una tontería, y lo sabes. Sabes muy bien que no es así.

Warner permanece callado. No mueve ni un músculo ni desvía la mirada del mismo punto en el suelo. Y sé que no debería enfrentarme a él, sé que está en un estado frágil en estos instantes, pero no puedo evitarlo. No puedo dejarlo pasar, no así.

—¿Y ya está? Después de todo lo que hemos pasado… ¿Ya está? ¿Vas a dejar que James muera? —El corazón me martillea en el pecho. Noto que mi frustración sube como la espuma—. ¿Qué te crees que pensaría J.? ¿Qué opinión crees que tendría de que permitieras que alguien matara a un niño?

Warner se levanta.

Rápido, demasiado rápido. Warner está de pie y de pronto me acobardo. Me estaba poniendo algo bravucón, pero ahora no siento nada que no sea arrepentimiento. Doy un paso vacilante hacia atrás. Warner me sigue. De pronto, lo tengo delante, estudiándome los ojos, pero no soy capaz de aguantarle la mirada durante más de un segundo. Sus ojos son de un verde tan claro que por lo general me marea mirarlos. Pero hoy..., ahora mismo...

Esos ojos están enajenados.

Me doy cuenta, cuando me giro, de que todavía tiene sangre en los dedos. Manchas de sangre en el cuello. Sangre que le ensucia el cabello dorado.

—Mírame —me ordena.

—Pues... no, gracias.

—Mírame —repite, en voz más baja.

No sé por qué lo hago. No sé por qué cedo. No sé por qué todavía hay una parte de mí que todavía tiene la esperanza de encontrar algo humano en los ojos de Warner. Pero cuando al fin levanto la vista, esa creencia se desvanece. Warner tiene una mirada gélida. Distante. Completamente errónea.

No lo entiendo.

A ver, yo también estoy desolado. Estoy triste también, pero no me he convertido en otra persona completamente distinta. Y ahora mismo Warner me parece un hombre totalmente diferente. ¿Dónde está el tipo que le iba a proponer matrimonio a mi mejor amiga? ¿Dónde está el tipo que tuvo un ataque de pánico tirado sobre el suelo de su habitación? ¿Dónde está el tipo que se reía con tantas ganas que se le marcaban dos hoyuelos en las mejillas? ¿Dónde está el tipo al que consideraba mi amigo?

—¿Qué te ha pasado? —susurro—. ¿Dónde has ido?

—Al infierno —contesta—. Al final he encontrado el infierno.

~~ELLA~~
~~JULIETTE~~

Me despierto en oleadas, la conciencia me inunda lentamente. Rompo la superficie del sueño, jadeando en busca de aire antes de que tire de mí hacia abajo

 otra corriente

 otra corriente

 otra

 Los recuerdos se enrollan a mi alrededor, se amarran a mis huesos. Duermo. Cuando duermo, sueño que estoy durmiendo. En esos sueños, sueño que estoy muerta. No sé diferenciar lo que es real de lo que es ficción, no sé discernir los sueños de la verdad, ya no distingo el paso del tiempo, puede haber sido días, años, quién sabe, quién sabe, empiezo a

 m

 o

 v

 e

 r

 m

 e

Sueño incluso cuando me despierto, sueño con labios rojos y dedos finos. Sueño con ojos, cientos de ojos, y sueño con el aire, la rabia y la muerte.

Sueño con los sueños de Emmaline.

Está aquí.

Se quedó callada una vez que se asentó aquí, en mi mente. Se aplacó, se retiró. Se ocultó de mí, del mundo. Su presencia me pesa, pero no habla, solo languidece, su mente se descompone lentamente, dejando atrás un compost en su despertar. Me noto cargada, pesada con sus desechos. Soy incapaz de soportar este peso, por más fuerte que me hiciera Evie soy incapaz, incompatible. No soy suficiente como para albergar nuestras mentes combinadas. Los poderes de Emmaline me superan. Me ahogo en ellos, me ahogo y...

jadeo

cuando mi cabeza vuelve a asomarse a la superficie.

Arrastro el aire hacia mis pulmones, les suplico a mis ojos que se abran, y se ríen. Ojos que se ríen delante de unos pulmones que jadean por el dolor que me sube rebotando por la espalda.

Hoy he visto a un niño.

No es ninguno de los habituales. No es Aaron, Stephan ni Haider. Es un niño nuevo, uno al que no había visto nunca.

Sé con solo estar a su lado que está aterrorizado.

Estamos en la sala grande y ancha, llena de árboles. Observamos los pájaros blancos, los pájaros con franjas amarillas y una corona sobre la cabeza. El chico contempla los pájaros como si no hubiese visto nunca nada similar. Lo mira todo con sorpresa. O con miedo. O con preocupación. Hace que me dé cuenta de que no sabe ocultar sus emociones. Siempre que el señor Anderson lo mira, inhala entre dientes. Siempre que yo lo miro, se pone rojo como un tomate. Siempre que mamá le habla, tartamudea.

—¿Qué te parece? —le pregunta el señor Anderson a mamá. Intenta susurrar, pero esta habitación es tan grande que todo retumba un poco.

Mamá ladea la cabeza hacia el niño. Lo estudia.

—¿Qué tiene, unos seis años ahora? —Pero no espera que él le responda. Mamá se limita a negar con la cabeza y suspirar—. ¿Ya ha pasado tanto tiempo?

El señor Anderson mira al niño.

—Eso me temo.

Dirijo la mirada hacia él, hacia el niño que tengo al lado, y observo cómo se tensa. Las lágrimas le empañan los ojos, y me duele verlo. Duele mucho. Odio muchísimo al señor Anderson. No sé cómo le puede caer bien a mamá. No sé cómo le puede caer bien a nadie. El señor Anderson es una persona horrible y le hace daño a Aaron todo el rato. De hecho... Ahora que lo pienso, hay algo en este muchacho que me recuerda a Aaron. Algo en sus ojos.

—Ey —susurro, y me giro para mirarlo.

Traga con dificultad. Se seca las lágrimas con el borde de la manga.

—Ey —lo intento otra vez—. Yo soy Ella. ¿Cómo te llamas?

El niño levanta la vista. Sus ojos son de un profundo color azul. Es el niño más triste que he conocido jamás, y hace que yo me entristezca solo con mirarlo.

—Soy A-Adam —dice en voz baja. Se vuelve a poner rojo.

Le tomo la mano. Le sonrío.

—Vamos a ser amigos, ¿te parece? No te preocupes por el señor Anderson. A nadie le cae bien. Te aseguro que es malvado con todos nosotros.

Adam se ríe, pero sigue con los ojos enardecidos. Su mano tiembla contra la mía, pero no me suelta.

—No sé —susurra—. Es bastante malo conmigo.

Le aprieto la mano.

—No te preocupes, yo te protegeré —le aseguro.

Entonces, Adam me sonríe. Con una sonrisa verdadera. Pero cuando al fin levantamos la vista, el señor Anderson nos está observando.

Parece enfadado.

Hay un edificio bullicioso dentro de mí, una masa de sonido que consume mis pensamientos y devora mis conversaciones.

Somos moscas —nos reunimos, zumbamos— con ojos protuberantes y huesos frágiles que revolotean nerviosas hacia destinos imaginados. Arrojamos nuestro cuerpo contra los cristales de ventanas alentadoras, anhelantes del mundo prometido que yace al otro lado. Día tras día, arrastramos las alas, los ojos y los órganos heridos alrededor de las mismas cuatro paredes; abiertas o cerradas, las salidas nos eluden. Deseamos que una brisa nos rescate, con la esperanza de tener la oportunidad de ver el sol.

Pasan décadas. Los siglos se amontonan.

Nuestro cuerpo malherido sigue surcando el aire. Seguimos arrojándonos a las promesas. Hay cierta locura en la repetición, en la repetición, en la repetición que enfatiza nuestra vida. Solo durante los desesperantes segundos finales antes de la muerte nos damos cuenta de que todo el tiempo las ventanas contra las que nos hemos roto el cuerpo no eran más que espejos.

KENJI

Han pasado cuatro días.

Cuatro días sin cambios. J. sigue durmiendo. Las gemelas lo llaman *coma*, pero para mí es dormir. Estoy eligiendo creer que J. está muy muy cansada. Solo necesita quitarse el estrés con una buena dosis de sueño y estará bien. Eso es lo que le digo a todo el mundo.

Estará bien.

—Solo está cansada —le digo a Brendan—. Y cuando se despierte se alegrará de que la hayamos esperado para ir a buscar a James. Estará bien.

Estamos en la S, que es como llamamos a la tienda silenciosa, que no deja de ser una estupidez porque aquí nunca hay silencio. La S es la sala común por defecto. Es un lugar de reunión/sala de juegos donde la gente del Santuario se junta por la noche para relajarse. Estoy en la zona de la cocina, apoyado contra la frágil encimera. Brendan, Winston, Ian y yo estamos esperando que la tetera eléctrica arranque a hervir.

Té.

Ha sido idea de Brendan, por supuesto. Por alguna razón, en el Punto Omega nunca nos pudimos hacer con té. Solo teníamos café, y lo racionaban a rajatabla. No fue hasta que nos mudamos a la base en el sector 45 cuando Brendan se dio cuenta de que podíamos obtener té, pero ni siquiera entonces era un abanderado de la infusión.

Pero aquí...

Brendan se ha marcado como misión propia obligarnos a que cada noche engullamos té caliente. Ni siquiera necesita la cafeína —su habilidad para manipular la electricidad mantiene su cuerpo cargado—, pero dice que le gusta porque el ritual le parece calmante. En fin, pues será. Ahora nos reunimos por la noche y bebemos té. Brendan lo toma con leche. Winston le añade *whisky*. Ian y yo lo bebemos negro.

—¿No? —insisto, cuando nadie me contesta—. A ver, un coma no es otra cosa que una siesta muy larga. J. estará bien. Las chicas harán que mejore, y entonces estará bien, y todo estará bien. Y James y Adam estarán bien, por supuesto, porque Sam los ha visto y dice que están bien.

—Sam los vio y dijo que estaban inconscientes —replica Ian mientras abre y cierra armarios. Cuando encuentra lo que está buscando, que es una caja de galletas, abre el envoltorio. Ni siquiera tiene la oportunidad de sacar una cuando Winston se la roba.

—Esas galletas son para nuestro té —dice con seriedad.

Ian echa chispas por los ojos.

Todos miramos a Brendan, que parece ajeno a los sacrificios que estamos haciendo en su honor.

—Sí, Sam dijo que estaban inconscientes —replica mientras rebusca unas cucharillas en un cajón—. Pero también dijo que parecían estables. Vivos.

—Exactamente —digo, señalando a Brendan—. Gracias. Estables. Vivos. Esas son las palabras clave.

Brendan agarra el paquete rescatado de galletas de la mano tendida de Winston y empieza a disponer platos y cubertería con una confianza que nos desconcierta a todos. No levanta la vista al decir:

—La verdad es que es increíble, ¿no?

Winston y yo intercambiamos una mirada de confusión.

—Yo no lo llamaría increíble —dice Ian mientras saca una cuchara de la bandeja. La examina—. Pero supongo que como invento los cubiertos y demás mierdas están bastante bien.

Brendan frunce el ceño. Levanta la vista.

—Estoy hablando de Sam. De su habilidad de ver a largas distancias. —Recoge la cuchara de la mano de Ian y la vuelve a colocar en su sitio de la bandeja—. Es una habilidad extraordinaria.

La habilidad sobrenatural de Sam, que le permite ver a distancias de kilómetros, fue lo que nos convenció de la veracidad de las amenazas de Anderson. Hace varios días, cuando nos llegaron las primeras noticias del secuestro, usó tanto la información disponible como su pura determinación para ubicar la localización de Anderson en nuestra antigua base del sector 45. Se había pasado catorce horas seguidas buscando, y aunque no había logrado ver en persona a los demás hijos supremos, sí que pudo atisbar a James y a Adam, que de todas maneras son los únicos que me importan. Esos indicios de vida —inconscientes, pero vivos y estables— no aportan demasiado en el campo de la confianza, pero a estas alturas estoy más que dispuesto a aferrarme a todo lo que pueda.

—De todos modos, sí. Sam es genial —digo, estirándome contra la encimera—. Y eso me lleva a pensar otra vez en lo de antes: Adam y James van a estar bien. Y J. se va a despertar pronto y estará bien. El mundo me debe al menos eso, ¿no?

Brendan e Ian se miran a los ojos. Winston se quita las gafas y las limpia lentamente con el borde de la camisa.

La tetera eléctrica hace un sonido y empieza a expulsar vapor. Brendan mete un par de bolsitas de té en una tetera de verdad y llena el fondo de porcelana con el agua caliente. Acto seguido, envuelve la tetera con una servilleta y se la pasa a Winston, y los dos llevan todas las cosas a la pequeña esquina de la habitación que últimamente nos hemos agenciado. No es nada espectacular, solo unas cuantas sillas con un par de mesas bajas en el centro. El resto de la habitación bulle de actividad. Se oyen muchas conversaciones.

Nouria y Sam están apartadas en un rincón, enfrascadas en una charla. Castle está hablando tranquilamente con las gemelas, Sonya y Sara. Todos hemos estado pasando mucho tiempo aquí —prácticamente todo el mundo— desde que el Santuario se declaró oficialmente en confinamiento. Todos estamos en este extraño limbo ahora mismo; están pasando muchas cosas, pero no se nos permite salir de la zona. No podemos ir a ningún lado ni intentar hacer nada de nada. Al menos no de momento. Solo esperamos a que J. se despierte.

En cualquier instante.

Aquí también hay un montón de personas que no conozco y pocas a las que empiece a reconocer. Asiento hacia una pareja de la que solo sé el nombre y me apalanco en una butaca suave y desgastada. Este sitio huele a café y a madera vieja, pero empieza a gustarme. Se está convirtiendo en una rutina familiar. Brendan, como siempre, acaba de poner la mesa. Tazas, cucharas, platos pequeños y servilletas en forma de triángulo. Una jarrita para la leche. Es muy meticuloso con todo el proceso. Recoloca las galletas que ya había dispuesto en un plato y alisa las servilletas de papel. Ian lo observa con la misma expresión cada noche, como si Brendan estuviera loco.

—Eh —se queja Winston de sopetón—. Ya basta.

—¿El qué? —dice Ian, incrédulo—. Venga ya, hombre, ¿no crees que todo esto es un poco raro? Que nos sentemos a tomar el té cada noche, digo.

Winston baja la voz hasta convertirla en un susurro.

—Como te cargues su ritual, te mataré.

—Vale, ya basta. No estoy sordo. —Brendan mira a Ian con los ojos entornados—. Y no me importa si creéis que es raro. Es de lo poco que me queda de Inglaterra.

Eso hace que cierren el pico.

Me quedo mirando la tetera. Brendan dice que se está infusionando.

Y entonces, de golpe, da una palmada. Me mira directamente a los ojos; esos ojos azules y ese pelo rubio platino me están recordando a Warner. Pero de algún modo, incluso con esos tonos brillantes, blancos y fríos, Brendan es lo opuesto a Warner. A diferencia de ese cretino, Brendan centellea. Es cálido. Amable. De naturaleza optimista y siempre con una sonrisa puesta.

Pobre Winston.

Winston, que está enamorado en secreto de Brendan y al que le da pavor decir nada para no cargarse su amistad. Winston cree que es demasiado mayor para Brendan, pero la cosa es que no va a dejar de envejecer. No paro de decirle que si quiere dar el paso, debería hacerlo ya, mientras todavía conserve las caderas, y me responde: «Jaja, te mataré, idiota», y me recuerda que está esperando el momento adecuado. Pero no sé. A veces creo que se va a guardar el sentimiento dentro para siempre. Y me preocupa que eso pueda matarlo.

—Esto... Una cosa —empieza a decir Brendan con cautela—, queríamos hablar contigo.

Pestañeo, concentrándome de nuevo.

—¿Con quién? ¿Conmigo?

Examino sus rostros. De repente, se han puesto serios. Demasiado serios. Intento reírme cuando pregunto:

—¿Qué pasa? ¿Me vais a soltar algún sermón recriminatorio o qué?

—Eso es —confirma Brendan—. Más o menos.

De pronto, se me agarrota el cuerpo.

Brendan suspira.

Winston se rasca la frente.

—Lo más probable es que Juliette muera —dice Ian—. Lo sabes, ¿verdad?

El alivio y la ira me inundan a la vez. Consigo poner los ojos en blanco y negar con la cabeza al unísono.

—Déjalo ya, Sanchez. No seas así. No tiene gracia.

—No estoy intentando ser gracioso.

Vuelvo a poner los ojos en blanco, esta vez mirando a Winston en busca de ayuda, pero este se limita a hacerme un gesto negativo con la cabeza. Frunce tanto el ceño que se le deslizan las gafas por la nariz. Se las quita.

—Esto es serio —dice—. Juliette no está bien. Y aunque se despierte… Quiero decir, después de lo que sea que le haya ocurrido…

—No va a ser la misma —acaba la frase Brendan en su lugar.

—¿Y eso quién lo dice? —Arrugo la frente—. Las gemelas han dicho…

—Kenji, las gemelas han dicho que algo sobre su química ha cambiado. Hace días que le hacen pruebas. Emmaline le hizo algo raro… Algo que, digamos, le ha alterado el ADN físicamente. Además, le ha frito el cerebro.

—Ya sé lo que dijeron —le espeto, irritado—. Estaba presente, pero las chicas solo estaban actuando con cautela. Crees que existe la posibilidad de que lo que le haya ocurrido le deje alguna secuela, pero… estamos hablando de Sonya y de Sara. Pueden curar cualquier cosa. Lo único que tenemos que hacer es esperar a que J. se despierte.

Winston vuelve a negar con la cabeza.

—No serán capaces de curar algo así —me asegura—. Las gemelas no pueden reparar una devastación neurológica de esa envergadura. Puede que sean capaces de mantenerla con vida, pero no estoy seguro de que vayan a poder…

—Puede que ni siquiera despierte —intercede Ian, cortándolo—. Quiero decir, nunca. O, en el mejor de los casos, podría estar en coma durante años. Mira, lo que nos urge ahora es empezar a hacer planes sin ella. Si vamos a salvar a James y a Adam, tenemos que irnos ya.

Sé que Sam les ha estado echando un ojo, y sé que dice que están estables por el momento, pero no nos podemos quedar de brazos cruzados. Anderson no sabe lo que le ha ocurrido a Juliette, y eso significa que todavía espera que nos rindamos. Y eso significa que Adam y James están en peligro... Y eso significa que se nos acaba el tiempo. Y, por una vez —respira hondo—, no soy el único que piensa así.

Me reclino en el asiento, abrumado.

—Me estás vacilando, ¿verdad?

Brendan sirve el té.

Winston se saca un frasco del bolsillo y lo sopesa en la mano antes de extenderlo hacia mí.

—Quizá deberías tomarte esto esta noche —me propone.

Le pongo mala cara.

Se encoge de hombros y vacía la mitad del frasco en su taza.

—Escucha —dice Brendan con suavidad—. Ian tiene la delicadeza de un animal salvaje, pero no le falta razón. Ha llegado la hora de pensar en un nuevo plan. Seguimos adorando a Juliette, pero es que... —Deja la frase a medias y frunce el ceño—. Espera, ¿es Juliette o Ella? ¿Se ha llegado a algún consenso?

Todavía tengo el entrecejo fruncido cuando digo:

—Yo la llamo Juliette.

—Pero creía que prefería que la llamaran Ella —rebate Winston.

—Está en coma, joder —interviene Ian, y le da un sonoro sorbo al té—. No le importa cómo la llames.

—No seas tan bruto —le recrimina Brendan—. Es nuestra amiga.

—Tu amiga —musita.

—Espera... ¿Es por eso? —Me inclino hacia delante—. ¿Estás celoso porque nunca te consideró un amigo del alma, Sanchez?

Ian pone los ojos en blanco y aparta la vista.

Winston nos observa con un interés fascinado.

—Muy bien, bébete el té —me indica Brendan, y le pega un bocado a una galleta. Hace un gesto hacia mí con la galleta mordida—. Se está enfriando.

Le dedico una mirada cansada, pero le doy un sorbo obligado y por poco me ahogo. Sabe a rayos. Estoy a punto de apartar la taza cuando me doy cuenta de que Brendan me sigue observando, así que bebo un trago largo y asqueroso de ese líquido oscuro antes de volver a dejar la taza en el platillo. Intento que no me entren arcadas.

—Vale —digo, golpeándome los muslos con las palmas—. Votemos: ¿quién de los presentes cree que Ian está enfadado porque J. no se enamoró de él cuando apareció en el Punto Omega?

Winston y Brendan comparten una mirada. Poco a poco, los dos levantan la mano.

Ian vuelve a poner los ojos en blanco.

—Pendejos* —masculla.

—La teoría tiene algo de sentido —tercia Winston.

—Tengo novia, idiotas. —Y, como si la acabara de invocar, Lily levanta la vista en la otra punta de la sala y cruza la mirada con la de Ian. Está sentada con Alia y otra chica que no conozco.

Lily lo saluda.

Ian le devuelve el gesto.

—Sí, pero estás acostumbrado a cierto nivel de atención —insiste Winston mientras alarga la mano en busca de otra galleta. Levanta la vista y examina la habitación—. Como esas chicas de allí abajo. —Hace un gesto con la cabeza—. No te han quitado el ojo de encima desde que has entrado.

—Qué va —protesta Ian, aunque no puede evitar desviar la mirada.

---

* En español en el original.

—Es verdad. —Brendan se encoge de hombros—. Eres muy guapo.

Winston se atraganta con el té.

—Vale, ya basta. —Ian sostiene las manos en alto—. Sé que os pensáis que sois muy graciosos, pero hablo en serio. Después de todo, Juliette es vuestra amiga, no la mía.

Exhalo dramáticamente.

Ian me dedica una mirada.

—Cuando apareció por primera vez en el Punto Omega, intenté acercarme a ella, ofrecerle mi amistad, y ella nunca mostró interés. Incluso cuando Anderson nos aprisionó —asiente hacia Brendan y Winston— se tomó todo el tiempo del mundo para intentar sonsacarle información a Warner. Nunca le importó una mierda nuestro estado, y lo único que hemos hecho siempre es arriesgarlo todo por protegerla.

—Eh, eso no es justo —se queja Winston, meneando la cabeza—. Estaba en una posición horrible...

—Ya ves tú —musita Ian. Agacha la vista hacia su té—. Toda esta situación no es más que una gran mierda.

—Brindemos por ellos —dice Brendan, rellenando su taza—. Ahora bebe un poco más de té.

Ian masculla un iracundo agradecimiento en voz baja y se lleva la taza a los labios. De repente, se queda quieto.

—Y encima eso —dice, arqueando una ceja—. Como si no tuviéramos suficiente, tenemos que lidiar con ese imbécil. —Ian hace un gesto con la taza hacia la entrada.

Mierda.

Warner está aquí.

—Ella lo trajo hasta aquí —sigue diciendo Ian, aunque al menos tiene el buen juicio de mantener la voz baja—. Por culpa suya tenemos que tolerar a ese malnacido.

—Si somos sinceros, la idea original fue de Castle —señalo.

Ian me lanza una peineta.

—¿Qué está haciendo aquí? —pregunta Brendan con voz queda.

Niego con la cabeza y tomo otro sorbo inconsciente de ese té asqueroso. Hay algo en su sabor nauseabundo que me empieza a resultar familiar, pero no consigo acabar de identificarlo.

Levanto la vista de nuevo.

No le he vuelto a dirigir la palabra a Warner desde el primer día, el día que Emmaline atacó a J. Ha deambulado como un fantasma desde entonces. Nadie lo ha visto, aparte de los hijos de los comandantes supremos, creo.

Ha recuperado su antiguo yo.

Parece ser que por fin se ha duchado. Nada de sangre. Y creo que se ha curado, aunque no haya manera de estar seguro, porque va vestido por completo, con un conjunto que supongo que le ha tomado prestado a Haider. Mucho cuero.

Lo observo durante unos pocos segundos mientras se abre paso por la habitación, arrollando a la gente e interponiéndose entre las conversaciones y sin pedirle disculpas a nadie, hacia Sonya y Sara, que siguen hablando con Castle.

Pues muy bien.

El tipo ni siquiera me dedica una mirada. Ni siquiera repara en mi existencia. Tampoco es que me importe. No es que fuéramos amigos de verdad.

Al menos eso es lo que sigo repitiéndome.

No sé cómo ni cuándo he conseguido acabarme la taza, porque Brendan me la está rellenando. Apuro la nueva ronda en un par de tragos rápidos y me meto una galleta seca en la boca. A continuación, niego con la cabeza.

—Vale, nos estamos distrayendo —digo, y las palabras me parecen demasiado altas, incluso para mis propios oídos—. Centrémonos, por favor.

—Tienes razón —repone Winston—. Centrémonos. ¿En qué nos tenemos que centrar?

—En una nueva misión —responde Ian, reclinándose en la silla. Empieza a contar con los dedos—: Salvar a Adam y a James. Matar a los demás comandantes supremos. Dormir por fin.

—Fácil y conciso —apunta Brendan—. Me gusta.

—¿Sabes qué? Creo que debería ir a hablar con él.

Winston enarca una ceja.

—¿Hablar con quién?

—Con Warner, con quién si no. —Noto la mente caliente, un poco nublada—. Debería ir a hablar con él. Nadie habla con él. ¿Por qué estamos permitiendo que vuelva a ser el imbécil de antes? Debería hablar con él.

—Es una idea maravillosa —dice Ian, sonriendo mientras se inclina hacia delante—. Hazlo.

—Ni se te ocurra hacerle caso —me advierte Winston, empujando a Ian hacia atrás de su asiento—. Ian solo quiere presenciar tu asesinato.

—Qué feo por tu parte, Sanchez.

Ian se encoge de hombros.

—Cambiando de tema —me dice Winston—, ¿cómo notas la cabeza?

Frunzo el ceño y me llevo con cuidado los dedos al cráneo.

—¿A qué te refieres?

—Me refiero a que probablemente ahora sea un buen momento para confesarte que llevas toda la noche echándole *whisky* al té —continúa Winston.

—¿Qué cojones? —Me levanto demasiado rápido. Mala idea—. ¿Por qué?

—Parecías estresado.

—No estoy estresado.

Todos se me quedan mirando.

—Bueno, vale —me quejo—. Estoy estresado. Pero no estoy borracho.

—No. —Me examina de cerca—. Pero es probable que vayas a necesitar todas las neuronas que tengas disponibles si vas a hablar con Warner. Yo las necesitaría. No soy tan orgulloso como para no admitir que me asusta de verdad.

Ian pone los ojos en blanco.

—No te tienes que asustar de nada de ese tipo. El único problema es que es un arrogante hijo de puta que solo sabe mirarse al ombligo...

—Espera —lo corto, pestañeando—. ¿A dónde ha ido?

Todos se giran para buscarlo.

Juro que hace apenas cinco segundos estaba justo ahí. Roto la cabeza de un lado a otro como un personaje de dibujos animados, comprendiendo solo vagamente que me estoy moviendo demasiado rápido y demasiado lento gracias a Winston, mi amigo más idiota y bien intencionado. Pero durante el proceso de barrer la sala con la vista en busca de Warner, atisbo a la persona a la que había estado intentando evitar:

Nazeera.

Me desplomo en la silla con demasiado ímpetu y estoy a punto de derribarla. Me encorvo, respirando con dificultad, y luego, por ninguna razón aparente, estallo en carcajadas. Winston, Ian y Brendan se me quedan mirando como si hubiese perdido la cabeza, y no los culpo. No sé qué diablos me pasa. Ni siquiera sé por qué estoy evitando a Nazeera. No hay nada en ella que me dé motivos para temerle. Nada que dé tanto miedo como el hecho de que no hayamos hablado sobre la última conversación emocional que mantuvimos, poco antes de que me pateara la espalda y yo casi la asesinara en consecuencia.

Me dijo que yo era la primera persona a la que había besado.

Y entonces el cielo se deshizo y a Juliette la poseyó su hermana y el ambiente romántico se interrumpió para siempre. Han pasado cinco días desde que ella y yo tuvimos esa conversación, y desde entonces solo he pasado por muchísimo estrés y trabajo y más estrés y Anderson es un desgraciado y James y Adam están secuestrados.

Además, estoy cabreado con ella.

Hay una parte de mí a la que le gustaría —mucho— agarrarla sin más y llevarla a algún rincón privado, pero hay otra parte que no me permite hacerlo. Porque estoy enfadado con ella. Sabía lo mucho que significaba para mí ir a buscar de James, y ella tan solo ha desestimado la idea con casi ninguna empatía. Quizá un poco, supongo. Pero no demasiada. Qué más da... ¿Estoy pensando demasiado? Creo que estoy pensando demasiado.

—¿Qué diantres te pasa? —Ian tiene la vista clavada en mí, asombrado.

—Nazeera está aquí.

—¿Y?

—Pues no sé, que Nazeera está aquí —repito, manteniendo el tono de voz bajo—. Y no quiero hablar con ella.

—¿Por qué no?

—Porque ahora mismo mi cabeza está estúpida, he ahí el motivo. —Fulmino con la mirada a Winston—. Es culpa tuya. Has hecho que mi cabeza sea estúpida y ahora tengo que evitar a Nazeera, porque de lo contrario lo más seguro es que haga o diga algo extremadamente estúpido y la cague por completo. Así que tengo que esconderme.

—Vaya —replica Ian, y se encoge de hombros—. Pues qué mala pata, porque viene hacia aquí.

Me tenso. Lo miro. Y entonces le digo a Brendan:

—¿Está mintiendo?

Brendan niega con la cabeza.

—Me temo que no, colega.

—Mierda. Mierda. Mierda mierda mierda.

—Yo también me alegro de verte, Kenji.

Levanto la vista. Está sonriendo.

Ay, qué guapa es.

—Hola —respondo—. ¿Cómo estás?

Mira en derredor y contiene una risotada.

—Estoy bien. ¿Cómo estás… tú?

—Bien. Bien. Gracias por preguntar. Me ha alegrado verte.

Nazeera pasa la vista de mí a los demás chicos y de vuelta a mí.

—Sé que detestas que te lo pregunte, pero… ¿estás borracho?

—No —contesto con la voz demasiado alta. Me hundo más en la silla—. No estoy borracho. Solo un poco… achispado. —El *whisky* está empezando a subir ahora; son unos dedos cálidos y líquidos que me envuelven el cerebro y lo estrujan.

Ella arquea una ceja.

—Ha sido culpa de Winston —digo señalándolo.

Él niega con la cabeza y suspira.

—Muy bien —dice Nazeera, pero puedo oír un leve deje de irritación en su voz—. Bueno, esta no es la situación ideal, pero necesito que te pongas en pie.

—¿Qué? —Giro el cuello. La miro—. ¿Por qué?

—Ha habido un avance con Ella.

—¿Qué tipo de avance? —Yergo la espalda de golpe, espabilándome de sopetón—. ¿Está despierta?

Nazeera ladea la cabeza.

—No exactamente —dice.

—¿Entonces?

—Deberías venir conmigo y verlo por ti mismo.

~~ELLA~~
~~JULIETTE~~

Noto a Adam cerca.

Casi puedo verlo en mi mente, una forma borrosa, acuarelas que sangran a través de una membrana y que manchan el blanco de mis ojos. Es un río desbordado, azules en lagos de lo más oscuros, agua en océanos tan pesados que me hundo, rindiéndome al peso del mar.

Respiro hondo y me lleno los pulmones de lágrimas, plumas de extraños pájaros que aletean contra mis ojos cerrados. Veo un destello de pelo dorado sucio y oscuridad y piedra y veo azul y verde y

Calor, de repente, una exhalación en mis venas...

Emmaline.

Sigue aquí, sigue nadando.

Últimamente ha estado callada, el fuego de su presencia se ha reducido a unas ascuas brillantes. Se siente mal por haberme deposeído de mí misma. Se siente mal por las molestias ocasionadas. Se siente mal por haber perturbado mi mundo tan profundamente. Aun así, no quiere marcharse. Le gusta estar aquí, le gusta extenderse por el interior de mis huesos. Le gusta el aire seco y el sabor del oxígeno real. Le gusta la forma de mis dedos, el filo de mis dientes. Se siente mal, pero no lo suficiente como para regresar, así que está intentando hacerse muy pequeña y no hacer nada de ruido. Intenta reconciliarse conmigo tomando tan poco espacio como le sea posible.

No sé cómo lo comprendo con tanta claridad, solo que su mente parece haberse fusionado con la mía. Ya no necesitamos conversar. Las explicaciones son redundantes.

Al principio, lo inhaló todo.

Emocionada y ansiosa, se lo llevó todo. Una nueva piel. Ojos y boca. Percibí cómo se maravillaba con mi anatomía, con los sistemas que atraían el aire por mi nariz. Yo parecía existir aquí casi como una idea adicional, sangre que bombea a través de un órgano que late solamente para pasar el tiempo. Era poco más que una pasajera en mi propio cuerpo, incapaz de hacer nada mientras ella exploraba y se deterioraba en inicios y chispas, acero que chirría contra sí mismo, contracciones asombrosas de dolor como garras que se clavan dentro, dentro. Ahora que se ha asentado, la situación es mejor, pero su presencia se ha desvanecido hasta convertirse en una dolorosa tristeza. Parece desesperada por poder asirse a algo mientras de desintegra, inconscientemente arrancándome fragmentos de la mente. Hay días mejores que otros. Algunos días el fuego de su existencia es tan abrasador que me olvido de cómo respirar.

Pero la mayoría de los días soy solo una idea, nada más.

Soy espuma y humo que hacen la función de piel. Los dientes de león se congregan en mi caja torácica, el musgo crece imparable por mi espalda. El agua de lluvia me inunda los ojos, inunda mi boca abierta, se escurre por las comisuras que mantienen mis labios unidos.

No

    dejo

    de

hundirme.

Y de repente...

¿por qué ahora?

de repente
por sorpresa
el pecho se hincha, los pulmones funcionan, los puños se cierran, las rodillas se doblan, el pulso se acelera, la sangre bombea

Floto

—Señorita Ferrars... Quiero decir, Ella...
—Se llama Juliette. Por el amor de Dios, llámala Juliette.
—¿Por qué no la llamamos como ella quiera?
—Eso. Exacto.
—Pero pensaba que quería que la llamáramos Ella.
—Jamás hubo un consenso. ¿O sí?

Lentamente, abro los párpados.

El silencio estalla, cubriendo bocas, paredes, puertas y motas de polvo. Pende en el aire, envolviéndolo todo, durante dos segundos completos.

Y entonces

Gritos, chillidos, un millón de sonidos. Intento contarlos todos y la cabeza me da vueltas, se inunda. El corazón me late con mucha fuerza en el pecho, zarandeándome sin piedad, haciendo que me tiemblen las manos, sacudiéndome el cráneo. Miro alrededor rápido, demasiado rápido, con la cabeza bamboleándose de un lado a otro y todo da vueltas y vueltas y

Tantas caras, difusas y extrañas.

Estoy respirando demasiado fuerte y unos puntos me nublan la visión y coloco las manos encima de —bajo la vista— la cama que tengo debajo y aprieto con fuerza los ojos

Qué soy
Quién soy
Dónde estoy

De nuevo el silencio, rápido y completo, como si fuera magia, magia, una quietud embarga a los presentes, lo embarga todo, y exhalo, el pánico se drena de mi cuerpo y me reclino hacia atrás, empapándome con los sedimentos cuando
Unas manos calientes

tocan las mías.

Me resultan familiares.

De repente, me quedo quieta. Mis ojos permanecen cerrados. El sentimiento avanza por mi cuerpo como si fuera un fuego desatado, las llamas devoran el polvo de mi pecho, las astillas de mis huesos. Las manos se convierten en brazos que me rodean y el fuego resplandece. Mis propias manos están atrapadas entre nosotros y noto las líneas duras de su cuerpo a través del suave algodón de su camisa.

Una cara aparece y desaparece detrás de mis ojos.

Hay algo que hace que me sienta muy segura aquí al tenerlo cerca, en su aroma, algo que es completamente él. Estar cerca de él provoca algo en mí, algo que ni siquiera sé explicar, algo que no puedo controlar. Sé que no debería, sé que no debería, pero no puedo evitar reseguir con la punta de los dedos las líneas perfectas de su torso.

Oigo cómo se le entrecorta la respiración.

Las llamas brincan en mi interior, asaltan mis pulmones y respiro, arrastrando el oxígeno hacia mi cuerpo, que solo consigue alimentar más el fuego. Una de sus manos se apoya en la parte de atrás de mi cabeza, la otra me agarra por la cintura. Un destello caluroso ruge por mi columna y avanza hasta mi cráneo. Sus labios están al lado de mi oreja, susurrando, susurrando

Vuelve a la vida, cariño
Estaré aquí cuando despiertes

Abro los ojos de golpe.

El calor es implacable. Me confunde. Me consume. Me calma, apacigua mi corazón desbocado. Sus manos se mueven por mi cuerpo, ligeras caricias en mis brazos, en mis costados. Me abro paso hacia él a través de los recuerdos, mis manos temblorosas resiguiendo la forma familiar de su espalda, mi mejilla apretada contra el latido familiar de su corazón. Su aroma, tan familiar, tan familiar, y entonces levanto la vista…

Sus ojos, hay algo en sus ojos

Por favor, dice, *por favor, no me dispares por esto*

La habitación se va enfocando gradualmente, mi cabeza se va asentando sobre mi cuello, mi piel va envolviendo mis huesos, mis ojos observan unos ojos verdes llenos de desesperación que parecen saber demasiado. Aaron Warner Anderson está inclinado hacia mí, inspeccionándome con ojos preocupados, su mano paralizada en el aire como si hubiese estado a punto de tocarme.

Se echa hacia atrás.

Me observa sin pestañear con el pecho agitado.

—Buenos días —supongo. No estoy segura de mi voz, de la hora ni del día, de las palabras que se escapan de mis labios y del cuerpo que me contiene.

Su sonrisa parece causarle daño.

—Algo va mal —susurra. Me acaricia la mejilla. Delicadamente, tanto que no estoy segura de si soy real, como si le diera miedo que si se acerca demasiado yo fuera a, puf, desaparecer. Sus cuatro dedos me rozan la cara lentamente, muy lentamente antes de deslizarse hasta mi nuca para quedarse atrapados allí. Su pulgar me acaricia el pómulo.

Mi corazón implosiona.

No deja de mirarme, buscando ayuda en mis ojos, una guía, alguna señal de protesta, como si estuviera seguro de que voy a empezar a gritar o llorar o echar a correr, pero no lo haré. Dudo de que pudiera aunque quisiera porque no quiero. Quiero quedarme aquí. Justo aquí. Quiero quedarme paralizada en este instante.

Se acerca, un centímetro nada más. Su mano libre se levanta para posarse al otro lado de mi cara.

Me sostiene como si estuviera hecha de plumas. Como si fuera un pájaro. Blanco con manchas doradas, como si tuviera una corona sobre la cabeza.

Volaré.

Una exhalación suave y entrecortada abandona su cuerpo.

—Algo va mal —repite, pero distante, como si estuviera hablando con otra persona—. Su energía es distinta. Está mancillada.

El sonido de su voz se enrolla en mi interior y sube describiendo espirales por mi columna. Siento que me yergo mientras me noto extraña, desfasada, como si hubiese viajado a través del tiempo. Me incorporo y Warner se acomoda para dejarme sitio. Estoy cansada y débil por el hambre, pero aparte de algunas dolencias generales parece que estoy bien. Estoy viva. Estoy respirando, pestañeando, sintiéndome humana, y sé exactamente por qué.

Lo miro a los ojos.

—Me has salvado la vida.

Ladea la cabeza.

Me sigue contemplando con una mirada tan intensa que me ruborizo, confundida, y aparto los ojos. En cuanto lo hago, estoy muy a punto de dar un salto por la sorpresa. Castle, Kenji, Winston, Brendan y un montón de personas más que no reconozco tienen la vista clavada en mí, en las manos de Warner sobre mi cuerpo, y de repente me siento tan humillada que no sé ni qué hacer conmigo misma.

—Hola, princesa —me saluda Kenji—. ¿Estás bien?

Intento ponerme en pie y Warner procura ayudarme. Cuando su piel entra en contacto con la mía, me recorre otra descarga repentina y desestabilizadora. Trastabillo y caigo en sus brazos; él me atrae hacia sí, su calor prendiendo mi cuerpo de nuevo. Estoy temblando, con el corazón desbocado y un placer nervioso palpitándome por las venas.

No lo entiendo.

Me abruma una necesidad abrupta e inexplicable de tocarlo, de presionar mi piel contra la suya hasta que la fricción nos haga arder a los dos. Porque hay algo en él, siempre ha habido algo en él que me ha llamado la atención y que nunca he llegado a comprender del todo. Me aparto, sorprendida por la intensidad de mis propios pensamientos, pero me retiene con los dedos en el mentón. Me inclina la cara hacia él.

Levanto la vista.

Sus ojos son de un tono verde muy extraño: brillante, claro, penetrante de una manera de lo más alarmante. Tiene el cabello espeso, del color del oro más puro. Todo en él es meticuloso. Prístino. Su aliento es frío y fresco. Puedo notarlo en la cara.

Mis ojos se cierran automáticamente. Lo inspiro, sintiéndome mareada de repente. Un estallido de risa se escapa de mis labios.

—Definitivamente, algo va mal —dice alguien.

—Sí, no parece que esté bien —añade otra persona.

—Ah, vale, así que estamos diciendo obviedades en voz alta, ¿es eso lo que estamos haciendo? —Kenji.

Warner permanece callado. Noto sus brazos a mi alrededor y abro los ojos. Tiene la mirada clavada en la mía, sus ojos son como unas llamas verdes que no se van a extinguir jamás y su pecho se hincha y se deshincha muy rápido, muy rápido, muy rápido. Sus labios están ahí, justo encima de los míos.

—¿Ella? —susurra.

Frunzo el ceño.

Mis ojos salen disparados hacia arriba, hacia los suyos y luego bajan, hacia sus labios.

—Cariño, ¿me oyes?

Cuando no respondo, muda el semblante.

—Juliette —dice en voz baja—. ¿Puedes oírme?

Lo miro pestañeando. Pestañeo y pestañeo y pestañeo y descubro que sigo fascinada por sus ojos. Es un tono verde muy deslumbrante.

—Vamos a necesitar que todo el mundo se vaya de la habitación —dice alguien de repente. En voz alta—. Tenemos que hacerle pruebas de inmediato.

Me doy cuenta de que son las gemelas. Son las chicas. Están aquí. Están intentando apartarlo de mi lado, intentando que se aleje de mí. Pero los brazos de Warner son como unas tenazas metálicas alrededor de mi cuerpo.

Se niega.

—Todavía no —dice con vehemencia—. Todavía no.

Y, por algún motivo, le hacen caso.

Quizá vean algo en él, quizá vean algo en su cara, en sus rasgos. Quizá vean lo mismo que veo yo desde esta perspectiva desencajada y brumosa. La desesperación que hay en su expresión, la angustia tallada en sus rasgos, la manera como me mira, como si fuera a morirse si yo me muero.

Alargo una mano vacilante y le toco la cara. Tiene la piel suave y fría. Es de porcelana. No parece real.

—¿Qué pasa? —pregunto—. ¿Qué ha pasado?

Aunque parezca imposible, Warner palidece todavía más. Niega con la cabeza y apoya la cara en mi mejilla.

—Por favor —susurra—. Vuelve conmigo, amor mío.

—¿Aaron?

Percibo una pausa prácticamente imperceptible en su respiración. La vacilación. Es la primera vez que uso su nombre con tanta naturalidad.

—¿Sí?

—Quiero que sepas que no creo que estés loco —le digo.

—¿Qué? —se sorprende.

—No creo que estés loco —repito—. Y no creo que seas un psicópata. No creo que seas un asesino despiadado. No me importa lo que los demás digan de ti. Creo que eres una buena persona.

Warner parpadea a toda velocidad. Puedo oír su respiración.

Inhala y exhala.

De forma entrecortada.

Un destello de dolor aturdidor y desgarrador, y mi cuerpo se queda lánguido de golpe. Vislumbro el brillo del metal. Noto la mordida de la jeringuilla. Mi cabeza empieza a encharcarse y todos los sonidos empiezan a mezclarse.

—Vamos, hijo —dice Castle con una voz que se expande y se ralentiza—. Sé que esto es duro, pero necesitamos que des un paso atrás. Tenemos que...

Un sonido violento y abrupto me da un momento repentino de claridad.

Un hombre que no reconozco aparece en la puerta con una mano en el marco, jadeando.

—Están aquí —anuncia—. Nos han encontrado. Están aquí. Jenna está muerta.

KENJI

El tipo que jadea en el umbral de la puerta todavía no ha acabado la frase cuando todo el mundo se pone en movimiento. Nouria y Sam pasan como una exhalación por su lado y se dirigen al pasillo, gritando órdenes e instrucciones: algo sobre iniciar el protocolo para el sistema Z, algo sobre reunir a los niños, a los ancianos y a los enfermos. Sonya y Sara colocan algo en las manos de Warner, le echan un último vistazo a la figura postrada e inconsciente de J. y salen por la puerta detrás de Nouria y Sam.

Castle se agacha, cierra los ojos y coloca las palmas de las manos sobre el suelo, escuchando. Sintiendo.

—Once... No, doce cuerpos. A unos quinientos metros. Diría que tenemos unos dos minutos antes de que nos alcancen. Haré todo lo posible para frenarlos hasta que podamos abandonar este lugar. —Levanta la cabeza—. ¿Señor Ibrahim?

Ni siquiera me doy cuenta de que Haider está aquí con nosotros hasta que dice:

—Es tiempo de sobra.

Cruza la habitación a grandes pasos hacia la pared opuesta a la cama de Juliette. Recorre con las manos su superficie lisa, desgarrando cuadros y monitores mientras lo hace. El cristal y la madera se destrozan y forman un montículo sobre el suelo. Nazeera profiere un grito ahogado y se queda completamente quieta. Me giro, aterrorizado, para mirarla y me dice:

—Se lo tengo que decir a Stephan.

Sale disparada hacia la puerta.

Warner está sacando a Juliette de la cama, quitándole las vías y vendándole las heridas. Cuando está libre, envuelve su cuerpo dormido con una suave bata azul que está colgada cerca, y casi en el mismo exacto momento oigo el tictac delatador de una bomba.

Vuelvo la vista atrás, hacia la pared donde está Haider. Ahora hay dos explosivos colocados cuidadosamente en el yeso, y apenas tengo tiempo de procesarlo antes de que Haider nos grite que nos alejemos al pasillo. Warner ya está cruzando la puerta, sosteniendo con cuidado el bulto envuelto de J. en los brazos. Oigo la voz de Castle —un grito repentino— y mi propio cuerpo también es levantado y arrojado por la puerta.

La habitación explota.

Las paredes se sacuden con tanta violencia que me traquetean los dientes, pero cuando los temblores remiten, regreso adentro a toda prisa.

Haider ha hecho volar solo una pared.

Un rectángulo de pared exacto y perfecto. Ha desaparecido. Ni siquiera sabía que algo así fuera posible. Fragmentos de ladrillo, madera y yeso se esparcen por el terreno abierto más allá de la habitación de J., y el viento frío de la noche se apresura a entrar, despertándome con su bofetón. La luna está muy llena y brillante, como un foco que me apunta directamente a los ojos.

Estoy atónito.

Haider nos da una explicación sin habérsela pedido:

—El hospital es demasiado grande, demasiado complicado. Necesitábamos una salida eficiente. Al Restablecimiento no le va a importar los daños colaterales cuando vayan tras nosotros; de hecho, puede que incluso lo deseen, pero si tenemos alguna esperanza de salvar vidas inocentes, debemos alejarnos todo lo posible de los edificios centrales y espacios comunes. Ahora vamos —grita—. En marcha.

Pero estoy aturullado.

Miro a Haider pestañeando, todavía recuperándome de la explosión, del *whisky* que todavía me abraza el cerebro y ahora de esto: la prueba de que Haider Ibrahim tiene conciencia.

Warner y él me adelantan, cruzan el boquete de la pared y empiezan a correr hacia los brillantes bosques, Warner con J. en volandas. Ninguno se toma la molestia de explicarme en qué están pensando. A dónde van. Qué cojones va a pasar a continuación.

Bueno, de hecho, creo que esta última parte es bastante obvia.

Lo que va a pasar a continuación es que Anderson va a hacer acto de presencia y nos intentará matar.

Castle y yo intercambiamos una mirada —somos los últimos que todavía estamos en lo que queda de la habitación de J.— y vamos a la zaga de Warner y Haider hacia un claro en la otra punta del Santuario, tan lejos de las tiendas como nos sea posible. Llega un momento en el que Warner se separa del grupo y desaparece por un camino tan oscuro que no consigo ver el final. Cuando me desvío para seguirlo, Haider vocifera que lo deje ir solo. No sé qué le hace Warner a Juliette, pero cuando se reúne con nosotros, ya no está en sus brazos. Le dice algo rápido a Haider, pero me parece que son palabras en francés. No en árabe, sino en francés.

Pues muy bien. No tengo tiempo para pensar en ello.

Ya han pasado cinco minutos, según mis cálculos estimados. Cinco minutos, y eso significa que en cualquier momento deberían estar aquí. Doce cuerpos nos persiguen y nosotros solo somos cuatro.

Haider, Castle, Warner y yo.

Me estoy congelando.

Estamos quietos en la oscuridad, esperando a la muerte, y los segundos parecen pasar con una lentitud lacerante. El olor a tierra mojada y a vegetación en descomposición me llena la cabeza y agacho la vista, notando pero sin ver el grueso montón de hojas que tengo bajo los pies. Son suaves y ligeramente húmedas, y crujen un poco cuando cambio el peso de pie.

Intento no moverme.

Cualquier sonido me enerva. Un zarandeo repentino de las ramas. Una brisa inocente. Mi propia respiración agitada.

Está demasiado oscuro.

Ni siquiera la luna robusta y brillante es suficiente para que su luz penetre en este bosque. No sé cómo vamos a pelear contra nadie si no podemos ver lo que se nos acerca. La luz es irregular, se esparce por entre las ramas y se desparrama por la tierra suave. Miro al suelo y examino un estrecho rayo de luz que ilumina la punta de mis botas y una araña que se escabulle por encima y alrededor del obstáculo en su camino, que son mis pies.

El corazón me martillea.

No hay tiempo. Ojalá tuviéramos más tiempo.

Es lo único en lo que puedo pensar. Una y otra vez. Nos han sorprendido con la guardia baja, no estábamos preparados, no tenía que ocurrir así. En mi cabeza dan vueltas los futuros hipotéticos, las diferentes realidades y lo que podría haber sido incluso al enfrentarme a la realidad que se me pone por delante. Incluso al observar de frente el agujero negro que está devorando mi futuro no puedo evitar preguntarme si podríamos haberlo hecho de otra manera.

Los segundos se acumulan. Los minutos pasan.

Nada.

El latido acelerado de mi corazón se ralentiza hasta alcanzar una arritmia cargada de pavor. He perdido la perspectiva —mi sentido del tiempo se ha tergiversado en la oscuridad—, pero juro que siento que llevamos aquí demasiado rato.

—Algo va mal —dice Warner.

Oigo cómo alguien respira profundamente. Haider.

—Hemos calculado mal —insiste Warner en voz baja.

—No —repone Castle.

Entonces oigo los gritos.

Los cuatro echamos a correr sin vacilar arrojándonos hacia los sonidos. Las ramas nos arañan y nos torcemos los tobillos con las raíces protuberantes, nos impulsamos hacia la oscuridad con la fuerza del pánico puro y concentrado. Furia.

Unos sollozos desgarran el cielo. Unos gritos violentos retumban en la distancia. Voces inarticuladas, gemidos guturales, pelos que se me erizan por la piel. Estamos corriendo a toda velocidad hacia la muerte.

Sé que estamos cerca cuando veo la luz.

Nouria.

Ha proyectado un brillo etéreo por encima de la escena, dejando bien a la vista los restos de un campo de batalla.

Frenamos.

El tiempo parece expandirse, fracturarse, mientras soy testigo de una masacre. Anderson y sus hombres han tomado un desvío. Esperábamos que fueran directamente a por Warner, directamente a por Juliette. Esperábamos. Lo hemos intentado. Hemos apostado por ello.

No ha sido el caballo ganador.

Y conocemos al Restablecimiento lo bastante bien como para comprender que ha castigado a esa gente inocente solo por habernos acogido. Han masacrado a familias enteras solo por habernos proporcionado ayuda. Las náuseas me aporrean con la fuerza de una espada dejándome aturdido, dejándome frío. Me desplomo contra un árbol. Puedo notar cómo mi mente se desconecta, cómo me amenaza con la inconsciencia, pero de algún modo me obligo a no desmayarme por el terror. Por el pavor. Por la angustia.

Mantengo los ojos abiertos.

Sam y Nouria están de rodillas, sosteniendo cuerpos sangrantes y rotos contra el pecho al tiempo que sus gritos atormentados perforan la noche. Castle está a mi lado, con el cuerpo flojo. Oigo su sollozo medio ahogado.

Sabíamos que era una posibilidad —Haider nos dijo que podían llegar a cometer una atrocidad así—, pero no me puedo creer lo que ven mis ojos. Quiero desesperadamente que todo esto no sea más que una pesadilla. Me cortaría el brazo derecho para que así fuera. Pero la realidad persiste.

El Santuario es poco más que un cementerio.

Hombres y mujeres desarmados, masacrados. Desde mi posición puedo contar a seis niños muertos. Con los ojos abiertos, los labios separados y sangre fresca que todavía gotea de sus cuerpos inertes. Ian está de rodillas, vomitando. Winston se tambalea hacia atrás y se estrella contra un árbol. Se le deslizan las gafas por la nariz y solo se acuerda de agarrarlas en el último momento. Solo los hijos de los comandantes supremos parecen mantener todavía la cordura, y hay algo sobre ese hecho que hace que mi corazón se llene de miedo. Nazeera, Haider, Warner y Stephan. Caminan calmadamente por el desastre, con el semblante inalterado y solemne. No sé qué habrán visto —de qué han formado parte— que los dote de la capacidad de estar aquí, con esa serenidad, ante tanta devastación humana, y tampoco creo que quiera saberlo.

Le ofrezco la mano a Castle y me la sujeta para recobrar el equilibrio. Intercambiamos una sola mirada antes de adentrarnos en la refriega.

Es fácil localizar a Anderson: sobresale en medio del infierno, aunque será difícil alcanzarlo. Su Guardia Suprema avanza hacia nosotros en tropel con las armas en ristre. Aun así, nos acercamos. Tanto da lo que venga a continuación, vamos a luchar hasta la muerte. Ese ha sido siempre el plan, ya desde el principio. Y es lo que haremos ahora.

Segundo asalto.

Los combatientes del campo que todavía siguen con vida se yerguen al ver nuestra llegada, la escena que se forma, e intercambian miradas. Estamos rodeados de armas, eso es verdad, pero casi todos los presentes en nuestro grupo posee alguna habilidad sobrenatural. No hay ningún motivo para pensar que no podamos presentar pelea. Una muchedumbre se reúne lentamente a nuestro alrededor —la mitad formada por gente del Santuario y la otra, del Punto Omega—, cuerpos sanos que se separan de la carnicería para formar un nuevo batallón. Percibo una esperanza nueva que impregna el aire que nos rodea. La prometedora idea de que quizá podamos lograrlo. Con cuidado, saco una pistola de la cartuchera de la cintura.

Y justo cuando estoy a punto de hacer mi movimiento...

—Yo no lo haría.

La voz de Anderson retruena, clara. Avanza por entre su muro de soldados, directamente hacia nosotros con paso relajado, con el mismo aspecto pulcro de siempre. En un principio no entiendo por qué tanta gente jadea cuando ve que se acerca. No lo veo. No me doy cuenta del cuerpo que arrastra consigo, y cuando al fin me percato del cuerpo, no lo reconozco. No de inmediato.

No es hasta que Anderson tira de la pequeña silueta hacia arriba, golpeándole la nuca con una pistola, cuando noto que la sangre me abandona el corazón. Anderson presiona la pistola contra el cuello de James, y mis rodillas por poco ceden.

—Esto es muy sencillo —dice Anderson—. Me entregaréis a la chica y, a cambio, yo no ejecuto al niño.

Nos quedamos todos petrificados.

—Sin embargo, debo aclarar que no se trata de un intercambio. No os estoy ofreciendo devolvéroslo. Solo os estoy proponiendo no matarlo aquí, en este lugar. Pero si me entregáis a la chica ahora, sin oponer resistencia, meditaré la posibilidad de dejar que la mayoría de vosotros desaparezcáis en las sombras.

—¿La mayoría? —pregunto.

Anderson me echa un vistazo a mí y a varios otros.

—Sí, la mayoría —repite, con la vista detenida en Haider—. Tu padre está muy decepcionado contigo, joven.

Un único disparo estalla sin aviso y le abre un agujero a Anderson en el cuello. Se lleva la mano a la garganta y cae, con un grito ahogado, sobre una rodilla mientras mira en derredor en busca del asaltante.

Nazeera.

Se materializa delante de él justo a tiempo de dar un salto hacia el cielo. Los soldados supremos empiezan a disparar hacia arriba, soltando un aluvión tras otro con impunidad, y, aunque estoy aterrorizado por Nazeera, me doy cuenta de que ha corrido ese riesgo por mí. Por James.

«Haremos todo lo que podamos», me dijo. No me había dado cuenta de que *todo* incluía arriesgar su vida por ese niño. Por mí. Dios, cuánto la quiero, joder.

Me hago invisible.

Anderson se las está viendo y deseando para detener la hemorragia que le encharca el cuello al tiempo que mantiene agarrado a James, que parece estar inconsciente.

Dos guardias permanecen a su lado.

Disparo dos veces.

Ambos caen con un grito aferrándose las piernas y Anderson casi profiere un rugido. Empieza a arañar el aire delante de él y busca a tientas su pistola con una mano teñida de rojo mientras la sangre le sigue cayendo de los labios. Aprovecho la oportunidad para asestarle un puñetazo en la cara.

Se echa hacia atrás, más sorprendido que herido, pero Brendan intercede rápidamente juntando las manos para crear un rayo de energía eléctrica crepitante que usa para envolver las piernas de Anderson y paralizarlo temporalmente.

Anderson suelta a James.

Lo agarro antes de que golpee el suelo y salgo disparado hacia Lily, que está esperando justo fuera del anillo de luz de Nouria. Suelto el cuerpo inconsciente del muchacho en sus brazos y Brendan crea un escudo eléctrico alrededor de sus cuerpos. Un segundo después, desaparecen.

El alivio me inunda por completo.

Pero demasiado rápido. Me desequilibra. Mi invisibilidad flaquea durante menos de un segundo, y al instante me atacan por atrás.

Aterrizo de bruces con fuerza y el aire me abandona los pulmones. Intento darme la vuelta, intento levantarme, pero un soldado supremo ya me está apuntando con un rifle en la cara. Y dispara.

Castle aparece de la nada, hace que el soldado salga despedido y detiene las balas todo en un solo gesto. Redirige la munición que iba en dirección a mi cuerpo y ni siquiera me doy cuenta de lo que ha ocurrido hasta que veo al tipo de rodillas. Es un colador humano, sangrando lo que le queda de vida justo enfrente de mí, y de repente todo me parece surrealista.

Me revuelvo y me pongo en pie, con el corazón desbocado. Castle ya está en movimiento de nuevo, arrancando un árbol de raíz. Stephan está usando su superfuerza para aporrear a tantos soldados como puede, pero no paran de disparar, y se mueve con lentitud, con la sangre manchándole prácticamente cada centímetro de ropa. Veo cómo se balancea. Corro hacia él, intento gritar una advertencia, pero mi voz se pierde en el estruendo y mis piernas no se mueven lo bastante rápido. Otro soldado arremete contra él, descargando cartuchos, y esta vez grito.

Haider llega a la carrera.

Se abalanza contra su amigo con un grito, tirándolo al suelo y protegiéndole el cuerpo con el suyo tras haber lanzado algo al aire.

Explota.

Salgo despedido hacia atrás, con un pitido en los oídos. Levanto la cabeza, delirante, y localizo a Nazeera y a Warner, ambos enzarzados en sendos combates cuerpo a cuerpo. Oigo un grito que me hiela la sangre y me obligo a levantarme y a dirigirme hacia el sonido.

Es Sam.

Nouria me adelanta, llega donde está ella y se agacha para levantar el cuerpo de su esposa del suelo. Proyecta unas bandas cegadoras de luz alrededor de las dos, unas espirales protectoras tan brillantes que mirarlas es una tortura. Un soldado cercano se lleva el brazo a los ojos mientras dispara, gritando y aguantando la posición, aunque la intensidad de la luz de Nouria empieza a deshacerle la carne de las manos.

Le arrojo un balazo entre los dientes.

Cinco guardias más aparecen de la nada, atacando por todos lados, y durante un instante infinitesimal no puedo evitar sorprenderme. Castle dijo que solo había doce cuerpos y dos pertenecían a Anderson y a James; y pensaba que a estas alturas ya nos habríamos encargado de varios de los demás. Miro alrededor del campo de batalla, a las decenas de soldados que siguen atacando activamente a nuestro equipo, y vuelvo a centrarme en los cinco que se dirigen en mi dirección.

Mi cabeza se sumerge en un mar de confusión.

Y luego, cuando empiezan todos a abrir fuego, en uno de terror.

Me hago invisible y me escabullo por el único palmo de espacio que hay entre dos de ellos, girándome solo el tiempo suficiente como para disparar. Un par de mis proyectiles hacen contacto con su objetivo, los demás se desperdician. Recargo el arma, desechando el cargador vacío en el suelo, y justo cuando estoy a punto de disparar de nuevo oigo su voz.

—Aguanta —susurra.

Nazeera me envuelve la cintura con los brazos y salta.

Alto.

Una bala pasa silbando por el lado de mi pierna. Noto el ardor que deja cuando me araña la piel, pero el cielo nocturno es tan fresco y vigorizante que me permito respirar hondo y serenarme, cerrar los ojos durante un segundo entero. Aquí arriba los gritos se amortiguan, la sangre podría ser agua, los chillidos podrían ser carcajadas.

El sueño dura solo un instante.

Nuestros pies vuelven a hacer contacto con el suelo y mis oídos se rellenan con los sonidos de la guerra. Aprieto la mano de Nazeera a modo de agradecimiento y nos separamos. Cargo contra un grupo de hombres y mujeres que reconozco vagamente —gente del Santuario— y me arrojo al baño de sangre, apremiando a uno de los combatientes heridos a retirarse y buscar cobijo. Pronto me pierdo en los movimientos de la batalla, defendiendo y atacando, disparando armas. Quejidos guturales. Ni siquiera pienso en levantar la vista hasta que noto que la tierra tiembla bajo mis pies.

Castle.

Tiene los brazos levantados en dirección a un edificio cercano. La estructura empieza a temblar con violencia, los clavos salen volando y las ventanas se estremecen. Un grupo de guardias supremos van en busca de sus armas, pero se detienen en seco al oír el sonido de la voz de Anderson. No consigo descifrar lo que dice, pero su orden parece ser lo bastante sorprendente como para inspirar un momento de vacilación en sus soldados. Por un motivo que no consigo comprender, los guardias contra los que había estado peleando de repente ponen pies en polvorosa.

Demasiado tarde.

El tejado del edificio cercano se desploma con un estruendo y, con un tirón final y agresivo, Castle arranca una pared. Con un brazo aparta de un empujón los pocos de los nuestros que están en medio y con el otro deja caer la masa de pared sobre el suelo, donde aterriza con una colisión explosiva. Las esquirlas de cristal salen disparadas en todas direcciones, las vigas de madera gruñen cuando se doblan y se astillan. Unos pocos soldados supremos consiguen escapar, arrojándose a cubierto, pero al menos tres de ellos quedan atrapados bajo los escombros. Todos nos preparamos para un ataque vengativo...

Pero Anderson sostiene un brazo en alto.

Sus soldados se quedan quietos al instante, con las armas bajas en las manos. Casi al unísono se ponen en posición firme.

Esperando.

Miro a Castle en busca de instrucciones, pero tiene los ojos clavados en Anderson, como el resto de nosotros. Todo el mundo parece estar paralizado por la esperanza delirante de que esta guerra pueda haber acabado. Observo a Castle girar la cabeza e intercambiar una mirada con Nouria, que todavía abraza a Sam contra su pecho. Un segundo después, Castle levanta el brazo. Un alto al fuego temporal.

No me fío.

El silencio envuelve la noche mientras Anderson avanza a trompicones. Sus labios son de un rojo líquido y violento, y con una mano se presiona un pañuelo sobre el cuello. Habíamos oído hablar de esto, por supuesto —de su habilidad de autocurarse—, pero verlo con tus propios ojos en tiempo real es un asunto muy distinto. Es una locura.

Cuando habla, su voz desgarra el silencio. Rompe el hechizo.

—Ya basta —dice—. ¿Dónde está mi hijo?

Un murmullo se extiende por la masa de combatientes ensangrentados, un mar rojo que se abre lentamente cuando se acerca. Al poco aparece Warner, con paso decidido en el silencio y la cara salpicada de rojo. Lleva una metralleta en la mano derecha.

Levanta la vista hacia su padre. No pronuncia palabra.

—¿Qué has hecho con ella? —pregunta Anderson en voz baja, y escupe sangre al suelo. Se limpia los labios con el mismo pañuelo que está usando para contener la herida abierta de la garganta. Toda la escena es desagradable.

Warner permanece en silencio.

Dudo de que ninguno de nosotros sepa dónde la ha escondido. Me doy cuenta de que J. parece haber desaparecido.

Los segundos transcurren inmersos en un silencio tan absoluto que empiezo a preocuparme por el destino de este parón. Veo a algunos de los soldados supremos levantar las armas en dirección a Warner, y ni un segundo después un relámpago resquebraja el cielo sobre nuestras cabezas.

Brendan.

Lo miro, luego a Castle, pero Anderson vuelve a levantar al brazo para detener a sus soldados. Otra vez bajan las armas.

—Solo te lo preguntaré una vez más —le dice Anderson a su hijo, con una voz que empieza a temblar a medida que va subiendo de intensidad—. ¿Qué has hecho con ella?

Aun así, Warner se lo queda mirando impasible.

Está manchado de sangre desconocida, sosteniendo una ametralladora como si fuera un maletín y mirando a su padre como si estuviera contemplando el techo. Anderson no puede controlar su temperamento como Warner, y para todo el mundo se hace evidente que esta es una batalla de voluntad que va a perder.

Anderson ya parece haber perdido la mitad de la cabeza.

Tiene el pelo apelmazado con mechones que despuntan por toda la cabeza, las manchas rojas se están coagulando en su cara y los ojos inyectados en sangre. Parece tan perturbado —muy impropio de él— que sinceramente no tengo ni idea de qué va a suceder a continuación.

De pronto, se abalanza sobre Warner.

Es como un borracho beligerante, salvaje y enfadado, desatado de una manera que no he visto nunca antes. Sus golpes son erráticos pero fuertes, desequilibrados pero estudiados. Me trae a la mente de repente la imagen aterradora del padre que Adam me había descrito tantas veces. Un hombre ebrio y violento, alimentado por la rabia.

Solo que Anderson no parece un borracho ahora. No. Esto no es más que rabia pura y concentrada.

Como si hubiera perdido la cabeza.

No solo quiere disparar a Warner. No quiere que otra persona le dispare. Desea darle una paliza hasta hacerle picadillo. Quiere experimentar satisfacción física. Quiere romper huesos y desgarrar órganos con sus propias manos. Anderson anhela el placer de saber que él, y solo él, ha sido capaz de destrozar a su propio hijo.

Pero Warner no le va a dar esa satisfacción.

Encaja los golpes de Anderson uno a uno con movimientos fluidos y precisos, agachándose y esquivando, girando y defendiéndose. No pierde el tempo.

Es como si pudiera leerle la mente a Anderson.

No soy el único que se queda pasmado. Nunca había visto a Warner moverse así, y por poco no me puedo creer que esto no lo haya presenciado antes. Siento un repentino y espontáneo sentimiento de respeto hacia él mientras contemplo cómo bloquea un ataque tras otro. Sigo esperando que deje inconsciente a ese loco, pero Warner no hace ningún ademán de golpear a Anderson, solo se defiende. Y es únicamente al ver la furia creciente en el rostro de Anderson cuando me doy cuenta de que Warner lo está haciendo a propósito.

No está contraatacando porque sabe que eso es lo que quiere Anderson. La expresión fría e impertérrita de Warner está haciendo que Anderson pierda el juicio. Y cuanto más fracasa en el intento de derribar a su hijo, más furioso se pone. La sangre sigue manando lentamente desde la herida a medio curar de su cuello; al final, profiere un grito iracundo y saca una pistola del bolsillo interior de la chaqueta.

—¡Basta! —grita—. Ya basta.

Warner da un paso cauteloso hacia atrás.

—Entrégame a la chica, Aaron. Entrégamela y le perdonaré la vida al resto de estos idiotas. Solo la quiero a ella.

Warner es un objeto inamovible.

—Muy bien —dice Anderson enfadado—. Apresadlo.

Seis guardias supremos empiezan a avanzar hacia él y Warner solo se limita a encogerse ligeramente. Intercambio una mirada con Winston y ya no necesito nada más; activo mi invisibilidad sobre él justo cuando arroja los brazos y usa su habilidad para estirarlos para derribar a tres de ellos. En el mismo instante, Haider saca un machete de algún sitio dentro de la cota de malla ensangrentada que lleva puesta bajo el abrigo y se lo pasa a Warner, quien suelta la metralleta y agarra el cuchillo por el mango sin mirar.

Un puto machete.

Castle está de rodillas, con los brazos apuntando al cielo, mientras vuelve a despedazar el edificio medio derruido, pero esta vez los hombres de Anderson no le dan tregua. Echo a correr, aunque demasiado tarde, y golpean a Castle desde atrás. Me precipito a la batalla, peleando por hacerme con la pistola del soldado mediante las técnicas que desarrollé cuando era un adolescente: un único puñetazo directamente a la nariz. Un gancho contundente. Una buena patada en el pecho. Una buena estrangulación a la antigua usanza.

Levanto la vista, jadeando, esperando ver imágenes alentadoras...

Y tengo que mirar alrededor dos veces.

Diez hombres tienen cercado a Warner y no comprendo de dónde han podido salir. Creía que solo quedaban tres o cuatro. Giro sobre los talones, confundido, y vuelvo a voltearme justo a tiempo de ver cómo Warner se apoya sobre una rodilla y lanza un tajo con el machete en un perfecto arco, destripando al hombre como si fuera un pez. Warner se gira y con otra cuchillada certera rebana al tipo que tiene a la izquierda, desconectando su columna en un movimiento tan aterrador que tengo que apartar la vista. En el segundo que tardo en volver a mirar, otro guardia ya está cargando contra él. Warner lo esquiva de un salto, le hunde la hoja directamente en el cuello y la desliza hacia la boca abierta, que aúlla. Con un tirón final, Warner libera el machete y el hombre cae al suelo con un golpe sordo.

Los miembros restantes de la guardia suprema titubean.

Me doy cuenta entonces de que, sean quienes sean estos nuevos soldados, les han dado órdenes específicas de atacar a Warner y a nadie más. El resto nos quedamos repente sin una tarea que hacer, libres para hundirnos en el barro y dejarnos llevar por el cansancio.

Es una idea tentadora.

Busco con la mirada a Castle, con la intención de asegurarme de que esté bien, y reparo en su expresión abatida.

Está mirando a Warner.

Warner está contemplando la sangre, que forma un charco a sus pies, con el pecho agitado y el puño aferrado alrededor de la empuñadura del machete. Todo este tiempo Castle había creído fehacientemente que Warner no era más que un chico bueno que había cometido algunos errores. El tipo de niño al que podía enderezar y llevar por el buen camino.

Eso otro día.

Warner mira a su padre, con el rostro cubierto de más sangre que piel y el cuerpo temblando de rabia.

—¡¿Es esto lo que querías?! —le espeta.

Incluso Anderson parece sorprendido.

Otro guardia avanza tan sigilosamente que ni siquiera veo el arma con la que apunta hacia Warner hasta que el soldado grita y se desploma al suelo. Tiene los ojos desorbitados y se aferra el cuello, donde un fragmento de cristal del tamaño de mi mano sobresale por encima de su yugular.

Giro la cabeza para observar a Warner. Todavía tiene los ojos clavados en Anderson, pero su mano libre gotea sangre.

Madre de Dios.

—Llévame a mí en su lugar —le propone Warner, su voz desgarrando el silencio.

Anderson parece recuperar los sentidos.

—¿Qué?

—Olvídate de ella. Olvídate de todos. Dame tu palabra de que la dejarás en paz y volveré contigo.

De repente, me quedo paralizado. Entonces miro en derredor, con los ojos como platos, en busca de cualquier indicio de que vamos a evitar que este idiota haga algo tan temerario, pero nadie me devuelve la mirada. Todos tienen la vista fija en él.

Todo están aterrorizados.

Pero cuando noto una presencia familiar que se materializa de repente a mi lado, el alivio me recorre las venas. Alargo la mano al tiempo que ella va en busca de la mía y le aprieto los dedos una vez antes de interrumpir esa breve conexión. Ahora mismo, me basta con saber que está aquí, a mi lado.

Nazeera está bien.

Todos aguardamos en silencio a que cambie la escena, esperando a algo que ni siquiera sabemos qué es.

Y que no llega.

—Ojalá fuera tan simple —responde Anderson al final—. De verdad. Pero me temo que necesito a la chica. No se la puede reemplazar con facilidad.

—Dijiste que el cuerpo de Emmaline se está deteriorando. —Warner emplea un tono de voz bajo pero claro, milagrosamente firme—. Dijiste que sin un cuerpo que no sea lo bastante fuerte como para contenerla se convertiría en un ser volátil.

Anderson se tensa a ojos vista.

—Necesitas un recambio —sigue Warner—. Un cuerpo nuevo. Alguien que te ayude a completar la operación síntesis.

—¡No! —grita Castle—. No... No lo hagas...

—Llévame a mí —se ofrece Warner—. Yo seré el sustituto.

Los ojos de Anderson se enfrían.

Parece casi calmado al contestar:

—¿Estarías dispuesto a sacrificarte, a renunciar a tu juventud, a tu salud y a tu vida entera... para dejar que esa chica dañada y enajenada siga caminando por la Tierra?

La voz de Anderson empieza a subir de tono. De repente, es como si estuviera al borde de otro ataque.

—¿Acaso entiendes lo que estás diciendo? Tienes todas las oportunidades y potencial posibles... ¿Y aun así estás dispuesto a lanzarlo todo por la borda? ¿A cambio de qué? —vocifera—. ¿Te haces una idea del tipo de vida al que te estarías sentenciando?

Una expresión sombría surca el rostro de Warner.

—Creo que de todos yo soy el que mejor lo sabe.

Anderson palidece.

—¿Y por qué ibas a hacer algo así?

Veo claramente que incluso ahora, a pesar de todo, Anderson no quiere perder a Warner. Al menos no así.

Pero Warner se muestra impasible.

No dice nada. No deja entrever nada. Solo pestañea cuando la sangre de otra persona le gotea por la cara.

—Dame tu palabra —insiste Warner—. Dame tu palabra de que la dejarás en paz para siempre. Quiero que le permitas desaparecer.

Quiero que dejes de rastrear todos sus movimientos. Quiero que olvides que ha existido. —Se detiene—. A cambio, puedes quedarte con lo que me queda de vida.

Nazeera suelta un grito ahogado.

Haider da un repentino paso al frente, enfadado, y Stephan lo agarra del brazo; en cierta manera, todavía le quedan fuerzas suficientes como para retener a Haider, a pesar de que su propio cuerpo se está desangrando.

—Es su decisión —dice Stephan con la voz entrecortada, rodeando un árbol con el brazo libre para asirse—. Déjalo.

—Es una decisión estúpida —protesta Haider—. No puedes hacer esto, *habibi*. No seas idiota.

Pero Warner ya no oye a nadie. Solo mira a Anderson, que parece estar genuinamente consternado.

—Dejaré de pelear contra ti —prosigue Warner—. Haré todo lo que me digas. Lo que quieras. Solo déjala vivir.

Anderson se queda callado durante tanto rato que me entran escalofríos. Y al final:

—No.

Sin aviso previo, Anderson levanta el brazo y dispara dos veces. Una bala hacia Nazeera, que impacta directamente en su pecho. La segunda...

Hacia mí.

Varias personas gritan. Trastabillo, luego me balanceo y finalmente me desplomo.

Mierda.

—Encontradla —ordena Anderson con voz atronadora—. Quemad este sitio hasta los cimientos si es necesario.

El dolor es cegador.

Avanza por mi cuerpo en oleadas eléctricas y abrasadoras. Alguien me está tocando, moviendo mi cuerpo. «Estoy bien», intento decir. Estoy bien. Estoy bien. Pero las palabras no me salen. Me ha dado en el hombro, creo. Casi en el pecho, aunque no estoy seguro. Pero Nazeera... Alguien debe ir a por Nazeera.

—Tenía la sensación de que harías algo así —oigo que dice Anderson—. Y sabía que usarías a uno de esos dos —me imagino que señala a mi cuerpo inerte y al de Nazeera— para conseguirlo.

Silencio.

—Ah, ya veo —sigue hablando Anderson—. Te creías muy listo. Creías que no sabía que tenías poderes. —La voz de Anderson de repente me parece alta, demasiado alta. Se ríe—. ¿Creías que no lo sabía? Como si pudieras ocultarme algo así. Lo supe el día que te encontré en su celda. Tenías dieciséis años. ¿De verdad te piensas que no ordené que te hicieran pruebas después de eso? ¿Te piensas que no he sabido, todos estos años, lo que tú has descubierto hace solo seis meses?

Una nueva oleada de miedo me sacude.

Anderson está demasiado complacido y Warner se ha vuelto a quedar mudo, y no sé qué significa para nosotros nada de eso. Pero justo cuando estoy empezando a experimentar un pavor desatado, oigo un grito familiar.

Es un sonido de una agonía tan espeluznante que no puedo sino intentar ver lo que está pasando, aunque unos destellos blancos me nublen la vista.

Vislumbro una escena emborronada.

Warner encima del cuerpo de Anderson, su mano derecha apretada alrededor del mango del machete que ha hundido en el pecho de su padre. Planta el pie derecho sobre el abdomen de su padre y, bruscamente, saca la hoja.

El quejido de Anderson es tan animal, tan patético, que estoy a punto de lástima por él. Warner limpia el filo en la hierba y le devuelve el cuchillo a Haider, que lo agarra con facilidad por la empuñadura aun estando ahí de pie, pasmado, mirándome a mí. A mí, me doy cuenta. A mí y a Nazeera. Nunca lo he visto tan expuesto. Parece paralizado por el miedo.

—¡Vigílalo! —le grita Warner a alguien. Examina un arma que le ha robado a su padre y, satisfecho, sale a la caza del guardia supremo. Los disparos resuenan en la distancia.

Mi visión empieza a oscurecerse.

Los sonidos se entremezclan y se fusionan. Durante unos instantes, lo único que oigo es el sonido de mi propia respiración y los latidos de mi corazón. Al menos espero que sea eso. Mi nariz solo percibe aromas pungentes, como de óxido y de acero. Me doy cuenta entonces, sorprendido, de que no siento los dedos.

Finalmente, oigo unos sonidos amortiguados de movimiento a mi alrededor, unas manos sobre mi cuerpo que intentan moverme.

—¿Kenji? —Alguien me zarandea—. Kenji, ¿puedes oírme? —Es Winston.

Emito un sonido que me surge de la garganta. Mis labios parecen estar fusionados.

—¿Kenji? —Más meneos—. ¿Estás bien?

Con gran dificultad, abro los labios, pero mi boca no profiere ningún sonido. Entonces, de sopetón:

—Passsacolega.

Raro.

—Está consciente —dice Winston—, pero desorientado. No tenemos mucho tiempo. Yo cargaré con los dos. A ver si podéis encontrar la manera de llevar a los demás. ¿Dónde están las chicas?

Alguien le responde algo, pero no lo capto. Alargo de repente la mano buena y aferro el brazo de Winston.

—Que no se lleven a J. —intento decirle—. Que no…

~~ELLA~~
~~JULIETTE~~

Cuando abro los ojos, noto metal.

Atadas y amoldadas alrededor de mi cuerpo, unas gruesas tiras plateadas se aprietan contra mi piel pálida. Estoy en una jaula del mismo tamaño y forma que mi silueta. No me puedo mover. Apenas puedo separar los labios o batir las pestañas; solo sé qué aspecto tengo porque puedo ver mi reflejo en el acero inoxidable del techo.

Anderson está aquí.

Lo veo de inmediato, de pie en una esquina de la habitación, observando la pared como si estuviera a la vez complacido y enfadado con una extraña sonrisa torcida que le decora la cara. Hay una mujer también, alguien a quien no he visto nunca. Rubia, muy rubia. Alta, con pecas y esbelta. Me recuerda a alguien con quien ya me he cruzado antes, alguien a quien no consigo recordar ahora.

Y, entonces, de repente...

Mi mente se pone al día con una ferocidad que por poco me paraliza. James y Adam, secuestrados por Anderson. Kenji, enfermo. Nuevos recuerdos de mi propia vida, que continúan asaltándome la mente y llevándose consigo partes y fragmentos de mí.

Y, de pronto, Emmaline.

Emmaline, que se escabulle en mi conciencia. Emmaline, cuya presencia es tan abrumadora que me vi obligada a olvidar, persuadida de caer en un profundo sueño. Recuerdo despertarme en algún punto, pero ese momento no es más que una visión difusa. Mayoritariamente recuerdo la confusión. Tambaleos distorsionados.

Me tomo unos instantes para comprobar cómo estoy. Cómo están mis brazos y mis piernas. Mi corazón. Mi mente. ¿Intacta?

No lo sé.

A pesar de la desorientación, me siento casi yo misma por completo. Todavía percibo sacos de oscuridad en mis recuerdos, pero siento que al fin he roto la superficie de mi propia conciencia. Y es entonces cuando me doy cuenta de que ya no noto ni un atisbo de Emmaline.

Vuelvo a cerrar los ojos de inmediato. Busco a mi hermana dentro de mi cabeza, tratando de localizarla con un pánico desesperado que me sorprende.

¿Emmaline? ¿Sigues ahí?

A modo de respuesta, un calor amable me recorre la piel. Un simple estremecimiento delicado de vida. Debe de estar cerca del final, me percato.

Casi acabada.

El dolor me atenaza el corazón.

El amor que siento por Emmaline es a la vez nuevo y antiguo, tan complicado que ni siquiera sé cómo articular propiamente mis sentimientos. Lo único que sé es que solo siento compasión hacia ella. Por su dolor, sus sacrificios, su espíritu roto, su anhelo por toda la vida que podría haber tenido. No siento ningún tipo de ira ni resentimiento hacia ella por haberse infiltrado en mi mente, por haber perturbado violentamente mi mundo para hacerse sitio en mi piel.

En cierto modo, comprendo que la brutalidad de su acto no era otra cosa que una súplica desesperada por tener compañía durante los últimos días de su vida.

Quiere morir sabiendo que alguien la ha querido.

Y yo, yo la quiero.

Cuando nuestras mentes se fusionaron, fui capaz de ver que Emmaline había encontrado la manera de dividir su conciencia, dejando atrás un fragmento necesario de ella para que llevase a cabo su papel en Oceanía. La pequeña parte de ella que se separó para encontrarme..., esa era la que todavía se sentía humana, que experimentaba el mundo con intensidad. Y ahora, por lo visto, esa pieza humana suya está empezando a desvanecerse.

Los dedos duros de la pena se me aferran a la garganta.

Mis pensamientos se ven interrumpidos por los golpes secos de unos tacones contra la piedra. Alguien se está dirigiendo hacia mí. Intento no encogerme.

—Ya debería estar despierta —dice la voz femenina—. Es raro.

—Quizá el sedante que le has administrado era más fuerte de lo que pensabas. —Anderson.

—Voy a dar por hecho que tienes la cabeza todavía llena de morfina, Paris; es la única razón por la que voy a pasar por alto esa declaración.

Anderson suspira.

—Estoy seguro de que se despertará en cualquier momento —repone con rigidez.

El miedo hace saltar todas las alarmas en mi cabeza.

¿Qué está pasando?, le pregunto a Emmaline. *¿Dónde estamos?*

Los residuos de un calor amable se convierten en un ardor abrasador que me chamusca los brazos. Se me eriza el vello.

Emmaline tiene miedo.

Enséñame dónde estamos, le pido.

Tarda más tiempo del que estoy acostumbrada, pero muy lentamente Emmaline me llena con imágenes de mi habitación, de paredes de acero y cristal resplandeciente, largas mesas sobre las que se esparcen toda clase de herramientas y cuchillos, así como equipamiento quirúrgico. Microscopios tan altos como la pared. Unas formas geométricas en el techo brillan con una luz cegadora y caliente. Y ahí estoy yo.

Estoy momificada en metal.

Estoy tumbada en posición supina sobre una tabla reluciente, y unas gruesas tiras horizontales me mantienen inmóvil. Estoy desnuda por completo, a excepción de las correas, colocadas con cuidado, que evitan que esté completamente expuesta.

La magnitud de lo que veo se hace eco en mi cerebro a una velocidad vertiginosa.

Reconozco estas habitaciones, estas herramientas, estas paredes. Incluso el olor: aire estancado, limón sintético, lejía y óxido. El pavor empieza a subirme por el cuerpo, primero poco a poco, y después avanza raudo de golpe.

Vuelvo a estar en la base de Oceanía.

De repente, me siento mareada.

Estoy a un mundo de distancia. Un vuelo internacional me separa de mi familia escogida, de regreso a la casa de los horrores en la que crecí. No recuerdo para nada cómo he llegado aquí ni sé qué tipo de devastación habrá dejado Anderson tras de sí. No sé dónde están mis amigos. No sé qué ha sido de Warner. No consigo recordar nada que me sea útil. Solo sé que algo debe de ir muy muy mal.

Aun así, mi miedo es distinto.

Está claro que mis captores —¿Anderson?, ¿esta mujer?— me han hecho algo, porque no siento mis poderes como siempre, pero hay algo en ese patrón familiar y terrible que me reconforta. Me he despertado atada con cadenas más veces de las que puedo recordar, y cada una de ellas he logrado hallar la manera de escapar. Esta vez no será distinto.

Y al menos en esta ocasión no estoy sola.

Emmaline está aquí. Que yo sepa, Anderson no tiene ni idea de que está conmigo, y eso me da esperanza.

El silencio se rompe con un suspiro largo y tortuoso.

—¿Para qué necesitamos que esté despierta? —pregunta la mujer—. ¿Por qué no podemos proseguir con la intervención mientras duerme?

—No son mis normas, Tatiana. Sabes tan bien como yo que fue Evie quien puso todo esto en movimiento. El protocolo establece que el sujeto debe estar despierto cuando se inicie la transferencia.

Lo retiro.

Lo retiro.

Un terror puro y absoluto me atraviesa, disipando la confianza que tenía hace apenas unos segundos de un solo manotazo. Se me debería de haber ocurrido al instante que intentarían hacer lo que Evie no consiguió la primera vez. Claro.

El pánico que me embarga de repente por poco me delata.

—Dos hijas con la misma huella exacta de ADN —añade Tatiana de sopetón—. Cualquier otra persona pensaría que es una coincidencia de lo más particular. Pero Evie siempre se preocupó por tener un plan de emergencia, ¿verdad?

—Desde el principio —contesta Anderson en voz queda—. Se aseguró de que hubiese un reemplazo.

Las palabras son como un golpe que no podría haber previsto.

Un reemplazo.

Me doy cuenta de que es lo que yo era. Una pieza de reemplazo guardada en cautividad. Un arma de emergencia por si acaso todo lo demás fallaba.

Para destrozarme.

Romper el cristal en caso de emergencia.

Tengo que hacer acopio de todas mis fuerzas para permanecer quieta, para refrenar las ganas de tragarme el nudo de emoción que se me ha formado en la garganta. Incluso ahora, incluso desde la tumba, mi madre consigue hacerme daño.

—Es una suerte para nosotros —dice la mujer.

—Y que lo digas —secunda Anderson, aunque hay tensión en su voz. Una tensión que nada más empiezo a entrever.

Tatiana comienza a hablar por los codos.

Empieza una diatriba sobre lo lista que fue Evie al darse cuenta de que alguien había interferido en su trabajo, lo lista que fue al haberse dado cuenta al instante de que había sido Emmaline la que había modificado los resultados de la intervención que me había hecho. Evie siempre supo, sigue parloteando Tatiana, que conllevaba un riesgo traerme de vuelta a la base de Oceanía... Y el riesgo, dice, era la cercanía física de Emmaline.

—A fin de cuentas, hacía casi una década que las dos no estaban a tan poca distancia. Evie estaba preocupada por que Emmaline intentara ponerse en contacto con su hermana. —Se queda callada unos segundos—. Y así lo hizo.

—¿A dónde quieres llegar?

—Lo que quiero resaltar —responde Tatiana lentamente, como si estuviera hablando con un niño— es que esto parece peligroso. ¿No crees que, después de lo que ocurrió la última vez, es poco inteligente tener a las dos chicas bajo el mismo techo de nuevo? ¿No te parece un poco... imprudente?

Una esperanza estúpida florece en mi pecho.

Por supuesto.

El cuerpo de Emmaline está cerca. Quizá que su voz esté desapareciendo de mi mente no tenga nada que ver con su inminente muerte; puede que la note más lejos simplemente porque se ha desplazado. Es posible que al reentrar en Oceanía las dos partes de su conciencia se hayan reconectado. Tal vez perciba a Emmaline lejos solo porque me está contactando desde su tanque, como hizo la última vez que estuve aquí.

Un calor abrasador y cegador destella detrás de mis ojos, y mi corazón da un vuelco ante su respuesta.

No estoy sola, le digo. *No estás sola.*

—Sabes tan bien como yo que era la única manera —le dice Anderson a Tatiana—. Necesitaba la ayuda de Max. Mis heridas eran demasiado severas.

—Parece que últimamente necesitas mucho la ayuda de Max —repone ella con voz mordaz—. Y no soy la única que cree que tus necesidades se están convirtiendo en un lastre.

—No te pases de la raya —dice él en voz baja—. Hoy no tengo buen día.

—Me da igual. Sabes tan bien como yo que habría sido más seguro iniciar esta transferencia en el sector 45, miles de kilómetros lejos de Emmaline. Tuvimos que transportar al chico también, ¿te acuerdas? Extremadamente inconveniente. Que tú necesitaras a la desesperada que Max te socorriera con tu vanidad es un asunto del todo distinto, uno que tiene que ver tanto con tus fracasos como con tu ineptitud.

Se hace un silencio espeso y pesado.

No tengo ni idea de qué está pasando encima de mi cabeza, pero me los imagino a los dos echando chispas por los ojos.

—Evie sentía debilidad por ti —acaba diciendo Tatiana—. Todos lo sabemos. Todos sabemos lo dispuesta que estaba siempre a pasar por alto tus errores. Pero Evie está muerta ahora, ¿verdad? Y su hija sería la segunda al mando si no fuera por los esfuerzos constantes de Max por mantenerte con vida. El resto estamos perdiendo la paciencia.

Antes de que Anderson tenga oportunidad de responder, una puerta se abre de golpe.

—¿Y bien? —Una voz nueva—. ¿Ya está?

Por primera vez, Tatiana parece sumisa.

—Me temo que todavía no está despierta.

—Pues despertadla —ordena la voz—. Nos quedamos sin tiempo. Todos los hijos han sido contaminados. Todavía tenemos que controlar y limpiar las mentes del resto lo antes posible.

—Pero no antes de que descubramos qué saben —intercede Anderson a toda prisa— y a quién se lo pueden haber dicho.

Unas sonoras pisadas se adentran en la habitación, rápidas y fuertes. Oigo algo que se mueve a toda velocidad y un jadeo repentino.

—Haider me contó algo interesante cuando tus hombres lo arrastraron hasta aquí —dice el hombre en voz baja—. Me dijo que disparaste a mi hija.

—Fue una decisión práctica —apunta Anderson—. Kishimoto y ella eran posibles objetivos. No tuve más opción que deshacerme de ambos.

Tengo que usar hasta la última brizna de mi autocontrol para evitar gritar.

Kenji.

Anderson le ha disparado a Kenji.

A Kenji y a la hija de este hombre. Debe de estar hablando de Nazeera. Ay, Dios mío. Anderson le ha disparado a Kenji y a Nazeera. Por lo tanto, este hombre es...

—Ibrahim, era la mejor opción. —Los tacones de Tatiana resuenan sobre el suelo—. Estoy segura de que está bien. Tienen a esas sanadoras, ya lo sabes.

El comandante supremo Ibrahim la ignora.

—Como no me devuelvan a mi hija con vida —masculla enfadado—, me encargaré personalmente de sacarte los sesos del cráneo.

La puerta se cierra con un golpe tras de sí.

—Despiértala —ordena Anderson.

—No es tan simple... Hay un proceso...

—No lo voy a repetir, Tatiana. —Anderson ha empezado a gritar, su temperamento alterándose sin aviso previo—. Despiértala ahora. Quiero terminar con esto.

—Paris, te tienes que calmar...

—Intenté matarla hace meses. —El metal golpea contra el metal—. Os dije a todos vosotros que terminarais el trabajo. Si ahora mismo estamos en esta posición, si Evie está muerta, es porque ninguno de vosotros me escuchó cuando debíais.

—Eres un iluso. —Tatiana se ríe sin alegría—. Que hayas podido llegar a suponer que tenías la autoridad de matar a la hija de Evie me dice todo lo que necesito saber sobre ti, Paris. Eres idiota.

—Lárgate —exclama furioso—. No me gusta tenerte husmeando cerca. Ve a ver cómo está la insípida de tu hija. Yo me encargo de esta.

—¿Se te despierta el instinto parental?

—Lárgate. Ya.

Tatiana no dice nada más. Oigo el sonido de una puerta que se abre y se cierra. Los tintineos distantes y amortiguados de metal y cristal. No tengo ni idea de qué está haciendo Anderson, pero el corazón se me sale por la boca. Que esté enfadado e indignado no es algo que me pueda tomar a la ligera.

Que me lo digan a mí.

Y cuando siento un dolor repentino y despiadado, grito. El pánico me obliga a abrir los ojos.

—Tenía la impresión de que estabas fingiendo —me suelta.

Sin miramientos, tira del bisturí que me ha clavado en el muslo. Me atraganto con otro grito. Apenas tengo tiempo de recuperar el aliento cuando, otra vez, me hunde el bisturí en la carne, esta vez más hondo. Profiero un aullido lleno de agonía y los pulmones se me contraen. Cuando al fin me arranca la herramienta, por poco me desmayo del dolor. Estoy emitiendo sonidos y jadeos laboriosos con el pecho tan apretado que no puedo respirar bien.

—Tenía la esperanza de que oyeras esa conversación —me dice Anderson con calma, deteniéndose para limpiar el bisturí con su bata de laboratorio. La sangre es oscura. Espesa. Mi visión se vuelve borrosa y se enfoca de nuevo—. Quería que supieras que tu madre no era estúpida. Quería que supieras que estaba al corriente de que algo había ido mal. No conocía los fallos exactos de la intervención, pero sospechaba que las inyecciones no habían hecho todo lo que se suponía que debían. Y cuando sospechó que alguien estaba jugando sucio, ideó un plan de contingencia.

Sigo boqueando, intentando llenar de aire mis pulmones mientras la cabeza me da vueltas. El dolor de la pierna es lacerante y me nubla la mente.

—Tú no creías que Evie Sommers fuera estúpida, ¿verdad? —Anderson por poco se echa a reír—. Evie Sommers no actuó de manera estúpida ni un solo día de su vida. Incluso el día de su muerte murió con un plan preparado para salvar al Restablecimiento, porque había dedicado su vida entera a esta causa. Eras tú —dice, tocándome la herida—. Tú.

»Tú y tu hermana. Erais el trabajo de su vida, y no estaba dispuesta a que se evaporara como si nada sin presentar batalla.

No lo entiendo, intento decir.

—Sé que no lo entiendes —me dice—. Claro que no lo entiendes. No heredaste la mente brillante de tu madre, ¿eh? Nunca tuviste su genialidad. No, tú siempre estuviste destinada a ser una herramienta, desde el principio. Así que aquí está lo único que tienes que comprender: ahora me perteneces.

—No —digo con un jadeo. Forcejeo, en vano, contra las ataduras—. No...

Noto el pinchazo y el fuego al mismo tiempo. Anderson me ha clavado algo, algo que me abrasa el cuerpo con un dolor tan insoportable que mi corazón apenas se acuerda de latir. La piel se me cubre por completo de una pátina de sudor. El pelo empieza a pegárseme a la cara. Me siento a la vez como si estuviera paralizada y me estuviese cayendo, sin fondo, hundiéndome en las profundidades más frías del infierno.

Emmaline, sollozo.

Bato las pestañas. Veo a Anderson, destellos de Anderson, sus ojos oscuros y perturbados. Me mira como si al fin me tuviera exactamente donde me quería, donde siempre ha querido tenerme, y en este momento comprendo, sin captar el motivo exacto, que está emocionado. Percibo su felicidad. No sé cómo lo sé. Solo puedo saberlo por la manera como se alza ante mí, por cómo me mira. Se siente jubiloso.

Me aterroriza.

Mi cuerpo hace otro ademán de moverse, pero la acción es inútil. De nada sirve moverse, de nada sirve pelear.

Algo me dice que se ha acabado.

He perdido.

He perdido la batalla y la guerra. He perdido al chico. He perdido a mis amigos. He perdido mis ganas de vivir, me dice la voz.

Y entonces lo comprendo: Anderson se ha metido en mi cabeza.

No tengo los ojos abiertos. Puede que no se vuelvan a abrir jamás.

No sé dónde estoy, pero está fuera de mi control. Ahora le pertenezco a Anderson. Pertenezco al Restablecimiento, al que siempre he pertenecido, *al que siempre has pertenecido*, me dice, *al que te quedarás para siempre. Llevo esperado este momento mucho mucho tiempo*, me dice, *y ahora, por fin, no hay nada que puedas hacer.*

Nada.

Ni ahora lo entiendo. No de inmediato. No lo entiendo ni cuando las máquinas se encienden con un rugido. No lo entiendo ni siquiera cuando veo un destello de luz detrás de los párpados. Oigo mi propia respiración, alta y extraña. Reverbera en mi cráneo. Puedo notar cómo me tiemblan las manos. Puedo notar cómo el metal se hunde en la carne suave de mi cuerpo. Estoy aquí, amarrada con acero en contra de mi voluntad, y no hay nadie que pueda salvarme.

Emmaline, sollozo.

Un ápice de calor se mueve a través de mí como respuesta, un susurro tan sutil y que se extingue tan rápido que temo habérmelo imaginado.

Emmaline está casi muerta, dice Anderson. *Una vez que saquemos su cuerpo del tanque, tú ocuparas su lugar. Hasta entonces, aquí es donde vivirás. Hasta entonces, aquí es donde existirás. Este fue siempre tu sino*, me dice.

Es lo único que vas a ser siempre.

KENJI

Nadie viene al funeral.

Tardamos días en enterrar todos los cuerpos. Castle se dejó la mente hecha polvo cavando mucha tierra. El resto usamos palas. Pero no había demasiados que pudiéramos hacer el trabajo y no hay suficientes de nosotros que puedan asistir al funeral ahora.

Aun así, me siento al alba, encima de una piedra que se asoma por encima del valle donde hemos enterrado a nuestros amigos. A nuestros compañeros. El brazo derecho me cuelga de un cabestrillo, tengo un dolor de cabeza de dos pares de cojones y mi corazón va a estar roto para siempre.

Por lo demás, todo bien.

Alia se acerca por detrás, tan sigilosamente que apenas la noto. Casi nunca la noto. Pero ahora hay demasiados pocos cuerpos tras los que se pueda esconder. Le hago un sitio en la piedra y se sienta a mi lado, los dos mirando hacia el mar de tumbas que se extiende bajo nuestros pies. Tiene dos dientes de león en la mano. Me ofrece uno. Lo acepto.

Juntos, soltamos las flores y observamos cómo flotan suavemente hacia el abismo. Alia suspira.

—¿Estás bien? —le pregunto.

—No.

—Ya. —Asiento.

Pasan los segundos. Una brisa amable me aparta el pelo de la cara. Miro directamente al sol, que acaba de nacer, retándolo a que me funda los ojos.

—¿Kenji?

—¿Sí?

—¿Dónde está Adam?

Niego con la cabeza. Me encojo de hombros.

—¿Crees que lo encontraremos? —pregunta ella en una voz que es prácticamente un susurro.

Levanto la vista.

En su voz percibo anhelo, en su tono algo más que preocupación. Me giro por completo para mirarla a los ojos, pero no me la devuelve.

De repente, se ruboriza.

—No lo sé —le digo—. Eso espero.

—Yo también —añade en voz baja.

Me apoya la cabeza en el hombro. Dejamos la vista perdida en el horizonte. Dejamos que el silencio nos devore el cuerpo.

—Hiciste un trabajo fantástico, por cierto. —Señalo con la cabeza hacia el valle que se encuentra debajo de nosotros—. Es precioso.

Alia se ha superado con creces. Ella y Winston.

Los monumentos que han diseñado son simples y elegantes, hechos de piedra extraída de la misma tierra.

Y hay dos.

Una por las vidas perdidas aquí, en el Santuario, hace dos días. El otro por las vidas perdidas allí, en el Punto Omega, hace dos meses. La lista de nombres es extensa. La injusticia de todo ruge en mi interior.

Alia me agarra la mano. La aprieta.

Me doy cuenta de que estoy llorando.

Giro la cara sintiéndome estúpido y Alia me suelta la mano y me da espacio para que me recomponga. Me enjugo los ojos con una fuerza excesiva, enfadado conmigo mismo por desmoronarme. Enfadado conmigo mismo por estar decepcionado. Enfadado conmigo mismo por haberme permitido albergar esperanza.

Hemos perdido a J.

Ni siquiera estamos seguros de cómo ocurrió. Warner ha estado prácticamente comatoso desde ese día, y sonsacarle información ha sido una hazaña casi imposible. Pero por lo visto al final no tuvimos ninguna oportunidad. Uno de los hombres de Anderson poseía la habilidad sobrenatural de clonarse, y tardamos demasiado tiempo en descubrirlo. No conseguíamos entender cómo sus defensas de repente se doblaban o se triplicaban justo cuando pensábamos que los estábamos superando. Resulta que Anderson contaba una provisión inagotable de soldados falsos. Warner no podía superarlo. Es lo que no paraba de repetir, una y otra vez...

Debería haberlo sabido, debería haberlo sabido

y, a pesar de que Warner se ha estado torturando por el descuido, Castle dice que si ahora estamos vivos es gracias a él.

Se suponía que no tenía que quedar ningún superviviente. Eso fue lo que decretó Anderson. La orden que dio después de que yo cayera.

Warner descubrió el truco justo a tiempo.

Su habilidad de acumular el poder del soldado y usarlo en su contra fue la gracia divina que nos salvó, y cuando el tipo se dio cuenta de que tenía competición, arrambló con lo que pudo y se largó.

Y eso significa que logró hacerse con los cuerpos inconscientes de Haider y de Stephan. Significa que Anderson escapó.

Y J., por supuesto.

Significa que se llevaron a J.

—¿Volvemos? —me pregunta Alia en voz baja—. Castle estaba despierto cuando me he ido. Me ha dicho que quería hablar contigo.

—Claro. —Asiento y me pongo en pie. Me recompongo—. ¿Alguna novedad sobre James? ¿Puede recibir visitas?

Alia niega con la cabeza. Se levanta.

—Todavía no —me informa—, pero despertará pronto. Las chicas se muestran optimistas. Entre el poder curativo de él y el de ellas, están seguras de que será capaz de salir de esta.

—Sí —digo, respirando hondo—. Seguro que tienes razón.

Para nada.

No estoy seguro de nada.

El desastre que ha dejado tras de sí el ataque de Anderson nos ha dejado a todos fuera de combate. Sonya y Sara trabajan sin parar. A Sam la hirieron de gravedad. Nazeera sigue inconsciente. Castle está débil. Cientos más intentan curarse.

Una oscuridad profunda se ha asentado sobre nosotros.

Peleamos con vigor, pero recibimos demasiado daño. Para empezar, éramos demasiado pocos. No es que hubiera demasiado que pudiéramos hacer.

Al menos, eso es lo que no paro de repetirme.

Empezamos a andar.

—Esto es peor, ¿verdad? —apunta Alia—. Peor que la última vez. —Se detiene de golpe. Sigo su vista y observo la escena que tenemos delante. Los edificios derruidos, los escombros en los caminos. Hemos hecho todo lo que hemos podido para quitar los cascotes más grandes, pero si miro en el peor lugar en el peor momento, todavía puedo encontrar sangre o ramas rotas. Fragmentos de cristal.

—Sí. En cierto modo, es mucho peor.

Quizá porque nos estábamos jugando mucho más. Quizá porque jamás habíamos perdido a J. Quizá porque nunca había visto a Warner tan perdido y roto. Cuando estaba enfadado, era mejor que esto. Cuando estaba iracundo, por lo menos le quedaban ganas de pelear.

❖ ❖ ❖

Alia y yo nos separamos cuando entramos en la tienda comedor. Ha estado haciendo de voluntaria todo este tiempo, yendo de catre en catre para comprobar a los heridos, ofrecer comida y agua donde fuera necesario, y ahora la tienda comedor es su lugar de trabajo. Este espacio enorme se ha convertido en una especie de casa de convalecencia. Sonya y Sara están priorizando las heridas graves; las pequeñas las estamos tratando a la manera tradicional, con lo que queda del equipo médico original. Esta habitación está atestada, de punta a punta, por aquellos de nosotros que o bien se están curando de heridas leves o bien descansan después de una operación importante.

Nazeera está aquí, pero está durmiendo.

Me desplomo en una silla cerca de su catre y compruebo su estado como hago cada hora. No ha cambiado nada. Sigue tumbada, quieta como una roca y la única muestra de que está viva procede de un monitor cercano y de los leves movimientos de su respiración. Su herida es mucho peor que la mía. Las chicas dicen que se pondrá bien, pero creen que estará dormida mínimo hasta mañana. Aun así, me tortura mirarla. Observar cómo abatían a esa chica fue una de las cosas más duras que he tenido que presenciar jamás.

Suspiro y me paso una mano por la cara. Me sigo sintiendo hecho mierda, pero al menos estoy despierto. Pocos de nosotros lo estamos.

Warner es uno de ellos.

Sigue cubierto de sangre seca y se niega a que lo ayuden. Está consciente, pero se ha quedado tumbado de espaldas, contemplando el techo, desde el día en que lo arrastraron aquí. Si no lo conociera tan bien, pensaría que es un cadáver. Lo he visitado también de vez en cuando, asegurándome de ver el ligero movimiento ascendente y descendente de su pecho, solo para cerciorarme de que seguía respirando.

Creo que está en *shock*.

Se ve que, cuando se enteró de que se habían llevado a J., despedazó con las manos a los soldados que quedaban.

O eso dicen.

Yo no me lo creo, por supuesto, porque la historia me parece fuera de los límites de lo que considero creíble, pero, bueno, estos dos últimos días he oído todo tipo de mierdas sobre Warner. En cuestión de treinta y seis horas, ha pasado de ser solo un tanto relevante a convertirse en alguien verdaderamente aterrador y luego evolucionar al estatus de superhéroe. En un giro del guion que jamás habría podido prever, la gente de aquí de repente está obsesionada con él.

Creen que nos ha salvado la vida.

Ayer uno de los voluntarios, mientras me comprobaba la herida, me dijo que había oído a alguien que aseguraba haber visto cómo Warner arrancaba de raíz un árbol entero con una sola mano.

Traducción: probablemente, partió una ramita del árbol.

Alguien más me dijo que un amigo le había comentado que una chica lo había visto salvar a un grupo de niños de fuego amigo.

Traducción: probablemente, empujó a un puñado de niños al suelo.

Otra persona me dijo que Warner había matado él solo a todos los soldados supremos.

Traducción...

Vale, esta última tiene algo de verdad.

Pero sé que Warner no estaba intentando hacerle un favor a nadie de aquí. No le importa una mierda ser el héroe.

Solo estaba intentando salvarle la vida a J.

—Deberías hablar con él —dice Castle y me sobresalto tanto que incluso él da un bote, perdiendo los nervios durante un segundo también.

—Lo siento, señor —me disculpo, intentando frenar mis pulsaciones—. No te había visto.

—No pasa nada —dice Castle. Está sonriendo, pero con ojos tristes. Agotados—. ¿Cómo vas?

—Tan bien como podría —contesto—. ¿Cómo está Sam?

—Todo lo bien que cabe esperar. Nouria lo está pasando mal, por supuesto, pero Sam debería poder recuperarse por completo. Las chicas dicen que fue mayormente un arañazo. Se le fracturó el cráneo, pero confían en poder devolverlo a su estado anterior. —Suspira—. Las dos se pondrán bien. Con el tiempo.

Me lo quedo mirando con detenimiento durante unos instantes y, de pronto, lo veo como nunca lo había visto.

Lo veo mayor.

Castle lleva las rastas sin atar y le cuelgan por la cara, y en este cambio con respecto a su estilo habitual —la cabellera atada firmemente a la nuca— hay algo que hace que me dé cuenta de cosas en las que no me había fijado antes. Nuevos cabellos grises. Nuevas arrugas en la comisura de sus ojos, en su frente. Tarda un poco más en erguirse como solía. Parece desgastado. Como si lo hubiesen pateado demasiadas veces.

Igual que al resto de nosotros.

—Odio que sea lo que parece haber conquistado la distancia que nos separaba —dice después de un silencio—, pero ahora Nouria y yo, ambos líderes de la resistencia, hemos sufrido ambos grandes pérdidas. Todo este asunto ha sido duro para ella, como lo fue para mí. Necesita más tiempo para recuperarse.

Respiro hondo.

Incluso la mención a ese tiempo oscuro me inflige dolor en el corazón. No me permito obcecarme demasiado tiempo en el cascarón vacío en el que se convirtió Castle después de que perdiéramos el Punto Omega. Si no, los sentimientos me abruman tan por completo que paso directamente a la rabia. Sé que estaba apesadumbrado. Sé que estaban pasando muchas cosas. Sé que fue duro para todo el mundo. Pero para mí perder a Castle de esa manera, por más temporal que fuera, fue peor que perder a cualquier otra persona. Lo necesitaba, y me sentía como si me hubiese abandonado.

—No sé —digo, tras aclararme la garganta—. No es lo mismo, ¿no? Lo que perdimos... Quiero decir que nosotros lo perdimos literalmente todo en el bombardeo. No solo a nuestra gente y nuestra casa, sino también años de investigación. Equipamiento de valor incalculable. Tesoros personales. —Vacilo, intento hablar con delicadeza—. Nouria y Sam solo han perdido a la mitad de su gente, y su base todavía sigue en pie. Esta pérdida no se puede comparar con la nuestra.

Castle se gira, sorprendido.

—No puedes verlo como si fuera una competición.

—Ya lo sé. Pero es que...

—Y no me gustaría que mi hija tuviera que experimentar el tipo de aflicción que vivimos nosotros. No tienes ni idea de lo profundo que ha sido el sufrimiento que ha tenido que padecer en su joven vida. Está claro que no tiene por qué experimentar más dolor para así merecer tu compasión.

—No me refería a eso —añado de inmediato, meneando la cabeza—. Solo intento puntualizar que...

—¿Has visto a James ya?

Me lo quedo mirando atónito, todavía formando con los labios una palabra que no he llegado a pronunciar. Castle acaba de cambiar de tema tan abruptamente que por poco me da un latigazo cervical. Él no es así. Nosotros no somos así.

Castle y yo no teníamos problemas para hablar. Nunca evitábamos los temas conflictivos ni las conversaciones delicadas. Pero hace algo de tiempo que las cosas se han salido de madre, puestos a ser sinceros. Quizá desde que descubrí que Castle me había estado mintiendo todos estos años sobre J. Puede que últimamente me haya mostrado un poco menos respetuoso. Me he pasado de la raya. Quizá toda esta tensión viene de mí... Puede que sea yo el que lo está apartando sin darme cuenta.

No lo sé.

Quiero arreglar lo que sea que está pasando entre nosotros, pero ahora mismo, estoy demasiado hecho polvo. Entre J., Warner, James y Nazeera inconsciente, mi cabeza está en un lugar tan extraño que no estoy seguro de tener espacio para nada más.

Así que lo dejo correr.

—No, no he visto a James —contesto, intentando sonar alegre—. Sigo esperando a que den luz verde. —La última vez que he ido a verlo, James estaba en la tienda médica con Sonya y Sara. James tiene sus propias habilidades curativas, así que debería estar bien físicamente. Eso lo sé. Pero de un tiempo a esta parte ha vivido demasiadas cosas. Las chicas querían asegurarse de que hubiese descansado por completo y hubiera comido y bebido antes de recibir a ningún visitante.

Castle asiente.

—Warner ha desaparecido —me informa al cabo de unos segundos, una incongruencia como las que más.

—¿Qué? No, acabo de verlo. Estaba... —Dejo la frase a medias cuando levanto la vista, esperando ver la visión familiar de Warner tumbado en su catre como si fuera una cáscara vacía. Pero Castle tiene razón. No está.

Miro alrededor barriendo la habitación con la mirada en busca de su silueta alejándose. No veo nada.

—Sigo pensando que deberías hablar con él —me insiste Castle, retomando la conversación anterior.

Me enervo.

—Tú eres el adulto —señalo—. Tú eres el que quiso que se refugiara con nosotros. El que creía que podía cambiar. Quizá tendrías que ser tú quien hable con él.

—Eso no es lo que necesita, y lo sabes. —Castle suspira. Pasa la vista por la habitación—. ¿Por qué le tiene tanto miedo todo el mundo? ¿Por qué le tienes tanto miedo?

—¿Yo? —Pongo los ojos como platos—. No le tengo miedo. O, bueno, vale, no soy el único que le tiene miedo. Aunque seamos realistas —musito—, cualquiera que tenga un par de neuronas conectadas debería tenerle miedo.

Castle arquea una ceja.

—Menos tú, claro —me apresuro a añadir—. ¿Qué razón podrías tener para temer a Warner? Es un tipo muy simpático. Le encantan los niños. Se puede hablar de todo con él. Ah, y no olvidemos un detalle: ya no mata a nadie profesionalmente. No, ahora matar a gente solo es un pasatiempos enriquecedor.

Castle resopla, visiblemente enojado.

Esbozo una sonrisa.

—Señor, lo único que digo es que en realidad no lo conocemos, ¿no? Cuando Juliette estaba aquí...

—Ella. Se llama Ella.

—Ajá. Cuando estaba aquí, Warner era tolerable. A duras penas. Pero ahora ella no está, y él está actuando igual que el chico al que recuerdo cuando me alisté, el que era cuando trabajaba para su padre y dirigía el sector 45. ¿Qué motivo puede tener para ser leal o amable con cualquiera de nosotros?

Castle abre la boca para responder, pero justo entonces llega mi salvación: la comida.

Un voluntario sonriente se acerca y nos deja delante unas simples ensaladas en cuencos de aluminio. Me agencio la comida ofrecida y los cubiertos de plástico con un agradecimiento excesivamente entusiasta y abro la tapa del recipiente sin demora.

—Warner ha recibido un golpe demoledor —dice Castle—. Ahora nos necesita más que nunca.

Levanto la vista hacia Castle. Me meto una buena cantidad de ensalada en la boca. Mastico poco a poco, decidiendo qué responder, cuando me distrae un movimiento en la distancia.

Levanto el mentón.

Brendan, Winston, Ian y Lily están sentados a una pequeña mesa improvisada en la esquina, todos con cuencos de aluminio. Nos están haciendo señas para que vayamos con ellos.

Hago un gesto con el tenedor lleno de ensalada. Hablo con la boca llena.

—¿Quieres venir con nosotros?

Castle suspira y se levanta, alisándose unas arrugas invisibles de sus pantalones negros. Le echo un vistazo a Nazeera, que sigue durmiendo, y recojo mis cosas. Sé que se va a poner bien, pero se está recuperando de un impacto directo en el pecho —igual que J. en su día— y me duele verla tan vulnerable. Sobre todo siendo una chica que un día se rio en mi cara ante la idea de que alguien la pudiera superar en fuerza.

Me da miedo.

—¿Vienes? —pregunta Castle, mirando por encima del hombro. Ya se ha alejado unos pasos, y no tengo ni idea de cuánto rato llevo aquí de pie, mirando a Nazeera.

—Ah, sí. Te sigo.

✧ ✧ ✧

Nada más sentarnos a la mesa, sé que algo va mal. Brendan y Winston están tensos, de lado, e Ian solo se limita a mirarme cuando me siento. Este recibimiento me parece de lo más extraño, teniendo en cuenta el hecho de que han sido ellos los que me han invitado a unirme. Cualquiera pensaría que se pondrían contentos de verme.

Después de unos minutos de silencio incómodo, Castle toma la palabra.

—Justo le estaba diciendo a Kenji que debería ser él quien hablara con Warner.

Brendan levanta la vista.

—Buena idea.

Le dedico una mirada sombría.

—No, en serio —añade, escogiendo cuidadosamente un trozo patata que pinchar. Un momento... ¿De dónde han sacado las patatas? A mí solo me han dado ensalada—. Está claro que alguien tiene que hablar con Warner.

—Eso está más claro que el agua —espeto yo, irritado. Miro las patatas de Brendan con los ojos entornados—. ¿De dónde las has sacado?

—Es lo que me han dado —contesta Brendan levantando la vista, sorprendido—. Estoy encantado de compartirlas contigo.

Me muevo con rapidez, saltando de mi asiento para pinchar un trozo de patata de su cuenco. Me lo meto entero en la boca antes de volver a sentarme y todavía estoy masticando cuando le doy las gracias.

Parece un tanto asqueado.

Supongo que, cuando Warner no está cerca para obligarme a tener buenos modales, me comporto un poco como un cavernícola.

—Castle tiene razón —interviene Lily—. Deberías hablar con él, y pronto. Creo que ahora mismo es una especie de bala perdida.

Pincho una hoja de lechuga y pongo los ojos en blanco.

—¿Os importa dejarme comer antes de que todos me saltéis a la yugular? Es la primera comida real que disfruto desde que me dispararon.

—Nadie te está saltando a la yugular. —Castle frunce el ceño—. Y tenía entendido que Nouria había dicho que las horas de las comidas habían vuelto a la normalidad ayer por la mañana.

—Así es —le confirmo.

—Pero te dispararon hace tres días —apunta Winston—. Eso significa...

—Vale, ya está, cálmate, detective Winston. ¿Podemos cambiar de tema, por favor? —Le doy otro bocado a la lechuga—. Este no me gusta.

Brendan suelta el cuchillo y el tenedor. Deprisa.

Me yergo.

—Ve a hablar con él —repite, esta vez con un aire de rotundidad que me sorprende.

Trago la comida rápido. Demasiado rápido. Por poco me ahogo.

—Te hablo en serio —me advierte, frunciendo el ceño mientras toso el pedazo de lechuga—. Es un momento horrible para todos, y tú tienes más conexión con él que cualquiera de los demás. Y eso significa que tienes la responsabilidad moral de descubrir qué le pasa por la cabeza.

—¿La responsabilidad moral? —Mi tos se convierte en una carcajada.

—Sí. La responsabilidad moral. Y Winston está de acuerdo conmigo.

Levanto la vista, arqueando las cejas mientras escruto a Winston.

—De eso no me cabe duda. Me juego lo que quieras a que Winston está de acuerdo contigo siempre.

Winston se recoloca las gafas. Pincha a ciegas su comida.

—Te odio —musita.

—¿Ah, sí? —Hago un gesto entre Winston y Brendan con el tenedor—. ¿Qué cojones está pasando aquí? Esta energía es de lo más extraña.

Como nadie me responde, le propino una patada a Winston por debajo de la mesa. Él se aparta, balbuceando algo sin sentido, antes de pegarle un largo trago a su vaso de agua.

—Bueno... —digo arrastrando la palabra. Levanto mi propio vaso. Le doy un sorbo—. En serio. ¿Qué está pasando? ¿Estáis haciendo piececitos por debajo de la mesa o alguna chorrada por el estilo?

Winston se pone colorado como un tomate.

Brendan recoge los cubiertos y dice mirando hacia su plato:

—Adelante. Cuéntaselo.

—¿Contarme el qué? —pregunto, mirando a uno y a otro. Ninguno de los dos me responde y le lanzo una mirada a Ian que significa: «¿Qué diantres pasa?».

Ian se limita a encogerse de hombros.

Ha estado más callado de lo habitual. Últimamente Lily y él han pasado mucho tiempo juntos, algo comprensible, pero también significa que en los pasados dos días no lo he visto demasiado.

Castle se levanta de repente.

Me da una palmadita en la espalda.

—Habla con el señor Warner —me dice—. Ahora mismo está en una situación vulnerable y necesita a sus amigos.

—¿Estás...? —Hago el gesto teatral de mirar alrededor por encima de mis hombros—. Lo siento, ¿a qué amigos te refieres? Porque que yo sepa Warner no tiene ninguno.

Castle me mira con los ojos entrecerrados.

—No me vengas con esas —me reprende—. No niegues tu propia inteligencia emocional a favor de unas quejas insignificantes. No seas así. Sé mejor. Si te importa lo más mínimo, sacrificarás tu orgullo para intentar hablar con él. Para asegurarte de que está bien.

—¿Por qué tienes que hacer que suene tan dramático? —le pregunto desviando la vista—. No es tan grave. Sobrevivirá.

Castle me apoya una mano en el hombro. Me obliga a mirarlo a los ojos.

—No —me dice—. Puede que no.

Espero hasta que Castle se haya marchado antes de dejar mi tenedor. Estoy mosqueado, pero sé que tiene razón. Balbuceo una despedida general para mis amigos mientras me aparto de la mesa, pero no antes de percatarme de la sonrisa triunfante que dedica Brendan en mi dirección. Estoy a punto de mandarlo a paseo, pero me doy cuenta con un sobresalto de que Winston se ha puesto tan rojo que es probable que sea visible desde el espacio.

Y por fin lo veo: debajo de la mesa, Brendan le sujeta la mano a Winston.

Suelto un grito ahogado.

—Cierra el pico —me recrimina Winston—. No quiero oír ni una palabra.

Mi entusiasmo se marchita.

—¿No quieres oír cómo os felicito?

—No, no quiero oír tu «te lo dije».

—Ya, pero es que te lo dije, joder, ¿o no? —Una oleada de felicidad me recorre, y esbozo una sonrisa. No sabía que todavía era capaz de sentir esa emoción.

Alegría.

—Me alegro mucho por vosotros. De verdad. Acabáis de alegrarme este día de mierda.

Winston levanta la mirada, suspicaz. Pero Brendan me sonríe de oreja a oreja.

Los apunto con un dedo.

—Pero como os convirtáis en clones de Adam y Juliette, juro por Dios que se me irá la cabeza.

Brendan pone los ojos como platos. Winston adopta un matiz morado.

—¡Es broma! ¡Estoy de broma! Me alegro un montón por vosotros, claro que sí. —Después de un segundo de completo silencio, me aclaro la garganta—. Lo digo en serio.

—Que te jodan, Kenji.

—Eso. —Disparo con el dedo a Winston—. Lo has captado.

—Kenji —oigo que me llama Castle—. Esa boca.

Giro sobre los talones, sorprendido. Creía que Castle se había ido.

—¡No he sido yo! —le grito—. Por una vez, lo juro, ¡no he sido yo!

Solo veo la nuca de Castle mientras se da la vuelta, pero en cierto modo sé que sigue enfadado.

Niego con la cabeza. No puedo dejar de sonreír.

Ha llegado el momento de reagruparse.

De recoger los fragmentos. Seguir adelante. Encontrar a J. Encontrar a Adam. Hacer pedazos el Restablecimiento de una vez por todas. Y la verdad es que vamos a necesitar la ayuda de Warner. Y eso significa que Castle tiene razón, tengo que hablar con él. Mierda.

Echo la vista atrás hacia mis amigos.

Lily tiene la cabeza apoyada en el hombro de Ian y él está intentando ocultar la sonrisa. Winston me hace una peineta, aunque está riendo. Brendan se mete otro pedazo de patata en la boca y me rehúye.

—Venga, ve.

—Vale, vale. —Pero justo cuando estoy a punto de dar los necesarios pasos, me salvan una vez más.

Alia viene corriendo hacia mí, con la cara iluminada con una expresión de felicidad que rara vez veo en ella. Esa expresión transforma a cualquiera. Joder, está radiante. Es fácil perderle el rastro a Alia, puesto que es silenciosa tanto de voz como de presencia. Pero cuando sonríe así...

Está preciosa.

—James está despierto —me dice, casi sin aliento. Me está apretando el brazo con tanta fuerza que me está cortando la circulación.

Me da igual.

Llevo dos semanas cargando con esta tensión. Dos semanas preocupado por James y por si se iba a poner bien. Cuando el otro día lo vi por primera vez, atado y amordazado por Anderson, sentí que me flojeaban las rodillas. No teníamos ni idea de su estado ni de qué tipo de trauma había padecido. Pero si las chicas le dejan recibir visitas...

Debe de ser una buena señal.

Le mando un agradecimiento silencioso a todo aquel que pueda estar escuchando. A mi madre. A mi padre. A los fantasmas. Estoy agradecido.

Alia me está medio arrastrando por el vestíbulo y, aunque su esfuerzo físico no es necesario, permito que lo haga. Parece tan emocionada que no tengo el valor de detenerla.

—James está despierto ya y puede recibir visitas —me repite—, y ha pedido que tú lo vayas a ver.

~~ELLA~~
JULIETTE

Cuando me despierto, tengo frío.

Me visto en la oscuridad y me pongo unos pantalones planchados y botas pulidas. Me recojo el pelo en una coleta y llevo a cabo una serie de abluciones eficientes en el pequeño lavamanos de mi pequeña habitación.

Dientes limpios. Cara limpia.

Después de tres días de riguroso entrenamiento, me han seleccionado como candidata para soldado supremo, honrada ante la idea de servir al comandante de América del Norte. Hoy es mi oportunidad de demostrar que merezco esa posición.

Me ato las botas haciéndoles un nudo doble.

Satisfecha, tiro de la palanca de apertura. La cerradura chirría mientras se abre y la junta alrededor de mi puerta deja pasar un anillo de luz que me deslumbra. Giro la vista solo para encontrarme con mi propio reflejo en un espejito situado encima del lavamanos. Pestañeo, concentrándome.

Piel pálida, cabello oscuro, ojos extraños.

Vuelvo a pestañear.

Un destello de luz me llama la atención en el espejo. Me giro. El monitor adyacente a mi catre ha estado apagado toda la noche, pero ahora se ilumina desplegando información:

Juliette Ferrars, preséntate
Juliette Ferrars, preséntate

La mano me vibra.

Agacho la vista, con la palma hacia arriba, y una luz tenue azul brilla a través de la piel fina de mi muñeca.

preséntate

Abro la puerta.

El aire fresco de la mañana entra, estremeciéndose contra mi piel. El sol todavía está saliendo. La luz dorada lo baña todo, distorsionándome fugazmente la visión. Los pájaros cantan mientras subo por la ladera del escarpado monte que protege mi cuarto de los aullantes vientos. Me asomo por el borde.

Al instante localizo la instalación a lo lejos.

Las montañas se escalonan en el horizonte. Un lago enorme resplandece cerca de aquí. Me enfrento a ráfagas feroces y salvajes de viento mientras escalo hasta la base. Por ninguna razón aparente, una mariposa me aterriza en el hombro.

Me detengo en seco.

Me quito el insecto de la camisa pellizcándole las alas con los dedos. La mariposa aletea desesperada mientras la examino, escrutando su cuerpo horripilante al darle la vuelta en la mano. Poco a poco, incremento la intensidad del agarre y su aleteo se vuelve más desesperado, golpeándome la piel con las alas.

Pestañeo. El insecto se revuelve.

Un leve zumbido sale de su cuerpo, un sonido suave que podría ser un grito. Espero, paciente, a que la criatura muera, pero se limita a aletear con más fuerza, resistiéndose a lo inevitable. Irritada, cierro los dedos y la aplasto con el puño. Me limpio sus restos en un tallo alto de trigo y sigo caminando.

Hoy es el cinco de mayo.

En teoría, en Oceanía tendríamos que estar en otoño, pero las temperaturas son erráticas, inconsistentes. Hoy el viento es particularmente feroz, por lo que hace un frío atípico para la estación. La nariz se me entumece mientras me abro paso por el campo; cuando encuentro un irrisorio rayo de luz, me inclino hacia él, calentándome bajo su calor. Cada mañana y tarde, recorro esta caminata de tres kilómetros hasta la base. Mi comandante dice que es necesario.

No me ha explicado por qué.

✣ ✣ ✣

Cuando al fin llego al cuartel, el sol se ha desplazado por el cielo. Levanto la vista hacia el astro y abro la puerta, y nada más poner un pie dentro me asalta el aroma a café quemado. En silencio, avanzo por el pasillo, ignorando los sonidos y las miradas tanto de trabajadores como de soldados armados.

Una vez que estoy delante de la puerta de su despacho, me detengo. Solo transcurren un par de segundos antes de que la puerta se deslice y se abra.

El comandante supremo Anderson levanta la vista de su escritorio.

Sonríe.

Yo le dedico un saludo militar.

—Adelante, soldado.

Le hago caso.

—¿Cómo te vas adaptando? —me pregunta cerrando un archivador sobre su escritorio. No me pide que me siente—. Han pasado varios días desde tu transferencia del sector 241.

—Sí, señor.

—¿Y bien? —Se inclina hacia delante, y junta las manos por delante—. ¿Cómo te encuentras?

—¿Señor?

Ladea la cabeza hacia mí. Agarra una taza de café. El aroma pungente del líquido oscuro me quema en la nariz. Lo observo mientras toma un sorbo, y esa simple acción conjura una emoción inestable dentro de mí. Los sentimientos se apretujan en mi mente con destellos de recuerdos: una cama, un jersey verde, unas gafas negras, luego nada. Un pedernal que no logra prender una llama.

—¿Echas de menos a tu familia? —pregunta.

—No tengo familia, señor.

—¿Amigos? ¿Novio?

Una leve irritación me crece por dentro; la expulso a un lado.

—Nada, señor.

Se relaja en la silla y la sonrisa se le ensancha.

—Es mejor así, claro. Más fácil.

—Sí, señor.

Se pone en pie.

—El trabajo que has hecho estos dos últimos días ha sido extraordinario. Tu entrenamiento ha dado incluso mejores resultados de lo que anticipábamos. —Fija la vista en mí, esperando alguna reacción.

Bebe otro sorbo de café antes de dejar la taza al lado de un montón de papeles. Rodea el escritorio y se planta delante de mí, escrutándome. Un paso más, y el olor a café me abruma. Inhalo el aroma amargo, que me inunda los sentidos y me deja ligeramente mareada. Aun así, mantengo la vista al frente.

Cuanto más se acerca, más consciente soy de su presencia.

Su contorno físico es sólido. Muy masculino. Es una pared de músculo que se alza delante de mí, y ni siquiera el traje que lleva puesto puede ocultar las curvas sutiles y esculpidas de sus brazos y sus piernas. Su rostro es afilado, la línea de su mandíbula tan pronunciada que la puedo ver incluso desenfocada. Huele a café y a algo más, algo limpio y fragrante. Es inesperadamente agradable y me llena la cabeza.

—Juliette —me llama.

Una aguja de inquietud me pincha la mente. Es de lo más anormal que un comandante supremo me llame por mi nombre.

—Mírame.

Obedezco levantando la cabeza para encontrarme con sus ojos.

Me observa con una expresión fiera. Sus ojos son de un extraño tono azulado, y hay algo en él —en su ancha frente, en su nariz aguileña— que me remueve unos sentimientos antiguos en el interior del pecho. El silencio se congrega a nuestro alrededor, curiosidades sin pronunciar que nos atraen. Me examina la cara durante tanto rato que yo también empiezo a analizar la suya. En cierta manera, sé que es raro y que puede que jamás me vuelva a dar la oportunidad de contemplarlo así.

Lo aprovecho.

Catalogo las líneas sutiles que le surcan la frente, las arrugas en la comisura de sus ojos. Estoy tan cerca que puedo ver los detalles de su piel, áspera pero todavía no apergaminada, el último afeitado visible por un pequeño corte en la base de la mandíbula. Tiene el pelo castaño espeso y abundante, los pómulos altos y unos labios de un tono rosado oscuro.

Me toca con un dedo el mentón y me levanta la cara.

—Tu belleza es excesiva —observa—. No sé en qué estaba pensando tu madre.

La sorpresa y la confusión estallan en mi interior, pero no se me ocurre tener miedo. No me siento amenazada por él. Sus palabras parecen indiferentes. Cuando habla, entreveo una ligera muesca en su incisivo inferior.

—Hoy las cosas cambiarán. De ahora en adelante, vas a ser mi sombra. Tu deber será proteger y servir a mis intereses, y solo a los míos.

—Sí, señor.

Sus labios se curvan, solo ligeramente. Detrás de sus ojos advierto algo, algo más, algo distinto.

—Entiendes que ahora me perteneces.

—Sí, señor.

—Mis normas son tus leyes. No obedecerás ninguna otra.

—Sí, señor.

Da un paso adelante. Sus iris son azules por completo. Un mechón de cabello oscuro le cuelga entre los ojos.

—Soy tu dueño —me dice.

—Sí, señor.

Está tan cerca que puedo notar su aliento contra la piel. A café, menta y algo más, algo sutil, fermentado. Me doy cuenta de que se trata de alcohol.

Retrocede.

—Ponte de rodillas.

Me lo quedo mirando, paralizada. La orden ha sido lo bastante clara, pero la siento como si fuera un error.

—¿Señor?

—De rodillas, soldado. Ya.

Con cautela, hago lo que me indica. El suelo está duro y frío y mi uniforme es de una tela demasiado poco elástica como para que la posición me resulte cómoda. Aun así, me quedo de rodillas durante tanto rato que una araña curiosa se escabulle para echarme un vistazo desde debajo de una silla. Me quedo mirando las botas pulidas de Anderson y las curvas musculosas de sus pantorrillas, que se ven incluso a través de los pantalones. El suelo huele a lejía, limón y polvo.

Cuando me lo ordena, levanto la cabeza.

—Ahora dilo —dice en voz baja.

Me lo quedo mirando, pestañeando.

—¿Señor?

—Dime que soy tu dueño.

Mi mente se queda en blanco.

Una sensación cálida y apagada me recorre, una parálisis que me anuda la lengua y me nubla la mente. El miedo me impulsa, me ahoga, y procuro asomarme a la superficie, abriéndome paso a cuchilladas para volver al momento presente.

Lo miro a los ojos.

—Usted es mi dueño —digo.

Sus labios apretados se curvan. La alegría le ilumina los ojos.

—Bien —se alegra—. Muy bien. Qué raro que al final vayas a ser mi favorita.

KENJI

Me detengo en seco en el quicio de la puerta.

Warner está aquí.

Warner y James están juntos.

A James le han asignado su propia sección privada de la TM —cuyo espacio está lleno y atestado— y los dos están aquí, Warner sentado en una silla al lado de la cama de James, James acomodado sobre un montón de almohadas. Me alivia enormemente verlo con buen aspecto. Su pelo rubio sucio está un poco demasiado largo, pero tiene los claros y brillantes ojos azules abiertos y animados. Aun así, parece estar más que cansado, lo que probablemente explique el gotero que lleva enganchado al cuerpo.

En circunstancias normales, James debería ser capaz de curarse a sí mismo, pero cuando está exhausto la tarea se hace más ardua. Debe de haber llegado desnutrido y deshidratado. Es probable que las chicas estén haciendo todo lo posible para acelerar el proceso de recuperación. Siento un alivio creciente.

James se pondrá bien pronto. Es un niño muy fuerte. Después de todo lo que ha vivido...

Superará esto también. Y no estará solo.

Vuelvo a mirar a Warner, en quien aprecio una nimia mejora desde la última vez que lo vi. Ya va siendo hora de que se limpie la sangre del cuerpo. No es típico de Warner pasarse por alto las normas básicas de higiene —algo que debería ser prueba suficiente de que está cerca de un colapso nervioso completo—, pero por ahora, al menos, creo que está bien. James y él están enfrascados en una conversación.

Me quedo en la puerta, cotilleando. Solo al rato se me ocurre que quizá debería darles intimidad, pero para entonces estoy demasiado ensimismado como para alejarme. Pondría la mano en el fuego por que Anderson le ha contado a James la verdad sobre Warner. O... no sé exactamente. No me puedo imaginar una escena en la que Anderson le revela con alegría a James que Warner es su hermano o que él es su padre. Pero de algún modo sé que James está al corriente. Alguien se lo ha dicho. Su mirada lo delata.

Este es el momento en el que hay que dejar que los niños se acerquen a Jesús.

Es el momento en el que Warner y James al fin se ven cara a cara no como desconocidos, sino como hermanos. Es surrealista.

Pero están hablando en voz baja y solo consigo captar retales de su conversación, así que decido hacer algo totalmente censurable: activo mi invisibilidad y me adentro en la habitación.

Nada más poner un pie, Warner se pone alerta.

Mierda.

Veo que mira alrededor con ojos atentos. Sus sentidos son demasiado afilados.

Sigilosamente, doy unos cuantos pasos atrás.

—No me estás respondiendo —se queja James mientras le da golpecitos a Warner en el brazo.

Warner le aparta la mano con los ojos entrecerrados y clavados en un punto a un escaso palmo de donde estoy.

—¿Warner?

A regañadientes, Warner se gira para mirar al niño.

—Sí —responde, distraído—. A ver... ¿Qué decías?

—¿Por qué no me lo contaste? —pregunta James, incorporándose. Las sábanas se escurren y forman una bola sobre su regazo—. ¿Por qué no me lo has contado nunca? Todo el tiempo que vivimos juntos...

—No quería asustarte.

—¿Por qué me iba a asustar?

Warner suspira y mira por la ventana al contestar:

—Porque no se me conoce precisamente por ser encantador.

—No es justo —replica James. Parece triste de verdad, pero su aparente cansancio está evitando que reaccione con más intensidad—. He visto a tipos mucho peores que tú.

—Sí. Ahora me doy cuenta.

—Y nadie me lo dijo. No me lo puedo creer. Ni siquiera Adam. Estoy muy enfadado con él. —James titubea—. ¿Lo sabían todos? ¿Lo sabía Kenji?

Me pongo rígido.

Warner se vuelve a girar, esta vez examinando el espacio que ocupo al contestar:

—¿Por qué no se lo preguntas tú mismo?

—Hijo de puta —mascullo mientras mi invisibilidad se disipa.

Warner por poco sonríe. James pone los ojos como platos.

Este no era el reencuentro que tenía en mente.

Aun así, el rostro de James se transforma en una risa de oreja a oreja, algo que —no voy a mentir— obra maravillas en mi autoestima. Se desprende de las sábanas e intenta saltar de la cama, descalzo y ajeno a la aguja que le cuelga del brazo, y en esos dos segundos y medio me las apaño para experimentar tanto júbilo como terror.

Grito una advertencia, apresurándome hacia delante para evitar que se desgarre la piel del brazo, pero Warner se adelanta. Ya está de pie, devolviendo al niño a su sitio con un empujón no del todo amable.

—Ah. —James se ruboriza—. Perdón.

Lo abordo de todos modos, estrechándolo en un abrazo largo y excesivo, y la manera como se aferra a mí me hace pensar que soy el primero que lo hace. Intento contener un arrebato de ira, pero no lo consigo. Es un niño de diez años, por el amor de Dios. Ha pasado por un infierno. ¿Cómo es que nadie le ha dado el consuelo físico que muy probablemente necesita en estos momentos?

Cuando al final nos separamos, James tiene los ojos vidriosos. Se enjuga las lágrimas y yo desvío la mirada para darle algo de intimidad, pero cuando tomo asiento a los pies de la cama de James, atisbo un destello de dolor que se escabulle por los ojos de Warner. Dura solo medio segundo, pero basta para que me sienta mal por él. Y es suficiente para darme la impresión de que quizá vuelva a ser humano.

—Ey —digo, hablándole directamente a Warner por primera vez—. Una cosa... ¿Qué estás haciendo aquí?

Warner me mira como si fuera un insecto. Es su mirada distintiva.

—¿Qué crees que estoy haciendo aquí?

—¿En serio? —replico, incapaz de ocultar mi sorpresa—. Es muy amable por tu parte. No creía que pudieras ser tan... responsable... emocionalmente. —Carraspeo. Le sonrío a James. Nos está mirando con curiosidad—. Pero me alegro de haberme equivocado. Y siento haberte juzgado mal.

—Estoy aquí para reunir información —dice Warner con frialdad—. James es de las pocas personas que puede decirnos dónde se localiza mi padre.

Mi compasión se convierte enseguida en polvo.

Se prende fuego.

Se convierte en furia.

—¿Estás aquí para interrogarlo? —pregunto, casi gritando—. ¿Se te ha ido la cabeza? El niño apenas se ha recuperado de un trauma increíble, ¿y estás aquí intentando extraerle información? Es probable que lo torturaran. Es un niño, hombre. ¿Qué diantres te pasa?

Mi arrebato de melodrama no parece afectarle lo más mínimo.

—No lo torturaron.

Eso me detiene en seco.

Me giro hacia James.

—¿Es verdad?

James asiente.

—Más o menos.

—Mmm. —Frunzo el ceño—. A ver, no me malinterpretes, me alegro muchísimo, pero si no te torturó, ¿qué te hizo Anderson?

James se encoge de hombros.

—Pues me dejó solo y confinado. No me pegaron—dice, rascándose las costillas con gesto distraído—, pero los guardias eran bastante antipáticos y no me daban mucha comida. —Vuelve a levantar los hombros—. Pero la verdad es que lo peor fue no ver a Adam.

Vuelvo a rodear a James con los brazos y lo estrecho fuerte.

—Lo siento mucho —le digo con amabilidad—. Suena aterrador. ¿Y no te dejaron ver ni un momento a Adam? ¿Ni una vez? —Me separo. Lo miro a los ojos—. Lo siento muchísimo. Estoy seguro de que está bien, amigo mío. Lo encontraremos. No te preocupes.

Warner emite un sonido. Un sonido que parece casi una risa.

Giro sobre mí mismo, enfadado.

—¿Qué cojones te pasa? No le veo la gracia.

—¿Ah, no? Pues yo creo que esta situación es hilarante.

Estoy a punto de soltarle a Warner algo que no debería decir delante de un niño de diez años, pero cuando vuelvo la vista a James, se me atascan las palabras. James está negando con la cabeza y mirándome, con el labio inferior temblando. Parece a punto de echarse a llorar.

Me giro hacia Warner.

—Está bien, ¿qué está pasando?

Warner casi sonríe al responder:

—No los secuestraron.

Mis cejas recorren toda mi frente.

—¿Cómo dices?

—No los secuestraron.

—No lo entiendo.

—No me sorprende.

—Ahora no es el momento. Dime qué está pasando.

—Kent rastreó a Anderson él solo —dice Warner, y su mirada se desvía hacia James—. Le ofreció su lealtad a cambio de protección.

Todo mi cuerpo se vuelve blando. Por poco me caigo de la cama.

Warner continúa:

—Kent no estaba mintiendo cuando dijo que intentaría que le otorgaran amnistía. Pero se olvidó de comentar la parte sobre ser un traidor.

—No. Ni hablar. No puede ser, joder.

—No hubo ningún rapto —prosigue Warner—. Ningún secuestro. Kent se intercambió a sí mismo por la protección de su hermano.

Esta vez me caigo de la cama de verdad.

—Se intercambió... ¿Cómo? —Consigo levantarme del suelo trastabillando—. ¿Qué tiene Adam que pueda usar como intercambio? Anderson ya conoce todos nuestros secretos.

—Les dio su poder —murmura James en voz baja.

Me quedo mirando al niño, pestañeando como un idiota.

—No lo entiendo. ¿Cómo le puedes dar tu poder a alguien? No puedes regalarlo sin más, ¿no? No es como unos pantalones que te quitas y los das.

—No —tercia Warner—. Pero es algo que el Restablecimiento sabe cómo extraer. ¿Cómo te crees que mi padre se hizo con los poderes curativos de Sonya y Sara?

—Adam les dijo lo que podía ha-hacer —dice James, con voz rota—. Les dijo que podía usar su poder para desactivar las habilidades de los demás. Creyó que po-podía serles útil.

—Imagínate las posibilidades —repone Warner, fingiendo asombro—. Imagina cómo podrían convertir en un arma un poder como ese para usarlo en todo el mundo… Imagina cómo podrían transformar una cosa así en algo tan poderoso que podría acabar con todas las cédulas rebeldes del planeta. Y reducir la oposición antinatural a cero.

—Por el amor de Dios, joder.

Creo que me voy a desmayar. De hecho, me siento mareado. Atontado.

Como si no pudiera respirar. Como si esto fuera imposible.

—No puede ser —digo. Prácticamente susurro las palabras—. No puede ser. No es posible.

—Un día dije que la habilidad de Kent era inútil —musita Warner—. Pero ahora veo que fui un idiota.

—Él no quería hacerlo —asegura James. Ahora las lágrimas le caen a borbotones y los regueros se desplazan silenciosos por su cara—. Juro que solo lo hizo para salvarme. Ofreció lo único que tenía, lo único que pensó que querrían, para mantenerme a salvo. Sé que no quería hacerlo. Estaba desesperado. Creía que hacía lo correcto. No paraba de decirme que me iba a mantener a salvo.

—¿Corriendo a los brazos del hombre que lo maltrató durante toda su vida? —Me agarro mechones de pelo con las manos—. Esto no tiene ningún sentido. ¿Cómo puede ser…? ¿Cómo… cómo…?

En cuanto me doy cuenta, levanto la vista de repente.

—Y luego mira lo que hizo —digo, pasmado—. Después de todo, Anderson te usó como cebo. Te trajo aquí como moneda de cambio. Te habría matado, incluso después de todo a lo que ha tenido que renunciar Adam.

—Kent era un idiota desesperado —interviene Warner—. Que estuviera dispuesto a confiar en mi padre con el bienestar de James nos dice exactamente lo enajenado que estaba.

—Estaba desesperado, pero no es tonto —salta James enfadado, con los ojos llenos de lágrimas de nuevo—. Me quiere y solo intentaba protegerme. Estoy muy preocupado por él. Tengo mucho miedo de que le haya pasado algo. Y tengo mucho miedo de que Anderson le haya hecho algo horrible. —James traga con dificultad—. ¿Qué vamos a hacer ahora? ¿Cómo vamos a recuperar a Adam y a Juliette?

Aprieto los ojos e intento respirar hondo.

—Escucha, no te preocupes por eso, ¿vale? Los recuperaremos. Y cuando estén aquí, voy a matar a Adam yo mismo.

James suelta un grito ahogado.

—No le hagas caso —intercede Warner—. No lo dice en serio.

—Uy, los cojones que no.

Warner hace ver que no me escucha.

—Según la información que he reunido unos instantes antes de que nos interrumpieras —dice con calma—, parece ser que mi padre estaba siendo el centro de atención en el sector 45, tal como Sam había predicho. Pero ahora no estará allí, de eso estoy seguro.

—¿Cómo puedes estar seguro de nada en estos momentos?

—Porque conozco a mi padre —responde—. Sé cuáles son sus prioridades. Y sé que cuando se fue de aquí estaba herido de gravedad. Solo hay un lugar al que iría en esas condiciones.

Lo miro parpadeando.

—¿Dónde?

—Oceanía. De vuelta con Maximillian Sommers, la única persona capaz de volver a coser sus retales.

Sus palabras hacen que se me caiga el alma a los pies.

—¿A Oceanía? Por favor dime que estás de broma. ¿Tenemos que volver a Oceanía? —me quejo—. Maldita sea. Eso significa que tenemos que robar otro avión.

—Nosotros no vamos a hacer nada —responde irritado.

—Claro que...

Justo en ese momento entran las chicas. Se detienen en seco al verme a mí y a Warner. Dos pares de ojos nos miran parpadeando.

—¿Qué estáis haciendo aquí? —preguntan al unísono.

Warner se pone en pie al instante.

—Yo ya me iba.

—Creo que quieres decir que nosotros ya nos íbamos —repongo mordaz.

Warner me ignora, asiente hacia James y se dirige hacia la puerta. Lo sigo fuera de la habitación antes de acordarme de pronto...

—James —lo llamo, dándome la vuelta—. Te vas a poner bien, lo sabes, ¿verdad? Vamos a encontrar a Adam, traerlo de vuelta a casa y arreglarlo todo. Tu única tarea a partir de ahora va a ser relajarte, comer chocolate y dormir. ¿De acuerdo? No te preocupes por nada. ¿Me has entendido?

James me mira. Asiente.

—Bien. —Doy un paso adelante para plantarle un beso en la coronilla—. Bien —repito—. Te vas a poner bien. Todo va a ir bien. Yo me voy a asegurar, ¿vale?

James levanta la vista y se me queda mirando.

—Vale —asiente, secándose las últimas lágrimas.

—Bien —digo por tercera vez y asiento, todavía escrutado su carilla inocente—. Vale, voy a ir ahora a asegurarme de que así sea. ¿Te parece?

Al fin James sonríe.

—Me parece.

Le devuelvo la sonrisa, dándole todo lo que tengo, y luego salgo disparado por la puerta, con la esperanza de alcanzar a Warner antes de que intente rescatar a J. sin mí.

~~ELLA~~
JULIETTE

Es un alivio no hablar.

Algo ha cambiado entre nosotros esta mañana, algo se ha roto. Anderson parece relajado delante de mí de una manera que me resulta poco ortodoxa, pero no es asunto mío cuestionarlo. Me siento honrada por ocupar esta posición, por ser su soldado supremo de mayor confianza, y eso es lo único que importa. Hoy es mi primer día oficial de trabajo y estoy contenta de estar aquí, aunque me ignore completamente.

De hecho, lo disfruto.

Me resulta cómodo fingir que desaparezco. Solo existo para ser su sombra mientras se mueve de una tarea a la siguiente. Yo permanezco a un lado, con la vista al frente. No lo observo mientras trabaja, pero lo percibo constantemente. Ocupa todo el espacio disponible. Estoy sintonizada a cada uno de sus movimientos, a cada sonido. Mi trabajo ahora consiste en conocerlo por completo, en anticipar sus necesidades y miedos, en protegerlo con mi vida y en servir a sus intereses pase lo que pase.

Así que escucho durante horas todos los detalles.

El crujido de su silla cuando se reclina en ella, meditativo. Los suspiros que se le escapan cuando teclea. La butaca de cuero y los pantalones de algodón que se encuentran y crujen. El leve sonido de una taza de cerámica cuando golpea la superficie de un escritorio de madera. El tintineo del cristal, el vertido rápido del *whisky*. El aroma dulce y pungente del tabaco y el susurro del papel, fino como un pañuelo. Tecleo. Un bolígrafo que se arrastra. El repentino raspado y chisporroteo de una cerilla. Azufre. Tecleo. El golpe de una goma. Un humo que hace que me lloren los ojos. Un fajo de papeles que se esparce como una baraja de cartas. Su voz, grave y melódica, en una serie de llamadas telefónicas tan breves que no consigo separar las unas de las otras. Tecleo. Nunca parece tener que usar el baño. No pienso en mis propias necesidades, y él tampoco pregunta. Tecleo. De vez en cuando, levanta la vista hacia mí, me examina, y yo mantengo la vista al frente. En cierto modo, puedo notar su sonrisa.

Soy un fantasma.

Espero.

Oigo poco. Aprendo poco.

Finalmente...

—Ven.

Ya está en pie y saliendo por la puerta, y yo me apresuro a seguirlo. Estamos muy arriba, en el último piso de las instalaciones. Los pasillos se curvan alrededor de un patio interior, en el centro del cual despunta un árbol enorme con las ramas cargadas de naranjas y hojas rojas. Colores de otoño. Miro de soslayo, sin mover la cabeza, hacia una de las muchas ventanas altas que decoran los pasillos, y mi mente registra la incongruencia de ambas imágenes. Fuera, las cosas son de una extraña mezcla de verde y desolación. Dentro, este árbol es cálido y de tonalidades rosadas. Un perfecto follaje otoñal.

Me quito el pensamiento de la mente.

Tengo que andar el doble de rápido para mantener el ritmo de las largas zancadas de Anderson. No se detiene por nadie. Hombres y mujeres ataviados con batas de laboratorio se apartan de un salto cuando nos acercamos, balbuciendo una disculpa a nuestro paso, y me sorprende la sensación divertida que eso provoca en mi interior. Me gusta su miedo. Disfruto con este poder, con esta sensación de dominio sin remordimientos.

La dopamina me inunda el cerebro.

Acelero, todavía apresurándome para mantener el ritmo. Me viene a la cabeza que Anderson nunca mira atrás para asegurarse de que lo estoy siguiendo, y me pregunto qué haría si descubriera que no estoy. Y entonces, con la misma rapidez, el pensamiento me parece extraño. No tiene ningún motivo para mirar atrás. Yo jamás desaparecería.

Hoy la instalación parece más ajetreada de lo habitual. Los anuncios retruenan por los altavoces y el aire a mi alrededor me llena de fervor. Se pronuncian nombres, se emiten órdenes. La gente va y viene.

Usamos las escaleras.

Anderson no se detiene, jamás parece faltarle el aire. Se mueve con el vigor de un hombre más joven, pero con la confianza que se adquiere solamente con la edad. Se comporta con una determinación que es tanto aterrorizante como inspiradora. Las caras palidecen cuando lo ven. La mayoría aparta la vista. Alguno no puede evitar quedarse mirando. Una mujer por poco se desmaya tras rozar su cuerpo y Anderson ni siquiera pierde el paso cuando ella arma un escándalo.

Estoy fascinada.

Los altavoces crepitan. Una voz femenina suave y robótica anuncia una situación de código verde con tanta calma que no puedo evitar sorprenderme por la reacción colectiva. Presencio algo parecido al caos cuando las puertas se abren de golpe alrededor del edificio. Todo parece ocurrir en sincronía, un efecto dominó que retumba por los pasillos desde la cima hasta la base de la instalación. Hombres y mujeres con batas de laboratorio salen y atestan todos los pisos, atascando las pasarelas peatonales mientras huyen.

Con todo, Anderson no se detiene. El mundo gira a su alrededor, haciéndole sitio. Se frena cuando él acelera. No se acomoda para nadie. Para nada.

Estoy tomando nota.

Al fin llegamos a una puerta. Anderson apoya la palma de la mano sobre el escáner biométrico y luego se asoma a una cámara que le lee los ojos.

La puerta se abre con un chirrido.

De dentro me llega un olor estéril, como de antiséptico, y nada más entrar en la habitación el aroma me quema la nariz y hace que me ardan los ojos. La entrada es inusual, un pasillo estrecho que oculta el resto de la habitación de la vista inmediata. Mientras nos acercamos, oigo tres monitores que pitan en tres niveles de decibelios distintos. Cuando le damos la vuelta a la esquina, la habitación cuadruplica su tamaño. El espacio es vasto y brillante, la luz natural se combina con la luminosidad blanca cegadora de las bombillas artificiales del techo.

Aquí hay poco más, aparte de una cama y una silueta atada a ella. El pitido no proviene de tres máquinas, sino de siete, y todas parecen conectadas al cuerpo inconsciente del chico. No lo conozco, pero no debe de ser mucho mayor que yo. Tiene el pelo casi rapado: una fina capa marrón interrumpida solo por los cables que tiene clavados en el cráneo. Tiene una sábana extendida hasta el cuello, así que no le veo mucho más que la cara dormida, pero verlo ahí, atado de esa manera, me recuerda a algo.

Un recuerdo fugaz se proyecta en mi mente.

Es vago y distorsionado. Intento quitarle las capas brumosas, pero cuando consigo vislumbrar algo —una cueva, un hombre negro alto, un tanque lleno de agua—, siento una punzada afilada y eléctrica de ira que me deja con las manos temblorosas. Me desancla.

Doy un paso vacilante hacia atrás y sacudo la cabeza una fracción de milímetro, intentando recomponerme, pero noto la mente nublada, confundida. Cuando al fin me rehago, me doy cuenta de que Anderson me está observando.

Da un paso hacia delante lentamente, con los ojos entornados en mi dirección. No dice nada, pero sé, sin saber el motivo exacto, que no me está permitido apartar la vista. Se supone que tengo que mantener el contacto visual todo el rato que él quiera. Es una brutalidad.

—Has sentido algo cuando has entrado aquí —afirma.

No es una pregunta. No estoy segura de que requiera una respuesta. Aun así...

—Nada importante, señor.

—Importante —repite con una sonrisa escondida en los labios. Se acerca unos pasos hacia la enorme ventana, se lleva las manos a la espalda. Durante un rato, permanece callado.

—Qué interesante —dice al final— que nunca hayamos hablado de lo que es importante.

El miedo me serpentea y se me desliza por la columna.

Sigue con la mirada perdida en la ventana y me dice en voz baja:

—No me vas a ocultar nada. Todo lo que sientas, todas las emociones que experimentes, me pertenecen. ¿Lo entiendes?

—Sí, señor.

—Has sentido algo cuando has entrado aquí —repite. Esta vez, su voz está cargada de algo, algo oscuro y espeluznante.

—Sí, señor.

—¿Y qué ha sido?

—He sentido ira, señor.

Se da la vuelta al oír esas palabras. Arquea las cejas.

—Después de la ira, he sentido confusión.

—Ira —recalca, y da un paso hacia mí—. ¿Por qué ira?

—No lo sé, señor.

—¿Reconoces a este chico? —pregunta señalando el cuerpo inerte sin siquiera mirarlo.

—No, señor.

—No. —Aprieta la mandíbula—. Pero te recuerda a alguien.

Vacilo. Los temblores me amenazan y los freno con mi voluntad. La mirada de Anderson es tan intensa que apenas puedo mantenerla.

Vuelvo a dirigir la vista hacia la cara del chico.

Anderson entrecierra los ojos. Espera.

—Señor —digo en voz baja—. Me recuerda a usted.

Inesperadamente, Anderson se queda quieto. La sorpresa reorganiza sus rasgos y de repente, de la nada...

Se ríe.

Es una risa tan sincera que parece sorprenderlo a él más que a mí. Al final la risa se acomoda en una sonrisa. Anderson se mete las manos en los bolsillos y se apoya en el marco de la ventana. Me mira con algo parecido a la fascinación, y es un momento tan puro, un momento tan despojado de malicia, que, para mi asombro, me resulta bonito.

Más que eso.

Verlo a él —algo en sus ojos, algo en la manera como se mueve, en la manera como sonríe—, verlo de repente agita algo en mi corazón. Un calor ancestral. Un caleidoscopio de mariposas muertas que echan el vuelo azotadas por una repentina ráfaga de viento.

Hace que sienta arcadas.

La mirada pétrea retorna a su rostro.

—Eso. Justo ahora. —Dibuja un círculo en el aire con el dedo índice—. Esa mirada. ¿Qué era eso?

Abro los ojos como platos. La inquietud me invade y me calienta las mejillas.

Por primera vez, titubeo.

Se mueve con rapidez, acercándose a mí tan enfadado que cuestiono mi capacidad de permanecer quieta. Con brusquedad, me agarra el mentón con la mano y me obliga a levantar la cabeza. No hay secretos aquí, tan cerca de él. No puedo esconder nada.

—Ya —exige con voz grave, enfadado—. Dímelo ya.

Rompo el contacto visual, intentando poner en orden mis pensamientos a la desesperada, y vocifera que lo mire.

Me obligo a mirarlo a los ojos. Y entonces me odio, odio mi boca por traicionar a mi mente. Odio mi mente por pensar.

—Usted… es sumamente atractivo, señor.

Anderson baja la mano como si se hubiese quemado. Se aparta, con una expresión por primera vez…

Incómoda.

—¿Estás…? —Se queda callado, con la frente arrugada. Y entonces, demasiado pronto, el enojo le ensombrece el semblante. Su voz es prácticamente un gruñido cuando sigue hablando—: Estás mintiendo.

—No, señor. —Oigo el sonido de mi voz, el pánico jadeante.

Su mirada se afila. Debe de ver algo en mi expresión que lo apacigua, porque la ira se evapora de su cara.

Me mira pestañeando.

Entonces, dice con cautela:

—En medio de todo esto… —hace un gesto que abarca toda la habitación y la silueta dormida conectada a las máquinas—, de todas las cosas que podrían estar pasando por tu mente, estabas pensando… que me encuentras atractivo.

Un calor traicionero me enciende la cara.

—Sí, señor.

Anderson frunce el ceño.

Parece estar a punto de decir algo, y entonces vacila. Por primera vez, lo veo descolocado.

Unos segundos de silencio torturador se alargan entre nosotros, y no estoy segura de cuál es la mejor manera de proceder.

—Es inquietante —dice Anderson al fin, y mayormente para sí mismo. Aprieta dos dedos en el interior de su muñeca y la levanta hacia la boca—. Sí —añade en voz baja—. Dile a Max que ha habido un acontecimiento inusual. Necesito verlo ahora mismo.

Anderson me dedica una breve mirada antes de acabar la llamada con un movimiento de cabeza que me parece humillante.

Se dirige hacia el cuerpo atado a la cama.

—Este joven forma parte de un experimento que estamos llevando a cabo.

No estoy segura de qué decir, así que me quedo callada.

Anderson se inclina encima del muchacho, juguetea con varios cables y de pronto se yergue. Levanta la vista y me mira de soslayo.

—¿Puedes imaginar por qué este chico forma parte de un experimento?

—No, señor.

—Tiene un don —dice Anderson, irguiéndose—. Vino a mí por voluntad propia y se ofreció a compartirlo conmigo.

Pestañeo, todavía sin saber qué responder.

—Pero hay varios como vosotros, antinaturales, que campan a sus anchas en este planeta —me informa Anderson—. Con muchos poderes. Con muchas habilidades distintas. Nuestros manicomios están desbordados con ellos, sobrepasados por su poder. Tengo acceso a prácticamente todo lo que deseo. Así que ¿qué le hace especial a él? —Ladea la cabeza hacia mí—. ¿Qué poder puede tener que sea más grande que el tuyo, más útil?

Vuelvo a quedarme callada.

—¿Quieres saberlo? —me pregunta, con un amago de sonrisa asomando en los labios.

Me parece que es un truco. Barajo mis opciones.

Finalmente, contesto:

—Quiero saberlo solo si me lo quiere contar, señor.

La sonrisa termina de aflorar en los labios de Anderson. Dientes blancos. Placer sincero.

Siento que se me calienta el pecho ante su alabanza silenciosa. El orgullo me cuadra los hombros. Desvío los ojos y me quedo mirando la pared en silencio.

Aun así, veo que Anderson se vuelve a girar y evalúa al chico con otra mirada atenta.

—De todos modos, con él estos poderes se estaban desperdiciando.

Retira un panel colocado en un compartimento de la cama del joven y empieza a teclear en la pantalla digital, trasteando y escaneando en busca de información. Levanta la vista una vez hacia los monitores, que pitan con varios registros vitales, y frunce el ceño. Finalmente, suspira y se pasa una mano por el pelo, peinado a la perfección. Creo que le quedaría mejor algo más revuelto. Más cálido. Más suave. Más familiar.

Esta observación me asusta.

Me giro de repente y miro por la ventana al tiempo que me pregunto si me permitirán en algún momento usar el baño.

—Juliette.

El timbre enfadado de su voz hace que se me acelere el corazón. Me yergo al instante y miro directamente adelante.

—Sí, señor —contesto, casi sin aire.

Me doy cuenta de que ni siquiera me está mirando. Sigue tecleando algo en el panel.

—¿Estabas soñando despierta? —me pregunta con calma.

—No, señor.

Devuelve el panel a su compartimento y las piezas se conectan con un clic metálico satisfactorio.

Levanta la cabeza.

—Ya me empiezo a cansar —dice articulando bien cada palabra—. Estoy perdiendo la paciencia contigo y ni siquiera hemos llegado al fin del primer día. —Vacila—. ¿Quieres saber qué ocurre cuando pierdo la paciencia contigo, Juliette?

Me tiemblan los dedos, aprieto los puños.

—No, señor.

Extiende una mano.

—En ese caso, dame lo que me pertenece.

Doy un paso vacilante hacia delante y su mano extendida se va hacia arriba de golpe con la palma hacia mí, deteniéndome en el acto. Aprieta las muelas.

—Me refiero a tu mente —especifica—. Quiero saber en qué estabas pensando cuando has perdido la cabeza el tiempo suficiente como para mirar por la ventana. Quiero saber qué estás pensando en este instante. Quiero saber lo que piensas siempre —exige con brusquedad—. En cada momento. Quiero cada una de las palabras, cada detalle, cada emoción. Cada pensamiento perdido que pasa aleteando por tu cabeza, lo quiero —insiste, acercándose—. ¿Lo entiendes? Es mío. Eres mía.

Se detiene a unos centímetros de mi cara.

—Sí, señor —murmuro con voz quebrada.

—Solo te lo pediré una vez más —me advierte, haciendo un esfuerzo para moderar su voz—. Y si alguna vez me obligas de nuevo a tener que esforzarme tanto para conseguir las respuestas que necesito, te castigaré. ¿Queda claro?

—Sí, señor.

Un músculo se tensa en su mandíbula. Entorna los ojos.

—¿En qué estabas pensando?

Trago saliva. Lo miro. Aparto la mirada.

—Me estaba preguntando, señor, si en algún momento podré usar el baño —respondo en voz baja.

La cara de Anderson se queda inexpresiva.

Parece atónito. Me mira durante unos instantes.

—Te preguntabas si puedes usar el baño.

—Sí, señor. —Mi rostro está en llamas.

Anderson se cruza de brazos.

—¿Y ya está?

De golpe, me siento impelida a decirle lo que he pensado sobre su pelo, pero me opongo a esa necesidad. La culpabilidad me inunda las venas por esta afrenta, pero mi mente se alivia con un calor extraño y familiar, y de repente ya no queda ni rastro de culpa por contar solo la mitad de la verdad.

—Sí, señor. Ya está.

Anderson ladea la cabeza.

—¿Ningún arrebato de ira? ¿Ninguna pregunta sobre lo que estamos haciendo aquí? ¿Ninguna preocupación por el bienestar del chico —señala— o por los poderes que pueda tener?

—No, señor.

—Ya veo —musita.

No desvío la vista.

Anderson respira hondo y se desabrocha el botón de la americana. Se pasa las manos por el pelo. Empieza a caminar dando círculos.

Se está poniendo nervioso, me doy cuenta, y no sé qué hacer.

—Es casi gracioso —dice—. Es exactamente lo que quería y, aun así, en cierto sentido, estoy decepcionado.

Respira hondo y se da la vuelta.

Me estudia.

—¿Qué harías —me empieza a preguntar, ladeando la cabeza un centímetro hacia su izquierda— si te pidiera que te arrojaras por esa ventana?

Me giro y examino la enorme ventana que se alza por encima de los dos.

Es gigantesca, con un cristal circular pintado que ocupa la mitad de la pared. Los colores se esparcen por el suelo, creando una entretenida obra de arte preciosa sobre el pulido suelo de hormigón. Me acerco a la ventana, paso los dedos por los paneles ornamentados de cristal. Miro abajo, hacia la extensión de verde. Al menos estamos a ciento cincuenta metros del suelo, pero la distancia no me inspira ningún miedo. Podría hacer ese salto con facilidad y salir ilesa.

Levanto la vista.

—Lo haría encantada, señor.

—¿Y si te pidiera que lo hicieras sin usar tus poderes? —Se acerca a mí—. ¿Y si mi deseo fuera simplemente que te arrojases por la ventana?

Una oleada de un calor abrasador y cegador me recorre y me sella los labios. Me ata los brazos. No puedo abrir la boca para protestar contra ese asalto aterrorizante, pero me puedo imaginar que forma parte del desafío.

Anderson debe de estar poniendo a prueba mi lealtad.

Debe de estar intentando atraparme en un acto de desobediencia. Y eso significa que tengo que demostrar mi valor. Mi lealtad.

Tengo que hacer uso de una cantidad extraordinaria de mi fuerza sobrenatural para luchar contra las fuerzas invisibles que me mantienen la boca cerrada, pero lo consigo. Y cuando por fin consigo hablar, digo:

—Lo haría encantada, señor.

Anderson se acerca un paso más, con los ojos brillando con algo... algo completamente nuevo. Algo parecido al asombro.

—¿Lo harías de verdad? —pregunta en voz baja.

—Sí, señor.

—¿Harías todo lo que te pidiera? ¿Lo que sea?

—Sí, señor.

Anderson todavía tiene los ojos clavados en mí cuando levanta la muñeca hacia su boca y dice:

—Entra. Ahora.

Baja la mano.

El corazón se me acelera. Anderson se niega a desviar la mirada, sus ojos se hacen más azules y brillantes a cada segundo que pasa. Es como si supiera que solo con ellos ya le basta para romper mi equilibrio. Y entonces, sin aviso previo, me agarra la muñeca. Me doy cuenta demasiado tarde de que me está comprobando el pulso.

—Muy rápido —observa—. Como el de un pajarillo. Dime, Juliette, ¿tienes miedo?

—No, señor.

—¿Estás emocionada?

—No... no lo sé, señor.

La puerta se desliza y se abre, y Anderson me suelta la muñeca. Por primera vez desde hace unos minutos, Anderson aparta la vista de mí, rompiendo finalmente algún tipo de conexión dolorosa e invisible. El cuerpo se me relaja con el alivio y, tras reprenderme a mí misma, me cuadro al instante.

Un hombre entra en la habitación.

Cabello oscuro, ojos oscuros, piel pálida. Es joven, más que Anderson, creo, pero mayor que yo. Lleva puestos unos auriculares. Parece indeciso.

—Juliette, este es Darius —me presenta Anderson.

Me giro para mirar al recién llegado.

No dice nada. Está paralizado.

—Ya no voy a necesitar sus servicios —me informa Anderson mirando en mi dirección.

Darius palidece. Incluso desde la distancia que nos separa puedo ver que el cuerpo le empieza a temblar.

—¿Señor? —digo, confundida.

—¿No es obvio? —pregunta Anderson—. Me gustaría que te deshicieras de él.

Al comprenderlo, me ilumino.

—Cómo no, señor.

Cuando me sitúo junto a Darius, este grita; es un sonido contundente y espeluznante que hace que se me irriten los oídos. Intenta huir hacia la puerta y salto hacia él rápidamente, extendiendo el brazo para detenerlo. La fuerza de mi poder lo manda por los aires el resto del camino hasta la salida y su cuerpo se estampa con fuerza contra la pared de acero.

Se queda hecho un ovillo en el suelo con un gemido.

Abro la palma. Grita.

El poder emana de mi interior y me llena la sangre de fuego. La sensación es embriagadora. Deliciosa.

Levanto la mano y el cuerpo de Darius se eleva del suelo con la cabeza hacia atrás, llena de agonía, y el cuerpo manipulado por engranajes invisibles. Sigue gritando y el sonido me llena los oídos, inunda mi cuerpo con endorfinas. Me zumba la piel con energía. Cierro los ojos.

A continuación, cierro el puño.

Unos gritos nuevos desgarran el silencio, retumbando por el vasto espacio cavernoso. Noto que una sonrisa tira de mis labios y me pierdo en esa sensación, en la libertad de mi propio poder. Hay júbilo en usar mi fuerza tan libremente, en dejarme llevar al fin.

Felicidad.

Mis ojos se abren, pero me siento drogada, delirantemente feliz mientras observo cómo su cuerpo suspendido empieza a convulsionarse. La sangre se derrama por su nariz y se forman burbujas dentro de su boca abierta. Se está ahogando. Está casi muerto. Y justo estoy empezando a...

El fuego abandona mi cuerpo con tanta rapidez que hace que trastabille hacia atrás.

Darius cae al suelo con un golpe sordo que hace que se le rompan los huesos.

Un vacío desesperado arde en mi interior y me deja desvaída. Sostengo las manos en alto como si estuviera rezando, intentando desentrañar qué acaba de pasarme y sintiéndome de pronto a punto de derramar lágrimas. Me doy la vuelta, intentando comprender...

Anderson me está apuntando con una pistola.

Bajo las manos.

Anderson baja el arma.

El poder brota de mí una vez más y respiro hondo y agradecida, encontrando alivio en la sensación que me inunda los sentidos y me rellena las venas. Pestañeo varias veces, intentando despejar la mente, pero son los sollozos agonizantes y patéticos de Darius lo que hace que vuelva al momento presente. Me quedo mirando su cuerpo roto, los charcos de sangre que ha dejado en el suelo. Me siento ligeramente molesta.

—Increíble.

Giro sobre los talones.

Anderson me está observando con una expresión de puro asombro.

—Increíble —repite—. Ha sido increíble.

Me lo quedo mirando, insegura.

—¿Cómo te sientes? —me pregunta.

—Decepcionada, señor.

Arruga la frente.

—¿Por qué decepcionada?

Le dedico una mirada a Darius.

—Porque todavía está vivo, señor. No he completado la tarea.

El rostro de Anderson se tuerce en una sonrisa tan ancha que electrifica sus rasgos. Parece joven. Parece amable. Parece maravilloso.

—Dios mío —musita—. Eres perfecta.

KENJI

—¡Eh! —grito—. ¡Espera!

Sigo corriendo a toda velocidad detrás de Warner y, en un movimiento que no sorprende absolutamente a nadie, no me espera. Ni siquiera aminora el paso. De hecho, estoy bastante seguro de que acelera.

Me doy cuenta, a medida que alcanzo su ritmo, de que hace un par de días que no noto aire fresco. Miro a mi alrededor mientras avanzo, intentando fijarme en los detalles. El cielo es del tono más azul que haya visto nunca. No hay ninguna nube a la vista en un radio de kilómetros. No sé si este tiempo es exclusivo de esta localización geográfica del sector 241 o si solo se trata de lo habitual del cambio climático. Sea como sea, respiro hondo. El aire me sienta bien.

Estaba sintiendo claustrofobia en el comedor, donde me he pasado horas sin fin con los heridos y enfermos. Los colores de la estancia se habían empezado a mezclar, toda la ropa de cama y los catres cenicientos y la luz artificial, demasiado brillante. Los olores también eran intensos. A sangre y lejía. A antiséptico. Hacían que me diera vueltas la mente. Me he levantado esta mañana con un dolor de cabeza de campeonato —aunque, si soy sincero, me despierto casi cada mañana con uno—, pero estar al aire libre empieza a aliviar el dolor.

Quién me lo iba a decir.

Se está bien aquí fuera, aunque con este uniforme haga un poco de calor. Llevo puestos un par de pantalones de trabajo que he encontrado en mi habitación. Sam y Nouria se aseguraron desde el principio de que tuviéramos todo lo que necesitáramos; incluso ahora, incluso después de la batalla. Tenemos artículos de aseo. Ropa limpia.

Warner, por otro lado...

Entrecierro los ojos mientras me fijo en su silueta alejándose. No me puedo creer que todavía no se haya dado una ducha. Aún lleva puesta la chaqueta de cuero de Haider, aunque está prácticamente destrozada. Sus pantalones negros están rasgados, la cara todavía manchada con lo que solo puedo imaginar que es una combinación de sangre y suciedad. Su pelo es una maraña. Sus botas apagadas. Y, aun así, por increíble que parezca, consigue mantener un aspecto decente. Se me escapa.

Reduzco el ritmo cuando llego a su altura, aunque sigo avanzando con marcha rápida. Con la respiración entrecortada. Empiezo a sudar.

—Eh —le digo, pellizcándome la camiseta y alejándola del pecho, donde se me está empezando a pegar. El tiempo se está volviendo extraño; de repente, hace un calor sofocante. Le dedico una mueca al sol.

Aquí, dentro del Santuario, he podido hacerme una idea mejor del estado de nuestro mundo. Última hora: la Tierra sigue básicamente yéndose a la mierda. El Restablecimiento simplemente se ha estado aprovechando de la situación, haciendo ver que las cosas están en un estado irreparable.

La verdad, sin embargo, es que son muy difíciles de reparar.

Toma ya.

—Eh —repito, esta vez dándole una palmada a Warner en el hombro. Me aparta la mano con tanto ímpetu que por poco tropiezo—. Oye, escucha, sé que estás triste, pero...

Warner desaparece de repente.

—Eh, ¿a dónde demonios vas? —grito, con mi voz retumbando—. ¿Vas de vuelta a tu habitación? ¿Nos vemos allí?

Un par de personas se gira para mirarme.

Los caminos, que normalmente están muy transitados, lucen bastante vacíos ahora mismo porque muchos de nosotros todavía se están recuperando, pero las pocas personas que pasean bajo el sol centelleante me dedican una mirada turbia.

Como si fuera yo el rarito.

—Déjalo en paz —me sisea alguien—. Está de luto.

Pongo los ojos en blanco.

—Eh... ¡Imbécil! —grito, esperando que Warner esté lo bastante cerca como para oírme—. Sé que la quieres, pero yo también, y estoy...

Warner reaparece tan cerca de mi cara que por poco suelto un grito. Doy un paso hacia atrás, aterrorizado.

—Si no quieres morir —me dice—, no te acerques a mí.

Estoy a punto de hacerle ver que se está comportando un tanto dramáticamente, pero me interrumpe:

—No lo he dicho para hacerme el dramático. Ni siquiera te lo digo para asustarte. Te lo digo por respeto a Ella, porque sé que preferiría que no te matara.

Me quedo callado durante un segundo. Acto seguido, frunzo el ceño.

—¿Me estás tomando el pelo? Me estás tomando el pelo, ¿verdad?

Los ojos de Warner se tornan pétreos. Eléctricos. Con un deje de locura que da miedo.

—Cada vez que aseguras entender una fracción siquiera de lo que estoy sintiendo, me dan ganas de vaciarte las entrañas. Quiero rajarte la carótida. Quiero arrancarte las vértebras una a una.

No tienes ni idea de lo que es quererla —prosigue, enfadado—. Ni siquiera te lo puedes empezar a imaginar. Así que deja ya de fingir que lo comprendes.

Vaya, a veces el odio que siento hacia este tipo es muy pero que muy profundo.

Tengo que apretar la mandíbula para evitar decir lo que estoy pensando en realidad ahora mismo —que quiero atravesarle la cabeza con el puño—. De hecho, lo visualizo durante unos instantes, visualizo cómo debe de ser reventarle la cabeza como si fuera una nuez. Es extrañamente satisfactorio. Pero al final recuerdo que necesitamos a este idiota y que la vida de J. está en juego. El destino del mundo está en juego.

Así que contengo la rabia y lo intento otra vez.

—Escucha —le digo, haciendo un esfuerzo por poner una voz amable—. Sé que lo que tenéis vosotros es especial. Sé que no puedo llegar a comprender ese tipo de amor. Joder, sé... sé que incluso estabas pensando en casarte con ella... Y eso debe de ser...

—Le pedí matrimonio.

Me pongo rígido al instante.

Sé por el tono de voz que no está bromeando. Y sé por su mirada —el destello infinitesimal de tristeza que le cruza los ojos— que es lo que me faltaba. Es la información que no tenía. Es la fuente de la desolación que lo ha estado hundiendo.

Miro alrededor para ver si hay alguien husmeando. Sí. Demasiado nuevos miembros del club de *fans* de Warner que se aferran el corazón.

—Vamos —le digo—. Te voy a llevar a comer.

Warner parpadea y la confusión despeja temporalmente su ira.

—No tengo hambre —me suelta tajante.

—Eso es una tontería como una casa. —Lo miro de arriba abajo. Tiene buen aspecto, el desgraciado siempre tiene buen aspecto, pero parece famélico. No se trata solo del hambre normal, sino de un hambre desesperada que está tan famélica que ni siquiera parece que sea hambre ya—. Hace días que no comes nada —le digo—. Y sabes mejor que yo que serás un inútil en una misión de rescate si te desmayas antes incluso de llegar allí.

Me fulmina con la mirada.

—Venga ya, hombre. ¿Quieres que cuando J. vuelva a casa se encuentre con un saco de huesos? Si sigues por ese camino, te echará un vistazo y saldrá corriendo en dirección contraria. No tienes buen aspecto. Todos esos músculos necesitan combustible. —Le toco el bíceps—. Dales de comer a tus bebés.

Warner se aparta de mí e inspira una buena bocanada de aire, irritado. El sonido por poco me hace sonreír. Me recuerda a los viejos tiempos.

Creo que estamos haciendo algo de progreso.

Porque esta vez, cuando le pido que me siga, no opone resistencia.

~~ELLA~~
JULIETTE

Anderson me lleva a conocer a Max.

Lo sigo hacia las entrañas de la instalación, a través de caminos sinuosos y enrevesados. Los pasos de Anderson resuenan sobre la piedra y sobre el acero de los pasillos, y las luces titilan a nuestro paso. Las luces ocasionales demasiado brillantes proyectan sombras inhóspitas de formas extrañas. Se me pone la piel de gallina.

Mi mente deambula.

Una imagen fugaz del cuerpo inerte de Darius me asalta la mente, acarreando con ella una punzada afilada que me retuerce los intestinos. Contengo las ganas de vomitar, incluso cuando noto que los exiguos contenidos del desayuno me suben por la garganta. Con un poco de esfuerzo, me obligo a tragarme la bilis. La frente se me perla de sudor, y también la nuca.

Mi cuerpo me está gritando que deje de moverme. Mis pulmones quieren expandirse, henchirse de aire. No permito ninguna de las dos cosas.

Me obligo a seguir caminando.

Aparto las imágenes de mi mente, suprimiendo los pensamientos de Darius. Mi estómago revuelto se empieza a inquietar, pero con los retortijones mi piel adquiere una sensación húmeda y pegajosa.

Me cuesta hacer recuento de lo que he comido esta mañana. Debe de haber sido casi nada; algo está peleándose con mi estómago. Me siento febril.

Pestañeo.

Pestañeo de nuevo, pero esta vez demasiado lento, y veo una imagen fugaz de sangre que burbujea dentro de la boca abierta de Darius. Las náuseas regresan con una velocidad que me asusta. Respiro hondo, retorciéndome los dedos, desesperada por apretarme el estómago. No sé cómo, pero consigo mantenerme entera. Sigo con los ojos abiertos, abriéndolos todo lo posible, hasta que me duelen. El corazón empieza a martillearme en el pecho. Intento desesperadamente mantener el control sobre mis pensamientos desatados, pero se me empieza a erizar el vello. Aprieto los puños. Nada ayuda. Nada ayuda. *Nada*, pienso.

nada

nada

nada

Empiezo a contar las luces que dejamos atrás.

Cuento con los dedos. Cuento con respiraciones. Cuento los pasos, midiendo la fuerza de cada pisada, que retruena por mis piernas y reverbera hasta mis caderas.

Recuerdo que Darius sigue vivo.

Se lo llevaron a rastras, en teoría para que lo remendaran y lo devolvieran a su antigua posición. A Anderson no ha parecido importarle que Darius siguiera con vida. Me he dado cuenta de que Anderson solo me estaba poniendo a prueba. Poniéndome a prueba, una vez más, para asegurarse de que le obedezco a él y solo a él.

Inhalo una buena bocanada de aire fortalecedora.

Me concentro en la silueta de Anderson, que se aleja. Por motivos que no llego a comprender, observarlo me tranquiliza. Ralentiza mi pulso. Me asienta el estómago. Y desde este punto ventajoso no puedo evitar maravillarme por la manera como se mueve. Tiene un contorno musculoso impresionante —hombros anchos, cintura estrecha, piernas fuertes—, pero lo que más me maravilla es la manera como se mueve. Avanza con paso confiado. Camina con altivez, con una eficiencia suave y natural. Mientras lo observo, una sensación familiar me hormiguea en el interior. Se congrega en mi estómago, soltando un calor tenue que me manda una breve descarga al corazón.

No la intento frenar.

Hay algo en él. Algo en su rostro. En su porte. De repente, estoy acercándome a él de manera inconsciente, contemplándolo casi con demasiada atención. Me he dado cuenta de que no lleva ninguna joya, ni siquiera un reloj. Tiene una cicatriz apenas perceptible entre el pulgar derecho y el dedo índice. Sus manos son ásperas y callosas. Su cabello oscuro está salpicado de mechones plateados, aunque su extensión solo es apreciable de cerca. Sus ojos son del tono verde del agua azul verdosa poco profunda, turquesa. Poco frecuentes.

Aguamarina.

Tiene unas pestañas largas marrones y líneas de expresión. Labios carnosos y curvados. Su piel se va volviendo más áspera a medida que pasa el día, la sombra de la barba dando a entender una versión de él que intento imaginarme sin éxito.

Me doy cuenta de que empieza a gustarme. Empiezo a confiar en él.

De pronto, se detiene. Estamos delante de una puerta de acero, al lado de la cual hay un teclado y un escáner biométrico.

Se lleva la muñeca a la boca.

—Sí. —Una pausa—. Estoy fuera.

Noto cómo me vibra la propia muñeca. Agacho la vista, sorprendida, al ver una luz azul que brilla a través de mi piel siguiendo mi pulso.

Me están invocando.

Qué raro. Anderson está justo a mi lado; creía que él era el único con la potestad de invocarme.

—¿Señor? —pregunto.

Echa la vista atrás con las cejas arqueadas como diciendo «¿Sí?» y algo que parece felicidad florece en mi interior. Sé que es poco inteligente alegrarse tanto por tan poco, pero sus movimientos y sus expresiones de repente me parecen más suaves, más naturales. Está claro que también ha empezado a confiar en mí.

Levanto la muñeca para mostrarle el mensaje. Arruga la frente.

Se acerca y toma mi brazo en las manos. Las puntas de sus dedos me aprietan la piel mientras gira la articulación con cuidado, entrecierra los ojos mientras estudia la señal. Me quedo anormalmente quieta. Profiere un sonido irritado y exhala, su aliento me acaricia la piel.

Una descarga de sentimiento me recorre el cuerpo.

Todavía me está sujetando el brazo cuando habla en el suyo.

—Dile a Ibrahim que se retire. Lo tengo bajo control.

En el silencio, Anderson ladea la cabeza, escuchando por un pinganillo invisible. Solo puedo observar. Esperar.

—No me importa —dice enfadado, y aprieta los dedos alrededor de mi muñeca sin pensar. Suelto un grito, sorprendida, y él se gira; nuestros ojos se encuentran, colisionan.

Anderson frunce el ceño.

Su aroma placentero y masculino me llena la cabeza, y me empapo de él casi sin querer. Estar tan cerca de su cuerpo me resulta difícil. Y extraño. Mi cabeza está inundada de confusión.

Unas imágenes rotas me llenan la mente —un cabello rubio, unos dedos que me acarician la piel— y luego tengo náuseas. Me mareo.

Por poco me caigo al suelo.

Desvío la mirada justo cuando Anderson alza mi brazo hacia la luz y fuerzo la vista para ver mejor. Nuestros cuerpos casi se tocan, y de golpe estoy tan cerca que puedo ver los bordes de un tatuaje, oscuro y sinuoso, que se asoma por el filo de su clavícula.

Abro los ojos como platos por la sorpresa. Anderson me suelta la muñeca.

—Ya sé que ha sido él —dice hablando con rapidez, con ojos que me miran una y otra vez—. Su código está en la marca de la hora. —Una pausa—. Borra las llamadas. Y luego recuérdale que ella solo me informa a mí. Yo decido cuándo y cómo puede hablar con ella.

Baja la muñeca. Se toca la sien con un dedo.

Y entonces entorna los ojos y me mira.

El corazón me da un vuelco. Me yergo. Ya no espero a que tenga que pedírmelo. Cuando me mira así, sé que es la señal para que confiese.

—Tiene un tatuaje, señor. Me ha sorprendido. Me preguntaba qué era.

Anderson arquea una ceja.

Parece estar a punto de hablar cuando, al fin, la puerta de acero se abre con un siseo. Unas volutas de vapor se escapan por el quicio de la puerta, y de detrás emerge un hombre. Es alto, más que Anderson, con el cabello castaño ondulado, piel ligeramente bronceada y unos ojos claros brillantes cuyo color no se hace obvio al instante. Lleva puesta una bata blanca de laboratorio y botas altas de goma. Una máscara le cuelga alrededor del cuello y una decena de bolígrafos le llenan el bolsillo del abrigo. No hace ningún ademán de acercarse ni de apartarse; tan solo se queda en la puerta, aparentemente indeciso.

—¿Qué está pasando? —pregunta Anderson—. Te he mandado un mensaje hace una hora y no has aparecido. Luego vengo a tu puerta y me haces esperar.

El hombre —Anderson me dijo que se llamaba Max— permanece en silencio. Me examina, sus ojos moviéndose de arriba debajo por mi cuerpo en una muestra de claro odio. No estoy segura de cómo procesar su reacción.

Anderson suspira, captando algo que para mí no es obvio.

—Max —dice en voz baja—. Estás de broma.

Max le dedica a Anderson una mirada cargada de desdén.

—A diferencia de ti, los demás no todos estamos hechos de piedra —y añade, desviando la mirada—: al menos no del todo.

Me sorprende descubrir que Max tiene acento, uno parecido al de los ciudadanos de Oceanía. Debe de ser originario de esa región.

Anderson vuelve a suspirar.

—Está bien —dice Max en tono gélido—. ¿De qué querías hablar?

Se saca un bolígrafo del bolsillo y le quita el tapón con los dientes. Se mete la mano en el otro bolsillo y saca un cuaderno de notas. Lo abre.

De repente, se me ciega la vista.

En cuestión de poco segundos, la oscuridad me empaña la visión. Se aclara. Unas imágenes borrosas reaparecen, el tiempo se acelera y se ralentiza a trompicones. Los colores discurren delante de mis ojos y me dilatan las pupilas. Las estrellas explotan, las lucen alumbran, soltando chispas. Oigo voces. Una única voz. Un susurro...

Soy una ladrona

La cinta rebobina. Empieza de nuevo. El archivo se corrompe.

Soy
soy
soy soy soy

una

ladrona

una ladrona que robé

robé este cuaderno yestebolígrafoaunodelosdoctores

—Claro que lo hiciste.

La voz afilada de Anderson me devuelve al momento presente. El corazón me late en la garganta. El miedo me constriñe la piel, conjurando escalofríos que me recorren los brazos. Mis ojos se mueven demasiado rápido, yendo de un lado a otro, alterados, hasta que se posan finalmente en el rostro familiar de Anderson.

No me está mirando. Ni siquiera me está hablando.

Un alivio calmante me invade al darme cuenta. Este interludio no ha durado más que unos pocos segundos, y eso significa que no me he perdido más que un par de palabras intercambiadas. Max se gira hacia mí y me observa con curiosidad.

—Entrad —nos indica, y desaparece por la puerta.

Sigo a Anderson por el acceso y, nada más cruzar el umbral, una ráfaga de aire gélido me pone la piel de gallina. No avanzo mucho más allá de la entrada antes de que algo me distraiga.

Anonadada.

El acero y el cristal son los responsables de la mayoría de las estructuras del espacio: pantallas enormes y monitores, microscopios, largas mesas de cristal atestadas de vasos de precipitación y tubos de ensayo a medio llenar. Unos tubos acordeón rasgan el espacio vertical alrededor de la habitación, conectando la superficie de las mesas con el techo. Unas lámparas de luz artificial cuelgan en medio del aire, zumbando débilmente. El ambiente es tan fresco que no sé cómo Max puede soportarlo.

Sigo a Max y a Anderson hasta un escritorio con forma de medialuna que es más bien un centro de mando. En un lado de la superficie metálica hay un montón de papeles y unas pantallas titilan por encima. De una taza de café descascarillada colocada encima de un libro grueso sobresalen más bolígrafos.

Un libro.

Hace mucho tiempo que no veo una reliquia así.

Max toma asiento. Hace un gesto hacia un taburete metido bajo una mesa cercana y Anderson niega con la cabeza.

Permanece de pie.

—Muy bien, continúa —lo anima Max, con los ojos parpadeando en mi dirección—. Has dicho que había un problema.

De pronto, Anderson está incómodo. Se queda callado durante tanto rato que, al final, Max sonríe.

—Suéltalo ya —le pide Max ayudándose de un gesto con el bolígrafo—. ¿Qué has hecho mal esta vez?

—No he hecho nada mal —contesta Anderson con brusquedad. Y luego frunce el ceño—. O eso creo.

—Entonces, ¿qué pasa?

Anderson respira hondo. Al final dice:

—Dice que se siente... atraída por mí.

Max abre los ojos como platos. Pasa la vista de Anderson a mí y luego de vuelta. Y de pronto...

Estalla en carcajadas.

Mi rostro se ruboriza. Miro al frente y examino el extraño equipo que hay guardado en unas estanterías pegadas a la lejana pared.

Por el rabillo del ojo veo que Max garabatea algo en un cuaderno. Tiene mucha tecnología moderna y, aun así, por lo visto disfruta escribiendo a mano. Es una observación que me parece extraña. Archivo la información sin entender el motivo del todo.

—Fascinante —dice Max, todavía con una sonrisa en los labios. Menea la cabeza rápidamente—. Aunque tiene mucho sentido.

—Me alegro de ver que te parece divertido —repone Anderson, visiblemente irritado—, pero a mí no me hace gracia.

Max vuelve a reír. Se reclina en la silla, con las piernas estiradas y cruzadas por los tobillos. Está claro que está intrigado, emocionado incluso, por el desarrollo de los acontecimientos, y su frialdad previa empieza a derretirse. Mordisquea el tapón del bolígrafo, meditativo. Algo brilla en sus ojos.

—¿Me engañan los ojos o el gran Paris Anderson me está admitiendo que tiene conciencia? ¿O tal vez... algún tipo de sentido moral?

—Tú deberías saber mejor que nadie que nunca he tenido ninguna de las dos cosas, así que me temo que en ese caso no sabría qué se siente.

—En eso tienes razón.

—De todos modos...

—Lo siento —lo interrumpe Max, y la sonrisa se le ensancha por todo el rostro—, pero necesito unos segundos más para digerir esta revelación. No te puede extrañar que me sienta fascinado. Teniendo en cuenta el hecho incontestable de que eras uno de los seres humanos más depravados que he conocido jamás, y entre nuestros círculos sociales eso es mucho decir...

—Ja, ja —dice Anderson con sarcasmo.

—... Creo que estoy sorprendido sin más. ¿Por qué es demasiado? ¿Por qué es la línea que no piensas cruzar? De entre todas las cosas...

—Max, déjate de cuentos.

—No es ningún cuento.

—Dejando a un lado las razones obvias por las que esta situación debería parecerle perturbadora a todo el mundo, la chica no tiene ni dieciocho años. Ni siquiera yo soy tan depravado.

Max niega con la cabeza. Sostiene en alto el bolígrafo.

—De hecho, hace cuatro meses que los cumplió.

Anderson parece estar a punto de quejarse, pero Max sigue:

—Aunque, claro, estaba recordando el papeleo que no era. —Me mira mientras lo dice, y noto que la cara se me calienta todavía más.

Estoy al mismo tiempo confusa y humillada.

Siento curiosidad.

Siento miedo.

—De todos modos —dice Anderson tajante—, no me gusta. ¿Puedes arreglarlo?

Max se inclina hacia delante y se cruza de brazos.

—¿Que si puedo arreglarlo? ¿Que si puedo arreglar el hecho de que no pueda evitar sentirse atraída por el hombre que ha engendrado los dos rostros que ha conocido más íntimamente? —Niega con la cabeza. Se vuelve a reír—. Ese tipo de conexión no se puede deshacer sin incurrir en repercusiones graves. Repercusiones que nos harían retroceder.

—¿Qué tipo de repercusiones? ¿Que nos harían retroceder cómo?

Max me mira. Mira a Anderson.

Anderson suspira.

—Juliette —exclama.

—Sí, señor.

—Déjanos solos.

—Sí, señor.

Me giro de golpe y me dirijo hacia la salida. La puerta se desliza cuando me acerco, pero vacilo al cabo de unos pasos cuando oigo que Max se vuelve a reír.

Sé que no debería escuchar a hurtadillas. Sé que está mal. Sé que recibiría un castigo si se enteraran. Lo sé.

Aun así, al parecer soy incapaz de moverme.

Mi cuerpo se está amotinando, gritándome que cruce el umbral, pero un calor penetrante ha empezado a filtrarse en mi mente atenuando el impulso. Sigo congelada delante de la puerta abierta, intentando decidir qué hacer, cuando me llegan sus voces.

—Está claro que es atractiva —repone Max—. A estas alturas, eso está prácticamente escrito en su ADN.

Anderson contesta algo que no alcanzo a oír.

—¿De verdad es algo tan malo? —le pregunta Max—. Quizá ese afecto que siente por ti podría ir a nuestro favor. Podríamos sacarle provecho.

—¿Crees que estoy tan desesperado por tener compañía o que soy tan sumamente incompetente como para tener que recurrir a la seducción para obtener lo que quiero de la chica?

Max profiere una risotada.

—Los dos sabemos que nunca has llegado a estar desesperado por tener compañía. Pero en cuanto a tu competencia...

—No sé ni por qué me molesto en decirte nada.

—Han pasado treinta años, Paris, y todavía estoy esperando que desarrolles algún tipo de sentido del humor.

—Han pasado treinta años, Max, y cualquiera pensaría que debería haber encontrado nuevos amigos en ese tiempo. Amigos mejores.

—Que, por cierto, tus hijos tampoco son graciosos —replica Max ignorándolo—. Es interesante la genética, ¿no crees?

Anderson gruñe.

Max ríe con más fuerza.

Arrugo la frente.

Me quedo quieta. Intento procesar sus interacciones, pero no lo consigo. Max acaba de insultar a un comandante supremo del Restablecimiento... múltiples veces. Como subordinado de Anderson, debería ser castigado por hablarle con tan poco respeto. Deberían despedirlo, como mínimo. Ejecutarlo, si Anderson lo considera oportuno.

Pero cuando oigo el sonido distante de la risa de Anderson, me doy cuenta de que Max y él se están riendo juntos. Comprenderlo me sorprende y me deja atónita a la vez.

Deben de ser amigos.

Una de las lámparas que está sobre mi cabeza zumba y emite un chasquido, sacándome de mi ensimismamiento con un sobresalto. Niego con la cabeza y salgo por la puerta.

KENJI

De repente, formo parte del club de *fans* de Warner.

En el camino de vuelta a mi tienda, les he dicho a un par personas con las que me he cruzado que Warner tenía hambre —pero que todavía no se sentía lo bastante bien como para unirse a los demás en el comedor— y desde entonces me han estado enviando paquetes con comida a mi habitación. El problema es que toda esta amabilidad conlleva un precio. Seis chicas diferentes (y dos chicos) han venido hasta ahora, cada uno esperando un pago por su generosidad en la forma de una conversación con Warner, algo que —por supuesto— nunca ocurre. Aunque normalmente se conforman con echarle un buen vistazo.

Es raro.

Quiero decir, incluso yo sé que, objetivamente hablando, Warner no es desagradable a la vista, pero toda esta cantidad de flirteo descarado está empezando a ser de lo más extraño. No estoy acostumbrado a encontrarme en un ambiente en el que la gente admite sin tapujos que le gusta cualquier cosa de Warner. Cuando estábamos en el Punto Omega —e incluso en la base del sector 45—, todo el mundo parecía estar de acuerdo en que era un monstruo. Nadie ocultaba su miedo o rechazo; no como ahora, que lo miran batiendo las pestañas.

Pero lo más gracioso de todo es que yo soy el único que se enfada.

Cada vez que suena el timbre de la puerta, pienso que ya está, ha llegado el momento, el momento de que Warner al fin pierda la cabeza y le dispare a alguien, pero nunca parece darse cuenta. De todas las cosas que le sacan de quicio, que hombres y mujeres lo miren embobados no parece estar en la lista.

—Entonces…, ¿esto es normal para ti o qué?

Todavía estoy llenando los platos con comida en el comedor de mi habitación. Warner está de pie, tieso, al lado de la ventana. Ha escogido ese hueco cuando hemos entrado y se ha quedado ahí sin más, mirando a la nada.

—¿El qué es normal?

—Toda esta gente —respondo haciendo un gesto hacia la puerta—. Que viene aquí haciendo ver que no te están imaginando desnudo. Eso es…, no sé, ¿un día normal para ti?

—Creo que te estás olvidando —me dice en voz baja— de que he podido percibir las emociones durante la mayor parte de mi vida.

Arqueo las cejas.

—Entonces, es un día normal para ti.

Suspira. Vuelve a mirar por la ventana.

—¿Ni siquiera vas a fingir que no es verdad? —Abro un paquete de aluminio. Más patatas—. ¿Ni siquiera vas a fingir que no sabes que el mundo entero te considera atractivo?

—¿Te me estás declarando?

—Más quisieras, imbécil.

—La verdad es que me aburre —me confiesa Warner—. Además, si prestara atención a todas las personas que me consideran atractivo, nunca tendría tiempo para nada más.

Por poco se me caen las patatas.

Espero que esboce una sonrisa, que me diga que está de broma, y cuando se queda impertérrito, niego con la cabeza, atónito.

—Vaya. Tu humildad es una puta inspiración.

Se encoge de hombros.

—Ah, hablando de cosas que me dan grima... ¿Tal vez quieras..., no sé, limpiarte un poco la sangre de la cara antes de comer?

Warner me fulmina con la mirada como respuesta.

Levanto las manos.

—Vale, vale. No pasa nada. —Lo señalo—. De hecho, tengo entendido que la sangre es muy buena. Ya sabes... Es orgánica. Tiene antioxidantes y toda esa mierda. Muy popular en la comunidad vampírica.

—¿Tú te oyes cuando hablas? ¿No te das cuenta de lo idiota que suenas?

Pongo los ojos en blanco.

—Muy bien, reina del baile, la comida está lista.

—Te hablo en serio —insiste—. ¿Alguna vez se te pasa por la cabeza pensar antes de hablar? ¿Alguna vez te has planteado dejar de hablar del todo? Si no es así, deberías.

—Venga, idiota. Siéntate.

A regañadientes, Warner se acerca. Se sienta y se queda mirando la comida que tiene delante, con la expresión en blanco.

Le concedo unos cuantos segundos en esa posición antes de decirle:

—¿Recuerdas cómo se hace? ¿O quieres que te haga el avioncito? —Pincho un pedazo de tofu y lo apunto hacia él—. Di aaaah. El aerotofu viene hacia ti.

—Un chiste más, Kishimoto, y te arrancaré la columna.

—Tienes razón. —Suelto el tenedor—. Lo capto. Yo también refunfuño cuando tengo hambre.

Levanta la cabeza de golpe.

—¡Que no es broma! —exclamo—. Hablo en serio.

Warner suspira. Agarra los cubiertos. Mira con anhelo la puerta.

Prefiero no tentar a la suerte.

Mantengo la cara pegada en la comida —estoy entusiasmado de veras por haber conseguido un segundo almuerzo— y espero a que haya tomado varios bocados antes de saltarle a la yugular.

—Bueno, conque le propusiste matrimonio, ¿eh?

Warner deja de masticar y levanta la vista. De repente, me parece joven. Aparte de la necesidad obvia de ducharse y cambiarse la ropa, parece que al fin está empezando a liberarse de una ínfima porción de tensión. Y por las ganas con las que está sosteniendo el cuchillo y el tenedor, sé que yo tenía razón.

Estaba hambriento.

Me pregunto qué habría hecho si no lo hubiera arrastrado hasta aquí y lo hubiese sentado. Y obligado a comer.

¿Habría continuado hasta desplomarse sobre el suelo?

¿Habría muerto de hambre por accidente en el empeño de salvar a Juliette?

Parece no darle ningún tipo de importancia real a su físico. Ni tener ninguna preocupación por sus necesidades. Me parece raro. Y preocupante.

—Sí —dice en voz baja—. Se lo pedí.

Me asaltan unas ganas locas de meterme con él, de sugerirle que ahora entiendo su mal humor, que probablemente ella lo rechazó, pero incluso yo sé cuándo contenerme. Lo que sea que le está pasando por la cabeza a Warner en estos instantes es algo oscuro. Serio. Y tengo que manejar esta parte de la conversación con cuidado.

Así que avanzo con pies de plomo.

—Supongo que dijo que sí.

Warner no me mira a los ojos.

Respiro hondo y suelto el aire lentamente. Todo empieza a cobrar sentido.

Durante los primeros días después de que Castle me acogiera, tenía la guardia tan alta que me era imposible ver por encima de ella.

No confiaba en nadie. No creía en nada. Siempre estaba esperando el siguiente batacazo. Dejaba que la rabia me acunara por la noche porque estar furioso daba menos miedo que tener que confiar en la gente... o en el futuro.

No dejaba de esperar que todo se desmoronara.

Estaba seguro de que la felicidad y la seguridad no durarían, que Castle me entregaría o que acabaría siendo un trozo de mierda. Un abusón. Algún tipo de monstruo.

No me podía relajar.

Pasaron años antes de que creyera de verdad que tenía una familia. Tardé años en aceptar, sin vacilación, que Castle me quería de verdad o que las cosas buenas podían durar. Que podía volver a ser feliz sin miedo a las repercusiones.

Por eso perder el Punto Omega fue tan catastrófico.

Fue la amalgama de prácticamente todos mis miedos. De la noche a la mañana, me arrancaron a muchas de las personas a las que quería. Me quitaron mi casa. A mi familia. Mi refugio. Y la devastación también se había llevado a Castle. Castle, que había sido mi pilar y mi modelo a seguir; tras eso, se convirtió en un fantasma. Irreconocible. No sabía cómo iban a transcurrir las cosas. No sabía cómo íbamos a sobrevivir. No sabía a dónde iríamos.

Fue Juliette quien tiró de todos.

Esos fueron los días en los que ella y yo nos hicimos íntimos. Fue cuando me di cuenta de que no solo podía confiar en ella y abrirme, sino que también podía depender de ella. Nunca supe cuán poderosa era hasta que la vi tomar las riendas, erigiéndose y reuniéndonos a todos cuando estábamos en nuestro peor momento, cuando incluso Castle estaba demasiado roto como para tenerse en pie.

J. hizo magia de la tragedia.

Nos encontró un lugar seguro y esperanza. Nos unificó con el sector 45 —con Warner y Delalieu— incluso ante la oposición, ante el riesgo de perder a Adam. No esperó sentada a que Castle tomara el mando como hicimos el resto; no había tiempo para eso. En su lugar, se hundió en las profundidades del infierno, completamente inexperta y sin preparación, porque estaba decidida a salvarnos. Y a sacrificarse a sí misma en el proceso si ese debía ser el precio. Si no fuera por ella, si no fuera por lo que hizo por todos nosotros, no sé dónde estaríamos.

Nos salvó la vida.

Me salvó la vida a mí, eso seguro. Me extendió la mano en la oscuridad. Tiró de mí.

Pero nada de eso me habría dolido tanto si hubiese perdido el Punto Omega durante los primeros años que estuve allí. No habría tardado tanto en recuperarme y no habría necesitado tanta ayuda para superar el dolor. Me dolía porque al fin había bajado la guardia. Al fin me había permitido creer que las cosas irían bien. Había empezado a tener esperanzas. Sueños.

A relajarme.

Por fin me había alejado de mi propio pesimismo y, cuando me di la vuelta, la vida me apuñaló por la espalda.

Durante esos instantes, es fácil tirar la toalla. Y no hacerle caso a tu humanidad. Decirte que intentaste ser feliz y ya ves lo que ha ocurrido: más dolor. Más intenso. Traicionado por el mundo. Te das cuenta entonces de que la rabia es más segura que la amabilidad, de que el aislamiento es más seguro que la comunidad. Te cierras a todo. A todos. Pero algunos días, no importa lo que hagas, el dolor se hace tan insoportable que te enterrarías vivo solo para hacerlo parar.

Yo lo sé. Lo he experimentado.

Y ahora mismo estoy mirando a Warner y veo la misma ausencia de vida detrás de sus ojos. La tortura que persigue a la esperanza. El sabor específico del odio hacia uno mismo que se experimenta solo tras haber recibido un golpe trágico en respuesta al optimismo.

Lo estoy mirando y recuerdo la expresión de su rostro cuando sopló las velas de su cumpleaños. Lo recuerdo a J. y a él después, acurrucados en una esquina de la tienda comedor. Recuerdo lo enfadado que estaba cuando me presenté en su habitación al despuntar la puta alba, decidido a sacar a J. a rastras de la cama la mañana de su cumpleaños.

Estoy pensando...

—Joder. —Suelto el tenedor. El plástico golpea el plato de aluminio con un tintineo sorprendente—. ¿Os comprometisteis?

Warner está observando la comida. Parece calmado, pero cuando me dice que sí, la palabra es un susurro tan triste que es como si me apuñalaran el corazón.

Hago un gesto negativo con la cabeza.

—Lo siento mucho. De verdad. No te haces una idea.

Los ojos de Warner titilan un instante por la sorpresa, pero es fugaz. Al final, pincha un pedazo de brócoli y se lo queda mirando.

—Esto es asqueroso —comenta.

En su idioma, es una forma de darme las gracias.

—Pues sí, y que lo digas.

En mi idioma, es una forma de decirle que no se preocupe, que estaré ahí si me necesita.

Warner suspira. Suelta los cubiertos. Mira por la ventana. Se ve que está a punto de decir algo cuando, de repente, suena el timbre de la puerta.

Mascullo algo entre dientes.

Me aparto de la mesa para ir a responder, pero esta vez solo la abro un palmo. Una chica que debe de tener mi edad más o menos se asoma al otro lado, cargada con un paquete envuelto en papel de aluminio en las manos.

Sonríe.

Abro la puerta un poco más.

—He traído esto para Warner —dice con un suspiro ensayado—. Me han dicho que tenía hambre. —Su sonrisa es tan grande que probablemente sería visible desde Marte. Tengo que reunir todas mis fuerzas para no poner los ojos en blanco.

—Gracias. Yo me encar...

—Ah. —Se sorprende y aleja el paquete de mi alcance—. Pensaba que se lo podría dar yo en persona. Ya sabes, solo para asegurarme de que se entrega a la persona correcta. —Sonríe de oreja a oreja.

Esta vez sí que pongo los ojos en blanco.

A regañadientes, abro la puerta, doy un paso a un lado y la dejo entrar. Me giro para decirle a Warner que otro miembro de su club de *fans* está aquí para apreciar sus ojos verdes, pero en el segundo que tardo en moverme, la oigo gritar. El contenedor de comida se estrella contra el suelo y los espaguetis con salsa de tomate se esparcen por todas partes.

Me giro, pasmado.

Warner tiene a la chica sujeta contra la pared y con una mano le agarra el cuello.

—¿Quién te envía? —brama.

Ella forcejea para zafarse, dando patadas a la pared con gritos ahogados y desesperados.

La cabeza me va a mil por hora.

En un pestañeo, Warner la deja en el suelo, de rodillas. Tiene la bota plantada en el centro de la espalda de ella, con ambos brazos tirados hacia atrás en una llave férrea. Los retuerce. Ella grita.

—¿Quién te envía?

—¿Qué estás diciendo? —protesta ella, boqueando en busca de aire.

El corazón me martillea como loco.

No tengo la más remota idea de qué acaba de pasar, pero sé que lo menos indicado es hacer preguntas. Saco la pistola que llevo en la cintura y apunto en dirección a la chica. Y entonces, justo cuando empiezo a comprender que esto es una emboscada —y muy probablemente de alguien de aquí, de dentro del Santuario—, reparo en que la comida empieza a moverse.

Tres escorpiones enormes empiezan a reptar por debajo de los espaguetis, y su visión es tan perturbadora que por poco vomito y me desmayo a la vez. Nunca había visto escorpiones reales.

Noticia de última hora: son espeluznantes.

Creía que no les tenía miedo a las arañas, pero es como si las arañas se hubiesen tomado un chute, como si las arañas fueran muy muy grandes y traslúcidas, y llevaran puesta una armadura y unos aguijones descomunales venenosos en un extremo, preparados y listos para asesinarte. Las criaturas dan un giro seco y las tres se dirigen directamente a Warner.

Suelto un grito ahogado lleno de pánico.

—Oye, por cierto... No es que quiera, mmm, alarmarte ni nada, pero digamos que hay tres escorpiones que se dirigen directamente hacia...

De repente, los tres bichos se quedan paralizados.

Warner suelta los brazos de la chica y esta intenta alejarse tan rápido que se golpea la espalda con la pared. Warner se queda mirando los escorpiones. La chica también.

Me percato de que los dos están inmersos en una batalla de voluntades, y es fácil ver quién va a ganar. Cuando los escorpiones empiezan a moverse de nuevo —esta vez hacia ella—, intento contener las ganas de levantar el puño al aire en señal de victoria.

La chica se pone en pie de un salto, con los ojos desorbitados.

—¿Quién te envía? —le vuelve a preguntar Warner.

Ella respira con dificultad, todavía con la vista clavada en los animales, mientras retrocede hacia la esquina. Le están subiendo por los zapatos.

—¿Quién? —exige saber Warner.

—Tu padre me envía —responde ella sin aire. Espinillas. Rodillas. Escorpiones en sus rodillas. Ay, Dios mío, escorpiones en sus rodillas—. Anderson me envía, ¿vale? ¡Diles que se marchen!

—Mentirosa.

—¡Fue él, lo juro!

—Solo un tonto te podría haber enviado —dice Warner— si te ha hecho creer que podrías mentirme repetidas veces sin que haya ninguna repercusión. Y tú eres tonta si crees que voy a mostrar la más mínima piedad.

Las criaturas le suben por el torso. Le escalan el pecho. Ella jadea. Lo mira a los ojos.

—Ya veo —dice él, ladeando la cabeza—. Alguien te ha mentido.

Ella pone los ojos como platos.

—Te han engañado —continúa, sin romper el contacto visual—. Yo no soy amable. No muestro piedad. No me importa tu vida.

Mientras habla, los escorpiones siguen subiendo por el cuerpo de ella. Ahora están cerca de su clavícula, a la espera, con los aguijones venenosos sobrevolando justo por debajo de su cara. Y entonces, poco a poco, los escorpiones empiezan a curvar sus armas hacia la suave piel de su cuello.

—¡Diles que paren! —suplica.

—Esta es tu última oportunidad —le advierte Warner—. Dime qué haces aquí.

A la chica le está costando tanto respirar que su pecho va arriba y abajo, y no para de abrir y cerrar las aletas de la nariz. Rebusca por todos los rincones de la habitación con los ojos desorbitados por el pánico. Los aguijones de los escorpiones se acercan un poco más a su cuello. Ella se arrima a la pared y un suspiro roto le brota de los labios.

—Qué pena —dice Warner.

Se mueve con rapidez. Con una rapidez abrumadora. Saca una pistola de algún lugar dentro de su camisa y la apunta hacia Warner. Yo ni siquiera pienso, solo reacciono.

Y disparo.

El sonido retumba y se expande —me parece violentamente ensordecedor—, pero es un disparo perfecto. Un agujero limpio en el cuello. La chica se queda cómicamente quieta y luego se desmorona poco a poco hacia el suelo.

La sangre y los escorpiones encharcan nuestros pies. El cuerpo de una chica muerta está desparramado por mi suelo, a unos centímetros de la cama en la que me he despertado, con los brazos y las piernas doblados en ángulos extraños.

La escena es surrealista.

Levanto la vista. Warner y yo nos miramos a los ojos.

—Voy a ir contigo a buscar a J. —le aseguro—. Y punto.

Warner pasa la vista de mí al cuerpo que yace en el suelo y luego la clava en mí de nuevo.

—Muy bien —dice, y suspira.

~~ELLA~~
JULIETTE

He estado fuera de la puerta observando la pared pulida y lisa de piedra durante al menos quince minutos antes de mirarme la muñeca por si me han llamado.

Todavía nada.

Cuando estoy con Anderson, no tengo demasiada flexibilidad para mirar en derredor, pero estar aquí me ha dado tiempo a examinar mi entorno con libertad. El largo pasillo está inquietantemente tranquilo, vacío de doctores o soldados de tal forma que me perturba. Bajo mis pies, donde debería de estar el suelo, hay unas largas rejillas verticales, y llevo el suficiente tiempo aquí como para acostumbrarme al incesante sonido de goteos y rugidos mecánicos que llenan el ambiente.

Vuelvo a mirarme la muñeca.

Observo el pasillo.

Las paredes no son grises, como había creído en un principio. Se ve que son de un blanco apagado. Unas sombras grandes las dotan de un tono más oscuro del que son en realidad; de hecho, hacen que todo este piso parezca más oscuro. Las lámparas del techo tienen una extraña forma de panal que se extiende por las paredes y el techo. Esas luces de forma peculiar esparcen la luz, proyectando hexágonos alargados en todas direcciones y sumiendo algunas paredes en las sombras.

Doy un paso cauteloso, mirando con más atención un rectángulo de oscuridad que había pasado por alto.

Me doy cuenta de que es un pasillo, sumido por completo en las sombras.

Noto una compulsión repentina por explorar sus profundidades, y tengo que frenarme para no dar otro paso. Mi deber está aquí, en esta puerta. No debo explorar ni hacer preguntas, a no ser que me pidan explícitamente que explore o haga preguntas.

Parpadeo.

El calor me aplasta, unas llamas como dedos que se clavan en mi mente. El calor discurre por mi espalda y se enrolla alrededor de mi coxis. Y entonces sale disparado hacia arriba, rápido y fuerte, obligándome a abrir los ojos. Respiro con fuerza, dando vueltas.

Confundida.

De repente, tiene mucho sentido que explore el pasillo oscuro. De repente, no parece haber ningún tipo de motivo para cuestionar mis motivos o cualquier posible consecuencia que puedan tener mis actos.

Pero solo he dado un paso hacia la oscuridad cuando me empujan hacia atrás con brusquedad. La cara de una chica se asoma.

—¿Necesitas algo? —me pregunta.

Preparo las manos, pero vacilo. Puede que no esté autorizada a hacerle daño a esta persona.

Da un paso hacia mí. Lleva puesta ropa de civil y no parece armada. Espero a que hable, pero se queda callada.

—¿Quién eres? —exijo saber—. ¿Quién te ha dado la autorización para estar aquí abajo?

—Soy Valentina Castillo. Tengo autoridad para estar donde me venga en la gana.

Bajo las manos.

Valentina Castillo es la hija del comandante supremo de América del Sur, Santiago Castillo. No tengo ni idea de qué aspecto tiene Valentina, así que esta chica podría ser una impostora. Pero, claro, si me arriesgo y me equivoco...

Podrían ejecutarme.

Miro a su alrededor, pero no veo nada más que oscuridad. Mi curiosidad, mi inquietud, se acrecienta a cada minuto que pasa.

Echo un vistazo a mi muñeca. Todavía nada.

—¿Quién eres? —me pregunta.

—Soy Juliette Ferrars. Soy la soldado supremo de nuestro comandante de América del Norte. Déjame pasar.

Valentina se me queda mirando, escaneándome de la cabeza a los pies.

Oigo un clic amortiguado, como el sonido de algo que se abre, y miro a mi alrededor en busca de la fuente. No hay nadie.

—Has desbloqueado tu mensaje, Juliette Ferrars.

—¿Qué mensaje?

—¿Juliette? Juliette.

La voz de Valentina cambia. De pronto, suena como si estuviera asustada y sin aliento, como si estuviera moviéndose. Su voz resuena. Oigo el sonido de pasos que retumban en el suelo, pero parecen estar lejos, como si ella no fuera la única que corre.

—Viste, no había mucho tiempo —dice, su acento español cada vez más marcado—. Esto es lo mejor que he podido hacer. Tengo un plan, pero no sé si será posible. Este mensaje es en caso de emergencia. Se llevaron a Lena y a Nicolás en esa dirección —dice, apuntando hacia la oscuridad—. Estoy de camino a intentar encontrarlos. Pero si no puedo...

Su voz empieza a desvanecerse. La luz que le ilumina la cara empieza a flaquear, casi como si estuviera desapareciendo.

—Espera... —le digo, alargando una mano hacia ella—. ¿Dónde estás...?

Mi mano la atraviesa y suelto un grito ahogado. No tiene forma. Su cara es una ilusión.

Un holograma.

—Lo siento —se disculpa, y su voz empieza a deformarse—. Lo siento. Es lo único que he podido hacer.

Una vez que su forma se evapora por completo, me adentro en la oscuridad con el corazón desbocado. No entiendo qué está pasando, pero si la hija del comandante supremo de América del Sur está en problemas, tengo el deber de encontrarla y protegerla.

Sé que le debo mi lealtad a Anderson, pero ese calor familiar y extraño todavía me empuja en el interior de la mente, aquietando el impulso que me exige a dar la vuelta. Veo que estoy agradecida por ello. Me doy cuenta, al instante, de que mi mente es una extraña masa de contradicciones, pero no tengo tiempo ahora para obsesionarme.

Este pasillo está demasiado oscuro como para cruzarlo con facilidad, pero me he percatado antes de que lo que me habían parecido ranuras decorativas en las paredes en realidad eran puertas insertadas en ellas, así que aquí en vez de confiar en mis ojos utilizo las manos.

Resigo con los dedos la pared mientras camino, esperando algún tipo de interrupción en el patrón. Es un pasillo largo —anticipo que habrá varias puertas que revisar—, pero no parece haber gran cosa en esta dirección. Nada perceptible al tacto ni a la vista, al menos. Cuando al fin noto el contorno familiar de una puerta, vacilo.

Presiono la pared con ambas manos, preparada para destruirla si debo, cuando de repente se abre deslizándose bajo mis palmas, como si me estuviera esperando.

Aguardándome.

Entro en la habitación con los sentidos aguzados. Una luz tenue azul palpita por las paredes, pero aparte de eso el espacio está prácticamente sumido en las sombras. Me sigo moviendo y, aunque no tengo necesidad de usar una pistola, voy en busca del rifle que llevo colgado a la espalda. Camino con paso lento, mis suaves botas no emiten sonido alguno, y sigo las distantes luces palpitantes. A medida que me adentro en la sala, las luces empiezan a encenderse.

En el techo, las lámparas con forma de panal se iluminan y llenan el suelo de inusuales rayos de luz. La vasta dimensión de la habitación empieza a cobrar forma. Levanto la vista hacia la cúpula que la corona y el tanque vacío de agua que ocupa toda la pared. Hay escritorios abandonados, con sus respectivas sillas desperdigadas. Unos paneles táctiles están amontonados precariamente en el suelo y sobre los escritorios, y pilas de papeles y archivadores se esparcen por todos lados. Este lugar parece encantado. Desierto.

Pero está claro que en su día bullía de actividad.

De una percha cercana cuelgan unas gafas de protección. De otra, unas batas de laboratorio. Hay unas cajas vacías grandes de cristal puestas de pie en lugares aleatorios, y cuando me adentro más en la habitación, reparo en un brillo morado que emana de algún punto cercano.

Giro la esquina y ahí está la fuente.

Ocho cilindros de cristal, cada uno tan alto como la habitación y ancho como un escritorio, dispuestos en una fila perfecta, enfrente del laboratorio. Cinco de ellos contienen siluetas humanas. Tres del final están vacíos. La luz morada se desprende de cada uno de ellos, y cuando me acerco puedo apreciar que los cuerpos están suspendidos en el aire, envueltos por completo por la luz.

Hay tres chicos a los que no reconozco. Una chica a la que no reconozco. La otra...

Me acerco más al tanque y exhalo.

Valentina.

—¿Qué haces aquí?

Giro en redondo y apunto con el rifle en dirección a la voz. Bajo el arma al ver la cara de Anderson. Al instante, el calor penetrante se retira de mi cabeza.

Mi mente regresa a mí.

Mi mente, mi nombre, mi posición, mi lugar..., mi comportamiento vergonzoso, desleal y temerario. El terror y el miedo me inundan, coloreándome las facciones. ¿Cómo puedo explicar lo que no comprendo?

Anderson permanece con expresión pétrea.

—Señor —digo rápidamente—. Esta joven es la hija del comandante supremo de América del Sur. Como sirviente del Restablecimiento, me he sentido obligada a ayudarla.

Anderson se limita a mirarme.

Al final, dice:

—¿Cómo sabes que esta chica es la hija de comandante supremo de América del Sur?

Meneo la cabeza.

—Señor, he visto algún tipo de... visión. En el pasillo. Me ha dicho que era Valentina Castillo y que necesitaba ayuda. Sabía mi nombre. Me ha dicho a dónde ir.

Anderson exhala, se libera la tensión de los hombros.

—No es la hija de ningún comandante supremo del Restablecimiento —murmura—. Te ha engañado una prueba práctica.

Una nueva humillación me envía una nueva oleada de calor a la cara.

Anderson suspira.

—Lo siento mucho, señor. He pensado... He pensado que era mi deber ayudarla, señor.

Anderson me vuelve a mirar a los ojos.

—Cómo no.

Mantengo la cabeza firme, pero la vergüenza me abrasa por dentro.

—¿Y bien? —pregunta—. ¿Qué te parece?

Anderson hace un gesto que abarca los cilindros de cristal y las siluetas que se muestran dentro.

—Creo que es una exhibición preciosa, señor.

Anderson está a punto de sonreír. Se acerca un paso, estudiándome.

—Y que lo digas, una exhibición preciosa.

Trago saliva.

Su voz cambia, se vuelve suave. Amable.

—Tú no me traicionarías nunca, ¿verdad, Juliette?

—No, señor —respondo a toda prisa—. Nunca.

—Dime una cosa —me pide levantando la mano hacia mi cara. Sus nudillos me acarician la mejilla y se deslizan por la línea de mi mandíbula—. ¿Morirías por mí?

El corazón me martillea en el pecho.

—Sí, señor.

Me toma la cara con la mano ahora y con el pulgar me roza con amabilidad el mentón.

—¿Harías cualquier cosa por mí?

—Sí, señor.

—Y, aun así, me has desobedecido deliberadamente. —Baja la mano. Noto la cara fría de repente—. Te pedí que esperaras fuera —dice con voz queda—. No te pedí que deambularas por ahí. No te pedí que hablaras. No te pedí que pensaras por ti misma ni que salvaras a nadie que solicitara ser salvado. ¿No es así?

—No, señor.

—¿Acaso te has olvidado de que soy tu dueño?

—No, señor.

—¡Mentirosa! —grita.

Noto el corazón desbocado. Trago con dificultad. No digo nada.

—Te lo pediré una vez más —añade, mirándome directamente a los ojos—. ¿Te has olvidado de que soy tu dueño?

—S-sí, señor.

Sus ojos centellean.

—¿Debería recordártelo, Juliette? ¿Debería recordarte a quién le debes la vida y la lealtad?

—Sí, señor —contesto, aunque no es más que un resuello. Me siento mareada por el miedo. Febril. El calor hace que me pique la piel.

Anderson saca una navaja del interior de la chaqueta. Con cuidado, la abre, y el metal brilla bajo las luces de neón.

Aprieta el mango en mi mano derecha.

Me toma la izquierda y la explora, trazando líneas en mi palma y el contorno de mis dedos, las líneas de mis nudillos. Las sensaciones brotan en mi interior, maravillosas y terribles.

Presiona suavemente hacia abajo sobre mi dedo índice. Me mira a los ojos.

—Este. Dámelo.

El corazón me late en la garganta. En las entrañas. Detrás de los ojos.

—Córtalo. Colócalo en mi mano. Y todo será perdonado.

—Sí, señor —susurro.

Con manos temblorosas, presiono la hoja sobre la piel tierna en la base de mi dedo. Está tan afilada que corta la carne al instante, y con un grito sofocado y agonizante empujo hacia abajo, vacilando solo cuando noto resistencia. Metal contra hueso. El dolor me recorre el cuerpo entero y me ciega.

Caigo de rodillas.

Hay sangre por todos lados.

Estoy respirando con tanta dificultad que resuello, intentando a la desesperada no vomitar, ya sea por el dolor o por el terror. Aprieto los dientes con tanta fuerza que noto nuevas oleadas de dolor hacia arriba, directamente al cerebro, y esa distracción me ayuda. Tengo que apretar la mano sanguinolenta contra el suelo sucio para mantenerla firme, pero con un grito final y desesperado consigo atravesar el hueso.

La navaja me cae de la mano temblorosa y tintinea en el suelo. El dedo índice todavía me cuelga de la mano por un simple pellejo, y lo arranco con un movimiento rápido y seco. El cuerpo se me sacude con tanto vigor que apenas puedo mantenerme erguida, pero de algún modo consigo depositar el dedo en la palma extendida de Anderson antes de desplomarme.

—Así me gusta —dice con voz suave—. Así me gusta.

Es lo único que oigo antes de desmayarme.

KENJI

Ambos nos quedamos mirando la escena sangrienta durante un rato antes de que Warner se yerga de repente y salga por la puerta. Me meto la pistola en la cintura de los pantalones y voy tras él, acordándome de cerrar la puerta al salir. No quiero que esos escorpiones puedan campar a sus anchas.

—Eh —le llamo, alcanzándolo—. ¿A dónde vas?

—A buscar a Castle.

—Ah. Vale. ¿Crees que quizá la próxima vez, en lugar de..., no sé, salir disparado sin mediar palabra, podrías decirme qué diablos está pasando? No me gusta ir detrás de ti así. Es humillante.

—Creo que es un problema personal tuyo.

—Sí, pero creía que los problemas personales eran tu campo de especialización —repongo—. Tienes..., ¿qué? Al menos unos cuantos miles de problemas personales, ¿no? ¿O eran unos cuantos millones?

Warner me dedica una mirada sombría.

—Más te valdría arreglar primero tu propia turbulencia mental antes de criticar la mía.

—Mmm, y ¿qué se supone que significa eso?

—Significa que un perro rabioso percibiría tu estado desesperado y roto. No eres quién para juzgarme.

—¡¿Perdona?!

—Te mientes a ti mismo, Kishimoto. Escondes tus verdaderos sentimientos detrás de una fachada delgada, jugando a ser el payaso, mientras vas amasando detritos emocionales que te niegas a examinar. Al menos yo no me oculto de mí mismo. Sé dónde están mis fallos y los acepto. Pero tú... Quizá deberías buscar ayuda.

Abro tanto los ojos que me duelen y giro la cabeza alternando entre él y el camino que tenemos delante.

—Debes de estar de broma. ¿Tú me estás diciendo a mí que consiga ayuda para mis problemas? ¿Qué está pasando? —Levanto la vista al cielo—. ¿Estoy muerto? ¿No será esto el infierno?

—Quiero saber qué está ocurriendo entre tú y Castle.

Me sorprende tanto que freno de golpe.

—¿Qué? —Lo miro pestañeando. Todavía confundido—. ¿De qué estás hablando? No hay ningún problema entre Castle y yo.

—Has sido mucho más soez en las últimas semanas que en todo el tiempo que hace que te conozco. Algo va mal.

—Estoy estresado —replico, notando que me empiezo a enervar—. A veces digo palabrotas cuando estoy estresado.

Warner niega con la cabeza.

—Esto es distinto. Estás experimentando una cantidad inusual de estrés, incluso para ti.

—Vaya. —Mis cejas se juntan con mi pelo—. De verdad espero que no te hayas tomado la molestia de usar tu... —hago el gesto de comillas en el aire— habilidad sobrenatural para percibir emociones y descubrirlo tú solito. Pues claro que estoy superestresado ahora mismo. El puto mundo está que arde. La lista de cosas que me están estresando es tan larga que ni siquiera puedo llevar la cuenta. La mierda nos llega hasta el cuello. J. no está. Adam desertó. Han disparado a Nazeera. Te has estado mirando al ombligo con tanta intensidad que pensaba que te harías el agujero más grande...

Intenta interrumpirme, pero sigo hablando.

—Y hace cinco minutos exactos alguien del Santuario, ay, un nombre divertidísimo y horrible, ha intentado matarte, y yo la he matado en consecuencia. *Hace cinco minutos.* Así que sí, creo que estoy experimentando una cantidad inusual de estrés ahora mismo, genio.

Warner desprecia toda mi perorata con una simple negación con la cabeza.

—Tu uso de palabrotas se incrementa cuando estás enfadado con Castle. Tu lenguaje parece estar directamente conectado con la relación que tienes con él. ¿Por qué?

Intento no poner los ojos en blanco.

—Aunque esta información no sea importante, hace unos años Castle y yo hicimos un pacto. Él creía que mi —hago más comillas aéreas— dependencia excesiva de las palabrotas estaba inhibiendo mi habilidad de expresar mis emociones de una manera constructiva.

—Así que le prometiste que cuidarías tu forma de hablar.

—Eso es.

—Ya veo. Por lo visto, has incumplido los términos de ese acuerdo.

—¿A ti qué más te da? —le pregunto—. ¿Por qué estamos hablando de esto? ¿Por qué estamos perdiendo de vista el hecho de que nos acaba de atacar alguien de dentro del Santuario? Tenemos que encontrar a Sam y a Nouria, y descubrir quién era esa chica, porque no cabe duda de que formaba parte de este campo, y deberían saber que...

—Les puedes decir a Sam y a Nouria todo lo que se te antoje —salta Warner—, pero yo necesito hablar con Castle.

Hay algo en su tono que me asusta.

—¿Para qué? —exijo saber—. ¿Qué ocurre? ¿Por qué estás tan obsesionado con Castle ahora?

Al fin, Warner se detiene.

—Porque Castle tiene algo que ver con esto.

—¿Qué? —Noto que la sangre me abandona el cuerpo—. De ninguna manera. Imposible.

Warner guarda silencio.

—Venga ya, no digas locuras... Castle no es perfecto, pero él jamás...

—¡Ey! ¿Qué diantres ha pasado? —Winston, jadeando y aterrorizado, viene corriendo hacia nosotros—. He oído un disparo que provenía de vuestra tienda, pero cuando he ido para ver si estabais bien he visto..., he visto...

—Exacto.

—¿Qué ha pasado? —La voz de Winston es estridente. Suena aterrado.

En ese preciso instante, viene más gente corriendo. Winston empieza a dar unas explicaciones a la gente que no me molesto en corregir, porque mi cabeza ya está llena de humo. No tengo ni idea de qué cojones está insinuando Warner, pero también me temo que lo conozco demasiado bien como para subestimar su instinto. Mi corazón me dice que Castle no nos traicionaría nunca, pero mi cerebro replica que Warner normalmente tiene razón cuando se trata de darse cuenta de este tipo de mierdas. Así que estoy que me subo por las paredes.

Localizo a Nouria en la distancia, su piel oscura brilla bajo el sol, y el alivio me invade.

Por fin.

Nouria tendrá más información sobre la chica de los escorpiones. Debe de saber algo más. Y por poco que sepa seguramente baste para absolver a Castle de cualquier relación con este embrollo. Y cuanto antes podamos resolver este inusual accidente, antes podremos largarnos de una puta vez Warner y yo, y empezar a buscar a J.

Ya está.

Ese es el plan.

Tener un plan me hace sentir bien. Pero cuando estamos lo bastante cerca, Nouria nos mira con los ojos entornados tanto a mí como a Warner, y la expresión que exhibe en el rostro me envía una nueva oleada de miedo por el cuerpo.

—Seguidme —nos ordena.

Le hacemos caso.

✥ ✥ ✥

Warner parece furioso.

Castle parece fuera de sí.

Nouria y Sam parecen hasta las narices de todos nosotros.

Puede que me lo esté imaginando, pero estoy bastante seguro de que Sam le acaba de lanzar una mirada a Nouria —cuyo subtexto probablemente sea: «¿Por qué demonios tuviste que dejar que tu padre se quedara con nosotras?»— que ha sido tan devastadora que Nouria ni siquiera se ha molestado, solo ha negado con la cabeza, resignada.

Y el problema es que ni siquiera sé de qué bando estoy.

Al final, Warner tenía razón sobre Castle, pero también estaba equivocado. Castle no estaba tramando nada perverso, él no ha enviado a la chica —su nombre era Amelia— a por Warner. El error de Castle ha sido pensar que todos los grupos rebeldes comparten la misma visión del mundo.

Al principio a mí tampoco se me ocurrió que por aquí hubiese un tipo de vibra distinto. Diferente de nuestro grupo en el Punto Omega, al menos. Allí nos dirigía Castle, que era más una persona que cuidaba de los demás que un guerrero. En los días previos al Restablecimiento, había sido trabajador social. Vio a montones de niños que entraban y salían del sistema, y con el Punto Omega buscó construir una casa y refugio para los marginados. En el Punto todo se basaba en el amor y la comunidad. Y aunque sabíamos que nos estábamos preparando para plantarle cara al Restablecimiento, no siempre recurríamos a la violencia; a Castle no le gustaba usar sus poderes de manera autoritaria. Era más bien una figura paternal para la mayoría de nosotros.

Pero aquí...

No tardé demasiado tiempo en darme cuenta de que Nouria era diferente a su padre. Aunque es lo bastante amable, le gusta ir al grano. Le parece una pérdida de tiempo hablar de cosas triviales y, la mayor parte del tiempo, ni ella ni Sam comparten el espacio público. No siempre comen con los demás. No siempre participan en actividades grupales. Y cuando llega la ocasión, Sam y Nouria están más que preparadas y dispuestas a hacer arder lo que haga falta. Joder, parece que lo estén deseando.

Castle nunca fue así.

Creo que se quedó algo descolocado cuando nos presentamos aquí. De repente, se vio sin trabajo al percatarse de que Nouria y Sam no iban a acatar sus órdenes. Y cuando intentó acercarse a la gente...

Lo decepcionaron.

—Amelia era un poco fanática —dice Sam con un suspiro—. Nunca había exhibido tendencias peligrosas ni violentas, por supuesto, por eso le dejamos quedarse..., pero todos pensábamos que sus puntos de vista eran demasiado intensos. Era uno de los pocos miembros que pensaban que las líneas entre el Restablecimiento y los grupos rebeldes deberían ser claras y definidas. Nunca se sintió segura con los hijos de los comandantes supremos entre nosotros, y lo sé porque me llevó aparte para comentármelo. Tuve una charla larga y tendida con ella sobre la situación, pero ahora veo que no logré convencerla.

—Está claro —musito.

Nouria me dedica una mirada de advertencia. Me aclaro la garganta.

Sam continúa:

—Cuando secuestraron a todo el mundo menos a Warner y dispararon a Nazeera, Amelia probablemente llegó a la conclusión de que podría acabar el trabajo y deshacerse también de Warner. —Niega con la cabeza—. Es una situación horrible.

—¿En serio tenías que dispararle? —me recrimina Nouria—. ¿De verdad era tan peligrosa?

—¡Tenía tres escorpiones! —grito—. ¡Apuntó a Warner con una pistola!

—¿Qué iba a suponer si no? —pregunta Castle con suavidad. Está mirando al suelo, con las largas rastas sueltas, no como suele llevarlas por lo general, atadas a la nuca. Ojalá pudiera verle la expresión—. Si no hubiese conocido a Amelia personalmente, incluso yo habría pensado que le estaba haciendo el trabajo sucio a alguien.

—Dime otra vez —le pide Warner a Castle— lo que le dijiste sobre mí.

Castle levanta la vista. Suspira.

—Ella y yo nos enzarzamos en una discusión un tanto acalorada. Amelia tenía la convicción de que los miembros del Restablecimiento no podían cambiar, que eran malvados y lo seguirían siendo para siempre. Yo le dije que no opinaba igual. Le dije que creía que todas las personas son capaces de cambiar.

Arqueo una ceja.

—Un momento. ¿Quieres decir que crees que incluso alguien como Anderson es capaz de cambiar?

Castle titubea. Y sé, solo con mirarlo a los ojos, lo que está a punto de decir. El corazón se me encoge en el pecho. De miedo.

—Creo que, si Anderson de verdad se arrepintiera, él también podría cambiar. Sí. Lo creo de verdad.

Nouria pone los ojos en blanco.

Sam se apoya la cabeza en las manos.

—Espera. Alto ahí. —Sostengo un dedo al aire—. Entonces, digamos, en una situación hipotética... Si Anderson viniera al Punto Omega para pedir una amnistía, bajo el pretexto de ser un hombre nuevo, tú...

Castle se limita a mirarme.

Me reclino hacia atrás en la silla con un gruñido.

—Kenji —murmura Castle con voz suave—. Tú sabes mejor que nadie cómo hacíamos las cosas en el Punto Omega. He dedicado mi vida a darles segundas e incluso terceras oportunidades a aquellos a los que habían sido expulsados por el mundo. Te sorprendería la cantidad de personas cuyas vidas descarrilaron por un simple error que se fue agrandando, escalando más allá de su control porque nadie estuvo dispuesto a echarles una mano o incluso dedicarles una hora de ayuda...

—Castle. Señor. —Levanto las manos—. Te quiero. De verdad. Pero Anderson no es una persona normal. Él...

—Pues claro que es una persona normal, hijo. Se trata exactamente de eso. Todos somos personas normales cuando nos despojamos de todo. No hay nada que temer cuando miras a Anderson; es tan humano como tú o como yo. Siente el mismo miedo. Y estoy seguro de que, si pudiera volver atrás y empezar su vida de nuevo, tomaría decisiones muy distintas.

Nouria hace un gesto negativo con la cabeza.

—Eso no lo sabes, papá.

—Tal vez no, pero es lo que creo.

—¿Eso es lo que piensas de mí también? —pregunta Warner—. ¿Es eso lo que le dijiste? ¿Que solo soy un buen chico, un niño indefenso que jamás levantaría un dedo para hacerle daño? ¿Que si pudiera empezar de nuevo escogería vivir mi vida como un monje, dedicando mis días a la caridad y a esparcir bondad?

—No —responde Castle tajante. Está claro que se está empezando a enfadar—. Le dije que tu rabia es un mecanismo de defensa y que no era culpa tuya haber tenido un padre maltratador. Le dije que eres buena persona de corazón y que, en realidad, no quieres hacerle daño a nadie.

Los ojos de Warner centellean.

—Quiero hacerle daño a la gente todo el rato —repone—. A veces no puedo dormir por la noche porque estoy pensando en todos aquellos a los que me gustaría matar.

—Fenomenal. —Asiento y me apoyo en el respaldo de la silla—. Esto es fantástico. Toda esta información que estamos reuniendo es superútil. —Empiezo a contar con los dedos—. Amelia era una psicópata, Castle quiere ser el mejor amigo de Anderson, Warner tiene fantasías nocturnas sobre matar a gente y Castle hizo que Amelia pensara que Warner no es más que un conejito perdido que solo intenta encontrar el camino de vuelta a casa.

Cuando todos los presentes se me quedan mirando, confundidos, especifico:

—¡Básicamente, Castle le hizo creer a Amelia que podía entrar en la habitación como si nada y matar a Warner! En esencia, le dijo que Warner era tan peligroso como una croqueta.

—Ah —exclaman Sam y Nouria a la vez.

—Dudo que de quisiera matarlo —intercede Castle a toda prisa—. Estoy seguro de que tan solo...

—Papá, por favor. —La voz de Nouria es severa y tajante—. Ya basta. —Intercambia una mirada con Sam y respira hondo—. Escucha —dice, intentando usar un tono más calmado—. Cuando llegasteis aquí, sabíamos que en algún punto tendríamos que lidiar con esta situación, pero creo que ha llegado el momento de que charlemos sobre nuestros papeles y responsabilidades en este sitio.

—Ah. Ya veo. —Castle junta las manos. Mira a la pared. Tiene aspecto muy triste, pequeño y anciano. Incluso últimamente sus rastas parecen más manchadas de plata que de negro. A veces me olvido de que tiene casi cincuenta años. La mayoría de la gente piensa que tiene unos quince años menos, pero eso es porque se conserva superbién para su edad. Pero por primera vez en años siento que empiezo a ver la cifra en su rostro. Parece cansado. Desgastado.

Pero eso no significa que esté acabado.

A Castle todavía le quedan muchas cosas que hacer. Mucho que dar. Y no puedo quedarme aquí sentado y permitir que lo aparten a un lado. Que lo ignoren. Quiero gritarle a alguien. Quiero decirles a Nouria y a Sam que no pueden abandonar en la cuneta a Castle así. No después de todo lo que hemos vivido. Y mucho menos de esta manera.

Estoy a punto de saltar con algo exactamente así cuando Nouria toma la palabra:

—A Sam y a mí nos gustaría ofrecerte un puesto oficial como nuestro consejero superior aquí en el Santuario.

Castle levanta la cabeza de golpe.

—¿Consejero superior? —Se queda mirando a Nouria. Luego a Sam—. ¿No me vais a pedir que me vaya?

De repente, Nouria parece confundida.

—¿Irte? Papá, si acabas de llegar. Sam y yo queremos que te quedes todo el tiempo que quieras. Solo creemos que es importante que todos sepamos lo que estamos haciendo aquí, para que podamos gestionar las cosas de la manera más eficiente y organizada posible. Nos resulta difícil ser efectivas en nuestros trabajos si estamos preocupadas avanzando de puntillas para no herir tus sentimientos. Y aunque sea difícil mantener conversaciones como esta, hemos decidido que sería mejor, nada más…

Castle envuelve a Nouria en un abrazo tan feroz, tan lleno de amor, que los ojos me arden con la emoción. De hecho, tengo que desviar la vista durante unos instantes.

Cuando vuelvo a girar la cabeza, Castle está sonriendo de oreja a oreja.

—Para mí sería un honor aconsejar de cualquier manera que pueda —dice Castle—. Y por si no lo he dicho las suficientes veces, ahí va otra vez: estoy muy orgulloso de ti, Nouria. Muy orgulloso de las dos —añade mirando a Sam—. Los chicos habrían estado muy orgullosos.

A Nouria se le empañan los ojos. Incluso Sam parece emocionada.

Un minuto más así y voy a necesitar un pañuelo.

—Bueno, muy bien. —Warner se pone en pie—. Me alegro de que el atentado contra mi vida pueda haber estrechado lazos en vuestra familia. Me voy ya.

—Espera… —Le agarro del brazo, pero me aparta con un manotazo.

—Si sigues tocándome sin mi permiso, te arrancaré las manos del cuerpo.

Hago oídos sordos.

—¿No deberíamos decirles que nos vamos?

Sam frunce el ceño.

—¿Os vais?

—Vamos a ir a buscar a J. —explico—. Está en Oceanía. James nos lo ha contado todo. Hablando de él… Creo que deberíais hablar con él. Tiene algunas noticias de Adam que no os van a gustar, una información que prefiero no repetir.

—Kent os traicionó a todos para salvarse.

—Para salvar a James —corrijo, dedicándole a Warner una mirada turbia—. Y eso no ha estado bien. Te acabo de decir que no quiero hablar de eso.

—Estoy intentando ser eficiente.

Castle parece aturdido. No dice nada. Solo parece aturdido.

—Habla con James. Te contará lo que está pasando. Pero Warner y yo vamos a tomar un avión...

—A robar un avión.

—Eso, a robar un avión antes de que termine el día. Y nada... Vamos a ir a buscar a J. y volver a toda prisa... en un pispás.

Nouria y Sam me miran como si fuera idiota.

—¿En un pispás? —pregunta Warner.

—Sí, ya me entiendes. —Chasqueo los dedos dos veces—. Pis. Pas. Hecho.

Warner se aleja de mí con un bufido.

—Un momento... Entonces, ¿vais los dos solos? —pregunta Sam. Arruga la nariz.

—La verdad es que cuantos menos sean mejor —responde Nouria por mí—. De esa manera, hay menos cuerpos que esconder, menos acciones que coordinar. Me ofrecería a ir con vosotros, pero todavía tenemos muchos heridos a los que atender... Y ahora que Amelia ha muerto, está claro que habrá más agitación emocional que aplacar.

A Castle se le iluminan los ojos.

—Mientras van en busca de Ella —le dice a Nouria y Sam— y vosotras dos dirigís las cosas aquí, estaba pensando que quizá podría ponerme en contacto con mi red de amigos. Informarles de lo que está pasando y de que el cambio está en marcha. Puedo ayudar a coordinar nuestros movimientos por todo el planeta.

—Es una idea fantástica —opina Sam—. Quizá podam...

—Me importa un pimiento —salta Warner en voz alta, y se gira hacia la puerta—. Me voy ya. Kishimoto, si vas a venir, espabila.

—Vale, vale —le digo, intentando aplacarlo—. Pues eso. Adiós.

—Les dedico una despedida con los dos dedos a todos y salgo disparado hacia la puerta solo para estrellarme contra Nazeera.

Nazeera.

Hostia. Está despierta. Está perfecta.

Está enfadada.

—Vosotros no os vais a ningún lado sin mí —afirma.

~~ELLA~~
JULIETTE

Soy una ladrona.

Le robé este cuaderno y este bolígrafo a uno de los doctores, de una de sus batas de laboratorio, cuando no estaba mirando, y me los metí dentro de los pantalones. Fue justo antes de que les ordenara a aquellos hombres que fueran a por mí; a los que llevaban puestos aquellos trajes extraños con guantes gruesos y máscaras de gas con ventanillas de plástico nublosas que les ocultaban los ojos. Recuerdo pensar que eran alienígenas. Recuerdo pensar que tenían que ser alienígenas porque no podían ser humanos los que me esposaron las manos a la espalda, los que me ataron al asiento. Me dispararon con pistolas de descarga eléctrica una y otra vez con el único objetivo de oírme gritar, pero no les di la satisfacción. Gimoteé, pero no dije ni una palabra. Noté cómo las lágrimas corrían por mis mejillas, pero no estaba llorando.

Creo que eso los enfureció.

Me abofetearon para que me despertara, aunque cuando llegamos tenía los ojos abiertos. Alguien me desató sin quitarme las esposas y me propinó patadas en las rodillas antes de ordenarme que me levantara. Y lo intenté. Lo intenté, pero no podía, y al final seis manos me arrojaron por la puerta y me estuvo sangrando la cara sobre el hormigón durante un buen rato. No puedo acordarme de la parte en la que me arrastraron dentro.

Siento frío a todas horas.

Me siento vacía, como si no hubiese nada en mi interior aparte de este corazón roto, el único órgano que me queda en este infierno. Oigo cómo los lamentos retumban en mi interior, siento cómo el golpeteo reverbera en mi esqueleto. Tengo un corazón, dice la ciencia, pero soy un monstruo, dice la sociedad. Y lo sé, claro que lo sé. Sé lo que he hecho. No estoy pidiendo clemencia.

Pero a veces pienso —a veces me pregunto—: si yo fuera un monstruo..., ¿no lo sabría a estas alturas?

Me sentiría enfadada, rabiosa y vengativa.

Sabría lo que es la ira ciega, la sed de sangre y la necesidad de justificarme.

En vez de eso, siento un abismo en el interior que es tan profundo, tan oscuro, que no puedo ver el fondo, no puedo ver lo que contiene. No sé qué soy ni qué puede llegar a ocurrirme.

No sé qué sería capaz de volver a hacer.

Un fragmento de los diarios de Juliette en el manicomio.

KENJI

Me quedo como una estatua durante unos segundos, dejando que se asiente la impresión de todo lo que me envuelve, y cuando al fin capto que Nazeera está realmente aquí, que está despierta, que está bien, la rodeo con los brazos. Su postura defensiva se derrite y de pronto no es más que una chica —mi chica— y la felicidad me sube a la cabeza como la espuma. No es para nada bajita, pero en mis brazos la siento pequeña. Tamaño de bolsillo. Como si siempre hubiese estado destinada a encajar aquí, contra mi pecho.

Es como estar en el cielo.

Cuando al fin nos separamos, estoy sonriendo como un idiota. Ni siquiera me importa que todo el mundo nos esté mirando. Solo quiero vivir en este momento.

—Ey —le digo—. Estoy muy contento de que estés bien.

Inhala profunda y entrecortadamente, y luego… sonríe. Cambia la expresión por completo. Hace que abandone casi del todo el aspecto de mercenaria y se parezca mucho más a una chica de dieciocho años. Aunque creo que me gustan las dos versiones, la verdad sea dicha.

—Yo también estoy muy contenta de que estés bien —murmura en voz baja.

Nos quedamos mirándonos un rato antes de oír a alguien aclararse la garganta de manera dramática.

A regañadientes, me doy la vuelta.

Sé al instante que el carraspeo proviene de Nouria. Lo sé por la manera en la que está cruzada de brazos, la manera en la que entrecierra los ojos. Sam, por su parte, parece divertida.

Y Castle feliz. Sorprendido, pero feliz.

Le sonrío.

Nouria frunce más el ceño.

—Sabéis que Warner se ha ido, ¿verdad?

Eso elimina la sonrisa de mi cara. Giro sobre los talones, pero no hay ni rastro de él. Vuelvo a girarme, maldiciendo entre dientes.

Nazeera me dedica una mirada.

—Ya lo sé —le digo, meneando la cabeza—. Va a intentar marcharse sin nosotros.

Ella por poco se echa a reír.

—Está claro.

Estoy a punto de despedirme otra vez cuando Nouria se pone en pie de un salto.

—Espera.

—No hay tiempo —exclamo dirigiéndome hacia la puerta—. Warner nos va a dejar colgados, y yo...

—Se va a dar una ducha —me interrumpe Sam.

Me detengo tan de pronto que estoy a punto de caerme al suelo. Me doy la vuelta con las cejas arqueadas.

—¿Que va a hacer qué?

—Se va a dar una ducha —repite.

La miro y pestañeo lentamente, como si fuera estúpido, que es como me estoy sintiendo ahora mismo, las cosas como son.

—¿Me estás diciendo que estamos... observando cómo se preparara para meterse en la ducha?

—No es tan raro —apunta Nouria sin más—. Deja de actuar como si lo fuera.

Miro a Sam.

—¿Qué está haciendo Warner ahora mismo? —le pregunto—. ¿Todavía está en la ducha?

—Sí.

Nazeera enarca una ceja.

—O sea, que ¿ahora mismo estás viendo a Warner desnudo en la ducha?

—No estoy mirando su cuerpo —repone Sam, con un tono que se acerca mucho a estar irritado.

—Pero podrías —digo, pasmado—. Eso es lo que lo hace tan raro. Podrías observarnos a cualquiera de nosotros mientras nos tomamos una ducha completamente desnudos.

—¿Sabes qué? —estalla Nouria—. Iba a hacer algo para facilitaros las cosas, pero creo que he cambiado de opinión.

—Un momento... —interviene Nazeera—. ¿Facilitarnos las cosas cómo?

—Os iba a ayudar a robar un avión.

—Vale, está bien, lo retiro —me apresuro a decir, sosteniendo las manos en alto a modo de disculpa—. Retiro todo lo que he comentado hasta ahora sobre la desnudez. También me gustaría disculparme formalmente con Sam. Todos sabemos que es demasiado buena y agradable como para espiar a nadie en la ducha.

Sam pone los ojos en blanco. En sus labios aflora una sonrisa.

Nouria resopla.

—No entiendo cómo puedes con él —le dice a Castle—. No soporto sus chascarrillos. Me volvería loca si tuviera que estar escuchándolos todo el día.

Estoy a punto de protestar cuando Castle responde:

—Eso es porque no lo conoces lo suficiente —me defiende, sonriéndome—. Además, no lo queremos por sus chistes, ¿verdad, Nazeera? —Los dos clavan los ojos el uno en el otro durante unos segundos—. Lo queremos por su corazón.

Al oír esas palabras, la sonrisa se desliza de mi cara. Estoy tan ensimismado procesando el peso de esa afirmación —la generosidad de esa afirmación— que de repente me doy cuenta de que he perdido el hilo.

Nouria está hablando.

—La base aérea no está lejos de aquí —está diciendo—, y supongo que este es un momento tan bueno como otro cualquiera para haceros saber que Sam y yo vamos a seguir los consejos del manual de estrategia de Ella y vamos a invadir el sector 241. Robar un avión será el menor de los daños y, de hecho, creo que es una manera excelente de lanzar nuestra estrategia ofensiva. —Mira por encima del hombro—. ¿Qué te parece, Sam?

—Brillante, como siempre —contesta.

Nouria sonríe.

—No pensaba que esa fuera a ser tu estrategia —observa Castle, con la sonrisa desvaneciéndose de su rostro—. ¿No crees, por lo que ocurrió la última vez, que...?

—¿Por qué no lo debatimos una vez que hayamos enviado a los hijos de los comandantes a su misión? Ahora mismo es más importante que los consigamos ubicar y les demos una despedida como es debido antes de que sea demasiado tarde.

—Hablando de lo cual, ¿qué os hace pensar que no es demasiado tarde ya?

Nouria me mira a los ojos.

—Si hubiesen completado la transferencia, lo habríamos notado.

—¿Notado cómo?

Es Sam quien lo explica:

—Para que su plan funcione, Emmaline tiene que morir. No van a permitir que eso ocurra de forma natural, por supuesto, porque una muerte natural podría suceder de muchas maneras distintas, algo que deja demasiados factores al azar. Necesitan tener el control sobre el experimento en todo momento... y de ahí que estuvieran tan desesperados por hacerse con ella antes de que Emmaline muriera. Lo más seguro es que maten a Emmaline en un ambiente controlado, y lo prepararán de manera que no haya margen de error. Aun así, estamos destinados a notar algún tipo de cambio.

»Ese cambio infinitesimal después de que los poderes de Emmaline retrocedan, pero antes de que los canalicen hacia un nuevo cuerpo huésped, comportará un fallo técnico dramático en nuestra visión del mundo. Y ese momento todavía no ha tenido lugar, lo que nos hace pensar que Ella probablemente todavía esté a salvo. —Sam se encoge de hombros—. Pero podría ocurrir en cualquier momento. Cada segundo cuenta.

—¿Cómo sabes tanto sobre este tema? —pregunta Nazeera con las cejas juntas—. Durante cuatro años intenté obtener la información y me quedé con las manos vacías, a pesar de estar muy cerca de la fuente. Pero tú pareces saberlo todo a un nivel personal. Es increíble.

—No es tan increíble —tercia Nouria negando con la cabeza—. Simplemente, hemos estado concentradas en nuestra búsqueda. Todos los grupos rebeldes tienen un tipo distinto de fuerza o tarea principal. Para algunos es la seguridad. Para otros, la guerra. Para nosotros ha sido la investigación. Las cosas que hemos visto estaban ahí fuera al alcance de todo el mundo, hay fallos técnicos todo el tiempo, pero cuando no los estás buscando, no reparas en ellos. Pero yo me di cuenta. Sam se dio cuenta. Fue una de las cosas que nos atrajo la una a la otra.

Las dos mujeres intercambian una mirada.

—Estábamos bastante seguras de que parte de nuestra opresión estaba en una ilusión —comenta Sam—. Y hemos estado persiguiendo la verdad con todas las herramientas que tenemos a nuestro alcance. Desafortunadamente, todavía no lo sabemos todo.

—Pero estamos más cerca que la mayoría —añade Nouria. Respira hondo, concentrándose—. Nosotros nos encargaremos de nuestra parte mientras estáis fuera. Con suerte, para cuando regreséis habremos conseguido que más de un sector se alíe con nuestro bando.

—¿De verdad creéis que podréis conseguir tantas cosas en tan poco tiempo? —pregunto con los ojos desorbitados—. Tenía la esperanza de que no estuviéramos fuera más de un par de días.

Nouria me sonríe, pero es un gesto extraño, una expresión escrutadora.

—¿No lo entiendes? Ya está. Este es el fin. Este es el momento decisivo por el que todos hemos estado luchando. El fin de una era. El final de la revolución. Ahora tenemos todas las ventajas a nuestro favor. Tenemos a gente infiltrada dentro. Si lo hacemos bien, podríamos lograr que el Restablecimiento se desmoronase en cuestión de días.

—Pero todo eso depende de que consigamos arrebatarles a J. a tiempo. ¿Y si es demasiado tarde?

—Tendréis que matarla.

—Nouria —se escandaliza Castle, con voz ahogada.

—Estás de broma. Dime que estás bromeando.

—Para nada. Si llegáis allí, Emmaline está muerta y Ella ha ocupado su lugar, debéis matarla. Debéis matarlos a ella y a tantos comandantes supremos como podáis.

Las bisagras de mi mandíbula se han aflojado.

—¿Y qué pasa con toda esa mierda que le dijiste a J. la noche que llegamos aquí? Todas esas tonterías sobre lo inspiradora que es y que muchas personas se emocionaron con sus acciones, que básicamente es una heroína. ¿Qué ha pasado con todas esas sandeces?

—No eran sandeces —asegura Nouria—. Suscribo cada palabra que dije. Pero estamos en guerra, Kishimoto. No tenemos tiempo de ponernos sentimentales.

—¿Sentimentales? ¿Has perdido la...?

Nazeera me coloca una mano tranquilizadora en el brazo.

—Encontraremos otra manera. Debe de haber otra manera.

—Es imposible revertir el proceso una vez que se ha iniciado —dice Sam con voz calmada—. La operación síntesis eliminará hasta la última traza de tu antigua amiga. Será irreconocible. Una supersoldado en todos los aspectos. No tendrá salvación alguna.

—No voy a escuchar más tonterías —protesto enfadado—. Me niego.

Nouria levanta las manos.

—Esta conversación puede que acabe siendo innecesaria. Siempre y cuando logréis rescatarla a tiempo, no tendrá importancia. Pero recuerda: si llegas allí y Ella sigue con vida, tienes que asegurarte de que mate a Emmaline, por encima de todo. Eliminar a Emmaline es la clave. Una vez ya no esté, los comandantes supremos se convertirán en unos objetivos fáciles. Vulnerables.

—Un momento. —Frunzo el ceño, todavía enfadado—. ¿Por qué tiene que ser J. quien mate a Emmaline? ¿No podríamos hacerlo uno de nosotros?

Nouria niega con la cabeza.

—Si fuera así de fácil, ¿no crees que ya lo habríamos hecho?

Arqueo las cejas.

—No si nadie supiera que existe.

—Sabíamos de su existencia —replica Sam—. Hace tiempo que lo sabemos.

Nouria continúa:

—¿Por qué te crees que nos pusimos en contacto con tu equipo? ¿Por qué te crees que arriesgamos la vida de uno de los nuestros para que le llevara un mensaje a Ella? ¿Por qué crees que os abrimos las puertas, aunque sabíamos que nos expondríamos a un posible ataque? Tomamos una serie de decisiones cada vez más difíciles, poniendo en riesgo la vida de todos aquellos que dependen de nosotras. —Suspira—. Pero incluso ahora, tras haber sufrido una pérdida desastrosa, Sam y yo creemos que, al fin y al cabo, hicimos lo correcto. ¿No te imaginas el motivo?

—Porque sois... ¿buenas samaritanas?

—Porque nos dimos cuenta hace meses de que Ella era la única con la fuerza suficiente como para matar a su propia hermana. La necesitamos tanto como tú. No solo nosotras... —Nouria hace un gesto hacia Sam y hacia sí misma—, sino también el mundo entero. Si Ella es capaz de matar a Emmaline antes de que puedan transferir ningún poder, entonces habrá destruido la mayor arma del Restablecimiento. Si no mata a Emmaline ahora, mientras el poder todavía le corre por las venas, el Restablecimiento seguirá teniendo la oportunidad de aprovechar y transferir ese poder a un nuevo huésped.

—En su día pensamos que Ella tendría que pelear contra su hermana —añade Sam—. Pero basándonos en la información que Ella nos contó mientras estuvo aquí, parece ser que Emmaline está preparada y deseando morir. —Sam niega con la cabeza—. Aun así, matarla no es tan sencillo como apretar un botón. Ella se va a ver inmersa en una guerra contra el fantasma de la genialidad de su madre. Sin duda alguna, Evie instaló numerosos planes de respaldo para resguardar a Emmaline de los ataques tanto externos como internos. No tengo ni idea de a qué se va a enfrentar Ella, pero te puedo garantizar que no va a ser una tarea fácil.

—Madre mía. —Apoyo la cabeza en las manos. Creía que ya estaba viviendo con los niveles de estrés al máximo, pero me equivocaba. El estrés que estoy experimentando ahora está en otro nivel.

Noto la mano de Nazeera sobre la espalda y levanto la vista. Su expresión es tan insegura como la mía, y en cierto modo hace que me sienta mejor.

—Haced las maletas —dice Nouria—. Alcanzad a Warner. Me reuniré con los tres en la entrada dentro de veinte minutos.

~~ELLA~~
JULIETTE

En la oscuridad, imagino la luz.

Sueño con soles, con lunas, con madres. Veo a niños que ríen, lloran, veo sangre, huelo a azúcar. La luz se filtra en la oscuridad que presiona contra mis ojos, fracturando la nada en un algo. Formas sin nombre se expanden y giran, chocan entre ellas, disolviéndose al contacto. Veo polvo. Veo paredes negras, una ventana pequeña, veo agua, veo palabras en una página…

No estoy loca no estoy loca

En el dolor, imagino alegría.

Mis pensamientos son como el viento, ráfagas que se cuelan en las profundidades de mi interior y expulsan y disipan la oscuridad

Imagino amor, imagino viento, imagino un cabello dorado y unos ojos verdes y susurros, risas

Me imagino

    a mí

extraordinaria, entera

la chica que se sorprendió a sí misma sobreviviendo, la chica que aprendió a quererse a sí misma, la chica que respetaba su piel, que comprendió su valía, que encontró su fuerza

f u e r t e

m á s f u e r t e

   la más fuerte

Imagíname

como la dueña de mi propio universo

soy todo lo que siempre soñé

KENJI

Estamos en el aire.

Llevamos horas en el aire. Me he pasado las cuatro primeras horas durmiendo —tengo la habilidad de poder quedarme dormido en cualquier lugar, en cualquier posición— y me he pasado las últimas dos acabándome todos los aperitivos que había en el avión. Nos queda una hora de vuelo y estoy tan aburrido que he empezado a apretarme el ojo solo para pasar el rato.

Empezamos con buen pie —Nouria nos ha ayudado a robar un avión, como nos había prometido, ocultando nuestras acciones con un escudo de luz—, pero ahora que estamos aquí arriba, estamos básicamente solos. Nazeera ha tenido que eludir algunas preguntas en la radio, pero como la mayor parte del ejército no tiene ni idea de hasta qué punto las cosas se han ido al garete, todavía tiene la suficiente influencia como para pasar las preguntas de los líderes de sector metomentodos y los soldados. Sabemos que es cuestión de tiempo, sin embargo, que alguien se dé cuenta de que no tenemos autorización para estar aquí.

Pero hasta entonces...

Miro alrededor. Estoy sentado lo bastante cerca de la cabina como para oír a Nazeera, pero tanto ella como yo hemos estado de acuerdo en que era mejor que yo me quedara atrás para echarle un ojo a Warner, que está sentado a una distancia lo bastante grande como para mantenerme a salvo de su mala cara. En serio, la expresión de su rostro es tan intensa que me sorprende que no haya empezado a envejecer prematuramente.

Huelga decir que no le ha gustado el plan de Nouria.

Quiero decir, a mí tampoco me gusta —y no tengo la más mínima intención de seguirlo—, pero Warner parecía dispuesto a dispararle a Nouria solo por haber contemplado la posibilidad de que tal vez tuviéramos que matar a J. Ha estado sentado en la parte trasera del avión desde que embarcamos, y soy reacio a acercarme a él, a pesar de nuestra reciente reconciliación. ¿Semireconciliación? Para mí ha sido una reconciliación.

Pero ahora mismo creo que necesita espacio.

O quizá sea yo, quizá sea yo el que lo necesite. Es agotador tratar con él. Sin J. aquí, Warner no tiene ningún canto pulido. Nunca sonríe. Rara vez mira a la gente. Siempre está enfadado.

Ahora mismo no consigo recordar por qué a J. le gusta tanto, la verdad.

De hecho, en los últimos dos meses me había olvidado de cómo era él cuando ella no estaba. Pero este recordatorio ha sido más que suficiente. Demasiado, de hecho. No quiero más recordatorios. Pongo la mano en el fuego por que no me olvidaré jamás de que Warner no es un tipo divertido con el que pasar el rato. Ese chico carga con tanta tensión en el cuerpo que es contagioso. Así que sí, le estoy dejando espacio.

Hasta ahora, le he cedido siete horas de espacio.

Le lanzo otra mirada furtiva al tiempo que me pregunto cómo puede estar tan quieto, tan tieso, durante siete horas seguidas. ¿Cómo no se contractura? ¿Por qué no tiene que ir al baño? ¿A dónde van todos sus detritos?

La única concesión que hemos obtenido de Warner es que se ha presentado con un aspecto más parecido al de su antiguo yo. Sam tenía razón: Warner se ha dado una ducha. Cualquiera pensaría que se estaba preparando para una cita, no para una misión de rescate/asesinato. Está claro que quiere causar una buena impresión.

Lleva puesta más ropa usada de Haider: una chaqueta verde claro y unos pantalones a juego. Botas negras. Pero como esas prendas las seleccionó Haider, la chaqueta no es normal. Claro que no lo es. Esa chaqueta no tiene solapas ni botones. La silueta está cortada en unas líneas rectas que obligan a la chaqueta a permanecer abierta, exponiendo la camiseta que lleva Warner debajo: una sencilla con cuello de pico que deja al descubierto tanta parte de su pecho que me incomoda mirarlo. Aun así, tiene buen aspecto. Un poco nervioso, pero...

—Tus pensamientos son atronadores —dice Warner, con la mirada clavada en la ventanilla.

—Ay, Dios mío, lo siento mucho —exclamo fingiendo bochorno—. Bajaría el volumen, pero tendría que morir para que mi cerebro dejara de funcionar.

—Ese problema tiene fácil solución —musita.

—Te he oído.

—Esa era la intención.

—Eh —digo al reparar en algo—. ¿No te parece que esto es algún tipo de *déjà vu* extraño?

—No.

—No, no, te hablo en serio. ¿Qué posibilidades había de que los tres estuviéramos de nuevo en un viaje como este? Aunque la última vez acabaron disparándonos en pleno vuelo, así que... Sí, no quiero revivir eso. Además, falta J. En fin. Mmm. —Vacilo—. Vale, creo que quizá no entiendo demasiado bien el significado de lo que es un *déjà vu*.

—Es francés —tercia Warner, aburrido—. Literalmente, significa «ya visto».

—Un momento, entonces sí que sé lo que significa.

—Que sepas lo que significa algo me sorprende muchísimo.

Antes de que tenga la oportunidad de defenderme, la voz de Nazeera nos llega desde la cabina.

—Ey, ¿volvéis a ser amigos?

Oigo el familiar clic y el metal que se desliza, un sonido que significa que Nazeera se está quitando el cinturón y dejando de pilotar el avión. De vez en cuando pone los controles en modo automático (o lo que sea) y viene hasta donde estamos nosotros. Pero ha pasado como mínimo media hora desde el último descanso, y la he echado de menos.

Se desploma en el asiento que tengo al lado.

Le sonrío de oreja a oreja.

—Me alegro mucho de que por fin os habléis —dice, soltando un suspiro mientras se hunde en el asiento—. El silencio ha sido bastante deprimente.

Mi sonrisa desaparece.

El semblante de Warner se oscurece.

—Escucha —se dirige a Warner—. Sé que todo este asunto es horrible, que la razón por la que estamos en este avión es horrible, pero tienes que dejar de comportarte de esta forma. Nos quedan unos treinta minutos de vuelo, y eso significa que estamos a punto de salir ahí, juntos, para hacer algo grande. Y que todos tenemos que estar en sintonía. Debemos poder confiar los unos en los otros y trabajar juntos. Si no, o si no nos lo permites, podríamos acabar perdiéndolo todo.

Como Warner se queda callado, Nazeera suspira de nuevo.

—Me trae al fresco lo que ha dicho Nouria —insiste intentando usar un tono amable—. No vamos a perder a Ella.

—No lo entiendes —dice Warner con voz queda. Sigue sin mirarnos—. Ya la he perdido.

—Eso no lo sabes —replica Nazeera con contundencia—. Puede que siga viva. Todavía podemos darle la vuelta a la tortilla.

Warner niega con la cabeza.

—Ya era distinta antes de que se la llevaran. Algo había cambiado en su interior, y no sé qué era, pero podía sentirlo. Siempre he sido capaz de percibirla, de sentir su energía, y no era la misma. Emmaline le hizo algo, cambió algo en su fuero interno. No tengo ni idea de cómo será cuando la vuelva a ver. Si es que la vuelvo a ver. —Deja la mirada perdida en la ventanilla—. Pero estoy aquí porque no puedo hacer otra cosa. Porque este es el único camino.

Y entonces, aunque sé que va a hacer que Warner se salga de sus casillas, le digo a Nazeera:

—Warner y J. están prometidos.

—¿Qué? —Nazeera se queda petrificada. Pone unos ojos como platos. Platos grandes. Platos muy grandes. La vajilla entera—. ¿Cuándo? ¿Cómo? ¿Por qué no me lo ha contado nadie?

—Eso era algo entre tú y yo —me espeta Warner mordaz fulminándome con la mirada.

—Lo sé. —Me encojo de hombros—. Pero Nazeera tiene razón. Ahora somos un equipo, te guste o no, y debemos sacarlo todo a la luz. Y airearlo.

—¿Sacarlo a la luz? ¿Qué me dices del hecho de que Nazeera y tú estéis en una relación que nunca os habéis molestado en comentarme?

—Eh —me quejo—, te lo iba a...

—Un momento, un momento. —Nazeera me interrumpe. Levanta las manos—. ¿Vamos a cambiar de tema? ¡Warner está prometido! Ay, Dios mío, esto es..., esto es muy bueno. Es un asunto importante, podría darnos un per...

—No es importante. —Me giro y la miro con el ceño fruncido—. Todos sabíamos que iba a ocurrir tarde o temprano. Los dos están básicamente destinados, incluso yo puedo admitirlo. —Ladeo la cabeza, meditativo—. A ver, sí, es verdad que pienso que son demasiado jóvenes, pero...

Nazeera hace un gesto negativo con la cabeza.

—No. No. No estoy hablando de eso. Me da igual la boda. —Se queda callada y mira a Warner—. Quiero decir..., enhorabuena y tal.

Warner está que echa chispas.

—Solo quiero decir que me ha recordado a algo. A algo bueno. No sé por qué no lo había pensado antes. Dios, nos podría aportar la ventaja perfecta.

—¿El qué?

Pero Nazeera ya se ha levantado de la silla y se está acercando a Warner; yo la sigo con cautela.

—¿Te acuerdas de cuando Lena y tú estabais juntos? —le pregunta.

Warner le dedica a Nazeera una mirada envenenada.

—Ojalá pudiera olvidarlo —replica, con una frialdad dramática.

Nazeera resta importancia a su comentario con un gesto de la mano.

—Bueno, pues yo me acuerdo. Recuerdo más de lo que debería, probablemente, porque yo era la persona a la que Lena iba a quejarse sobre vuestra conversación cada dos por tres. Y recuerdo en concreto lo mucho que vuestros padres querían que vosotros..., en fin..., os prometierais para lo que pudiera venir, para la protección del movimiento.

—¿Prometerse? —Arrugo la frente.

—Sí, en plan... —Vacila, haciendo aspavientos con los brazos mientras pone en orden sus pensamientos, pero Warner de repente se yergue en el asiento como si lo hubiese comprendido.

—Sí —dice con calma. La irritación se ha evaporado de sus ojos—. Recuerdo que mi padre me comentó la importancia de unir nuestras familias. Es una pena que solo recuerde vagamente esa conversación.

—Ya, bueno, estoy segura de que vuestros padres iban detrás de la idea de ganar poder político, pero Lena estaba, y probablemente todavía esté, enamorada de ti hasta las trancas, y siempre tuvo una especie de obsesión con la idea de ser tu esposa. Siempre me hablaba de sus planes de casarse contigo, sobre sus sueños para el futuro, sobre qué aspecto tendrían vuestros hijos...

Miro a Warner para comprobar su reacción ante esa información, y la expresión de asco de su rostro me resulta sorprendentemente satisfactoria.

—... Pero recuerdo que un día me dijo algo sobre lo desapegado y cerrado que eras, y que un día, cuando os casarais, por fin sería capaz de enlazar los perfiles de tu familia en la base de datos, y eso le otorgaría la autorización de seguridad necesaria para rastrear tu...

De pronto, el avión se zarandea con violencia.

Nazeera se queda callada, las palabras mueren en su garganta. Warner se pone en pie de un salto. Todos nos apresuramos a la cabina.

Las luces están parpadeando, gritando alarmas que no comprendo. Nazeera observa el monitor al mismo tiempo que Warner, y ambos intercambian una mirada.

El avión se vuelve a sacudir y me golpeo, fuerte, contra algo metálico afilado. Suelto una retahíla de maldiciones y, por alguna razón, cuando Nazeera alarga la mano para ayudarme a levantarme...

Pierdo los nervios.

—¿Me va a decir alguien qué cojones está pasando? ¿Qué ocurre? ¿Nos están disparando en pleno vuelo? —Miro a mi alrededor, examinando las luces parpadeantes y el pitido constante que retumba por la cabina—. ¡Es un puto *déjà vu*! ¡Lo sabía!

Nazeera respira hondo. Cierra los ojos.

—No nos están disparando.

—¿Entonces...?

—Cuando hemos entrado en el espacio aéreo de Oceanía —explica Warner—, su base ha recibido el aviso de la presencia de nuestra aeronave no autorizada. —Echa un vistazo al monitor—. Saben que estamos aquí, y no les hace ni pizca de gracia.

—Vale, lo capto, pero...

Otra sacudida violenta y me caigo al suelo. Warner ni siquiera pestañea. Nazeera trastabilla, pero con gracia, y se deja caer en el asiento del piloto. Parece extrañamente desanimada.

—Mmm, vale... Y ¿qué está pasando? —Respiro con dificultad. Mi corazón va desbocado—. ¿Estás segura de que no nos están disparando? ¿Por qué soy el único que está perdiendo los nervios? ¿No será un ataque al corazón?

—No te está dando ningún ataque al corazón, y no nos están disparando —repite Nazeera con los dedos volando por encima de los diales y deslizándolos por encima de las pantallas—. Pero han activado el control remoto de la aeronave. Se han hecho con el control del avión.

—¿Y no puedes anularlo?

Niega con la cabeza.

—No tengo la autoridad para invalidar la orden directa de un comandante supremo.

Después de un segundo de silencio, se endereza. Se gira hacia nosotros.

—Quizá no sea una situación tan mala —añade—. Quiero decir, no estaba del todo segura de cómo íbamos a aterrizar aquí ni cómo lo íbamos a hacer, pero debe de ser positivo que quieran que lleguemos vivos, ¿no?

—No tienen por qué —repone Warner.

—Ya. —Nazeera junta las cejas—. Sí, me he dado cuenta de que era una tontería nada más decirlo en voz alta.

—Entonces, ¿nos quedamos aquí esperando? —Noto que el miedo intenso que sentía empieza a apaciguarse, pero solo un poco—. Esperamos aquí sin más hasta que aterricen el avión y cuando lo aterricen nos rodean con soldados armados y cuando salgamos del avión nos matan y..., en fin, estaremos muertos. ¿Ese es el plan?

—Eso o podrían darle la orden al avión de que se estrellara en el océano o algo.

—Ay, Nazeera, no es el momento de hacer bromas.

Warner mira por la ventanilla.

—No es ninguna broma.

—Vale, solo os lo voy a preguntar una vez más: ¿Por qué soy el único que está perdiendo los nervios?

—Porque tengo un plan —dice Nazeera. Mira al panel de control otra vez—. Tenemos exactamente catorce minutos antes de que el avión aterrice, pero eso me da tiempo de sobra para explicaros lo que vamos a hacer.

~~ELLA~~
JULIETTE

Primero veo la luz.

Brillante, anaranjada, ardiente detrás de mis párpados. Los sonidos empiezan a emerger al cabo de poco, pero se desvelan lentamente, amortiguados. Oigo mi propia respiración, luego un pitido lejano. Un sonido metálico, una carcajada. Pasos, pasos, una voz que dice:

Ella

Justo cuando estoy a punto de abrir los ojos, un torrente de calor me recorre el cuerpo y me quema hasta los huesos. Es violento, penetrante. Aprieta fuerte contra mi garganta, ahogándome.

De repente, no siento nada.

Ella, repite la voz.

Ella

Escucha

—Es cuestión de minutos ya.

La voz familiar de Anderson se abre paso entre la neblina de mi mente. Mis dedos se crispan contra las sábanas de algodón. Noto el peso insustancial de una manta fina que me cubre la mitad inferior del cuerpo. El pellizco y la punzada de las agujas. Un rugido de dolor. Me doy cuenta de que no puedo mover la mano izquierda.

Alguien se aclara la garganta.

—Esta es la segunda vez que el sedante no funciona como debería —se queja alguien. La voz no me resulta familiar. Suena enfadada—. Ahora que Evie no está, este lugar se va al carajo.

—Evie hizo modificaciones sustanciales en el cuerpo de Ella —contesta Anderson, y me pregunto de qué está hablando—. Es posible que su nueva configuración física impida que el sedante se retire a la velocidad que debería.

Una risa vacía.

—Tu amistad con Max te ha conseguido varias cosas en las dos últimas décadas, pero una carrera en Medicina no es una de ellas.

—Solo es una teoría. Creo que podría ser...

—Me traen al pairo tus teorías —le suelta el hombre, interrumpiéndolo—. Lo que quiero saber es por qué diantres creíste que sería buena idea herir a nuestro sujeto clave, cuando mantener su estabilidad física y mental es crucial para...

—Ibrahim, sé razonable —intercede Anderson—. Después de lo ocurrido la última vez, solo quería asegurarme de que todo funcionaba como debería. Solo estaba poniendo a prueba su leal...

—Todos sabemos el fetiche que tienes con la tortura, Paris, pero tu mente retorcida ya nos está cansando. No nos queda tiempo.

—Sí que nos queda tiempo —contesta Anderson, sumamente tranquilo—. Esto no es más que un ligero contratiempo. Max lo ha podido solucionar al instante.

—¡¿Un ligero contratiempo?! —vocifera Ibrahim—. La chica ha perdido el conocimiento. Todavía estamos en un riesgo elevado de regresión. Se supone que el sujeto tiene que estar inmóvil. Te permití rienda suelta con la chica de nuevo porque sinceramente no creía que fueras tan estúpido. Porque no tengo tiempo para hacerte de canguro. Porque Tatiana, Santiago, Azi y yo tenemos la mente hecha trizas intentando hacer tu trabajo y el de Evie, además del nuestro. Además de todo el resto.

—Estaba haciendo bien mi trabajo —afirma Anderson, con voz que recuerda al ácido—. Nadie te ha pedido que te entrometas.

—Te olvidas de que perdiste tu trabajo y tu continente cuando la hija de Evie te disparó en la cabeza y reivindicó tu legado para sí misma. Dejaste que una adolescente se llevara tu vida, tu sustento, a tus hijos y a tus soldados delante de tus narices.

—Sabes tan bien como yo que no se trata de una adolescente normal y corriente —alega Anderson—. Es la hija de Evie. Ya sabes de lo que es capaz...

—Pero ¡ella no! —grita Ibrahim, exasperado—. Y por eso, entre otros motivos, la chica tenía que vivir aislada: para que nunca supiera el alcance de sus poderes. Estaba destinada a transformarse lentamente, desapercibida, mientras esperábamos el momento justo para establecernos como movimiento. Solo te la asignamos bajo tu tutela por la amistad que hace años te une a Max... y porque eras un presuntuoso, un maquinador y un conspirador que estaba dispuesto a aceptar cualquier trabajo con el fin de ascender.

—Qué gracioso —dice Anderson, impertérrito—. Antes te caía bien por ser un presuntuoso, un maquinador y un conspirador que estaba dispuesto a aceptar cualquier trabajo.

—Me caías bien —afirma Ibrahim, furioso— cuando conseguías terminar las tareas. Pero en este último año no has sido más que un lastre. Te hemos dado todas las oportunidades del mundo para que corrigieras tus errores, pero por lo visto eres incapaz de arreglar las cosas. Tienes suerte de que Max haya sido capaz de arreglarle la mano tan rápidamente, pero todavía no sabemos nada de su estado mental. Y te juro, Paris, que, si tus acciones dejan cualquier secuela imprevista e irreversible, te dejaré en ridículo delante del comité.

—No te atreverías.

—Puede que te hayas ido de rositas con todo este sinsentido mientras Evie estaba con vida, pero el resto de nosotros sabemos que la única razón por la que has llegado tan lejos es gracias a la indulgencia que Evie le tenía a Max, quien sigue apostando por ti por razones que no conseguimos descifrar.

—¿Por razones que no conseguimos descifrar? —Anderson se ríe—. ¿Quieres decir que no recuerdas por qué me has tenido cerca todos estos años? Permíteme que te refresque la memoria. Si no recuerdo mal, tenías una mejor opinión de mí cuando yo era el único dispuesto a llevar a cabo los trabajos abyectos, inmorales y repugnantes que ayudaron a que este movimiento despegara. —Hace una pausa—. Me has tenido cerca todos estos años, Ibrahim, porque he evitado que tuvieras que mancharte las manos. ¿O lo has olvidado? Un día dijiste que yo era tu salvador.

—Me importa un comino si un día te llamé *profeta*. —Algo se rompe. Metal y cristal que chocan violentamente contra algo—. No podemos seguir pagando tus errores por falta de cuidado. Estamos en guerra, y ahora mismo apenas mantenemos el mando. Si no puedes entender las posibles ramificaciones que incluso un ligero contratiempo puede tener en estos momentos críticos, no mereces estar en nuestras filas.

Se oye un golpe. Una puerta que se cierra con violencia.

Anderson emite un suspiro largo y profundo. Sé, por el sonido de su exhalación, que no está enfadado.

Me sorprende.

Solo parece cansado.

Poco a poco, los dedos de calor que me aferran el cuello se van aflojando. Pasados unos segundos de silencio, abro los ojos.

Me quedo mirando el techo, con la vista ajustándose al intenso estallido de luz blanca. Me siento ligeramente inmovilizada, pero por lo demás creo que estoy bien.

—¿Juliette?

Anderson me habla con voz suave, mucho más amable de lo que habría podido anticipar. Pestañeo con la vista al techo y luego, con algo de esfuerzo, consigo mover el cuello. Nuestras miradas se cruzan.

No parece el mismo. Está sin afeitar. Está inseguro.

—Sí, señor —contesto con voz áspera. Oxidada.

—¿Cómo te encuentras?

—Me noto agarrotada, señor.

Pulsa un botón y la cama se mueve, recolocándome para que esté en una postura en parte erguida. La sangre corre de mi cabeza a mis extremidades y me siento un poco mareada. Pestañeo lentamente, intentando recalibrar. Anderson apaga las máquinas conectadas a mi cuerpo y yo lo observo, fascinada.

En ese instante, se yergue.

Me da la espalda y se sitúa justo delante de una pequeña ventana alta. Está demasiado arriba como para que yo pueda apreciar las vistas. Anderson levanta los brazos y se pasa las manos por el pelo con un suspiro.

—Necesito una copa —le dice a la pared.

Asiente para sí mismo y sale por la puerta adyacente. Al principio, me sorprende que me deje sola, pero cuando oigo sonidos amortiguados de movimiento y el tintineo familiar de los vasos de cristal, lo comprendo.

Y paso a estar confundida.

Me doy cuenta de que no tengo ni idea de dónde estoy. Ahora que me han sacado las agujas del cuerpo, me puedo mover con más facilidad, y cuando me giro para observar mi alrededor, reparo en que no estoy en una sala médica, como había sospechado en un principio. La estancia parece ser más bien el dormitorio de alguien.

O incluso una habitación de hotel.

Todo es extremadamente blanco. Estéril. Estoy en una cama grande blanca con sábanas y colcha blancas. Incluso el cabezal está hecho de madera blanca. Cerca de los varios carritos y los monitores que ahora están apagados, se alza una única mesita de noche decorada con una lamparita solitaria. Hay una puerta ajustada, y a través del resquicio creo ver lo que parece un armario, aunque está vacío. Al lado de la puerta hay una maleta, cerrada pero con la cremallera abierta. Veo una pantalla colgada en la pared justo enfrente de mí y, bajo ella, un escritorio. Uno de los cajones no está cerrado del todo y me llama la curiosidad.

De golpe, reparo en que no llevo puesto nada. Solo la bata de hospital, pero nada de ropa. Mis ojos escanean la habitación en busca de mi uniforme militar, pero es en balde.

Aquí no hay nada.

Entonces recuerdo, en un momento de claridad, que debo de haber dejado toda la ropa empapada de sangre. Recuerdo arrodillarme en el suelo. Recuerdo el charco creciente de mi propia sangre sobre la que me desplomé.

Agacho la vista hacia la mano herida. Solo me lastimé el dedo índice, pero tengo toda la mano izquierda envuelta en vendas. El dolor se ha reducido a una pulsación tenue. Lo interpreto como una buena señal.

Empiezo a quitarme las vendas con cautela.

En este preciso instante, Anderson reaparece. Su americana ha desaparecido. Su corbata también. Lleva los dos botones de arriba de la camisa desabrochados, la espiral de tinta negra más visible y el pelo desarreglado. Parece más relajado.

Permanece en el umbral de la puerta y le pega un largo trago a un vaso lleno hasta la mitad de un líquido ambarino.

Cuando sus ojos se posan en los míos, le digo:

—Señor, me estaba preguntando dónde estoy. Y también dónde está mi ropa.

Anderson bebe otro sorbo. Cierra los ojos mientras traga y se apoya contra el marco de la puerta. Suspira.

—Estás en mi habitación —responde con los ojos todavía cerrados—. Esta instalación es gigantesca y las áreas médicas, que son varias, están la mayoría situadas en la otra punta del recinto, a aproximadamente un par de kilómetros. Después de que Max se encargara de tus necesidades, le pedí que te trajera aquí para que pudiera tenerte vigilada durante la noche. En cuanto a tu ropa, no tengo ni idea. —Da otro sorbo—. Creo que Max mandó que la incineraran. Estoy seguro de que alguien te traerá una nueva muda pronto.

—Gracias, señor.

Anderson guarda silencio.

No añado nada más.

Como tiene los ojos cerrados, me parece más seguro mirarlo. Aprovecho esta rara oportunidad de examinar más de cerca su tatuaje, pero sigo sin encontrarle sentido. Principalmente lo miro a la cara, que nunca ha visto así: suave, relajada, casi sonriente. Aun así, puedo ver que algo le preocupa.

—¿Qué? —dice sin mirarme—. ¿Qué pasa ahora?

—Me estaba preguntando, señor, si está usted bien.

Abre los ojos. Ladea la cabeza para mirarme, pero sus ojos son inescrutables. Se gira poco a poco.

Se acaba de un trago lo que le queda de bebida, deja el vaso sobre la mesita de noche y se sienta en una butaca cercana.

—Anoche te obligué a cortarte un dedo, ¿te acuerdas?

—Sí, señor.

—Y hoy me preguntas si estoy bien.

—Sí, señor. Parece triste, señor.

Se reclina en la silla, con ademán pensativo. De repente, niega con la cabeza.

—¿Sabes? Ahora me doy cuenta de que he sido demasiado duro contigo. Te he hecho pasar por demasiadas cosas. Quizá he puesto a prueba tu lealtad hasta el límite. Pero tú y yo compartimos mucha historia, Juliette, y no me resulta fácil olvidar. Está claro que no consigo olvidar.

Me quedo callada.

—No te haces una idea de lo mucho que te odiaba —añade, hablando más a la pared que a mí—. Lo mucho que todavía te odio a veces. Pero ahora por fin...

Se reacomoda en el asiento y me mira a los ojos.

—Ahora eres perfecta. —Se ríe, pero sin alegría—. Ahora eres absolutamente perfecta, y tengo que desprenderme de ti. Entregarle tu cuerpo a la ciencia. —Se vuelve a girar hacia la pared—. Qué desperdicio.

El miedo me trepa por el pecho. Lo ignoro.

Anderson se pone en pie, agarra el vaso vacío de la mesita de noche y desaparece durante un minuto para rellenarlo. Cuando vuelve, se me queda contemplando desde la puerta. Yo le devuelvo la mirada. Nos quedamos así durante un rato hasta que de pronto dice:

—Cuando era muy joven, quería ser pastelero.

La sorpresa me atraviesa y hace que abra mucho los ojos.

—Lo sé —me dice, y da otro sorbo del líquido ambarino. Casi se ríe—. No es lo que esperarías de mí. Pero siempre he sentido debilidad por los dulces. Hay poca gente que lo sepa, pero la pastelería requiere de una paciencia y de una precisión infinitas. Es una ciencia exacta y cruel. Habría sido un pastelero excelente. No estoy muy seguro de por qué te lo estoy contando. Supongo que hace mucho tiempo que no puedo hablar con alguien sin tapujos.

—Me puede contar todo lo que quiera, señor.

—Sí —musita—. Empiezo a pensar que es verdad.

Ambos nos sumimos en el silencio, pero no puedo dejar de observarlo; mi mente de repente está sobrepasada con preguntas que no tienen respuesta.

Transcurren otros veinte segundos así y al fin rompe el silencio.

—Muy bien, ¿de qué se trata? —Su voz suena seca, burlona—. ¿Qué es eso que te mueres por saber?

—Lo siento, señor —me disculpo—. Solo me preguntaba... ¿Por qué no intentó ser pastelero?

Anderson se encoge de hombros y le da vueltas al vaso en las manos.

—Cuando me hice un poco mayor, mi madre me obligaba a tragar lejía. Y amoníaco. Lo que pudiera encontrar debajo del fregadero. Nunca la cantidad suficiente para matarme —confiesa, con los ojos clavados en los míos—. Solo lo bastante como para torturarme para toda la eternidad. —Se acaba la bebida—. Se podría decir que perdí el apetito.

No puedo enmascarar el terror con la suficiente rapidez. Anderson se ríe al ver mi reacción, se ríe al ver la expresión que demuda mi rostro.

—Ni siquiera tuvo nunca ninguna buena razón para hacerlo —continúa dándose la vuelta—. Me odiaba, sin más.

—Señor, señor, yo...

Max irrumpe en la habitación. Yo me encojo.

—¿Qué diablos has hecho?

—Hay varias respuestas posibles a esa pregunta —contesta Anderson, echando la vista atrás—. Por favor, sé más específico. Por cierto, ¿qué has hecho con su ropa?

—Te estoy hablando de Kent —dice Max enfadado—. ¿Qué has hecho?

De pronto, Anderson parece inseguro. Pasa la vista de Max a mí y de vuelta a él.

—Quizá deberíamos hablarlo en otro lugar.

Pero Max parece haber perdido la cordura. Tiene los ojos tan desorbitados que no sé si está enojado o aterrorizado.

—Por favor, dime que las cintas estaban manipuladas. Dime que me equivoco. Dime que no has llevado a cabo la intervención tú solo.

Anderson parece a la par aliviado y enfadado.

—Cálmate —le ordena—. Vi cómo Evie lo hacía innumerables veces... La última vez fue conmigo. El chico ya estaba seco. El vial estaba preparado, esperando en la mesa, y tú estabas muy ocupado con... —Dirige la vista hacia mí—. Da igual. Tenía que matar el tiempo y decidí hacer algo de provecho mientras esperaba.

—No me puedo creer... Claro que no ves el problema —dice Max, agarrándose un puñado de pelo. No deja de negar con la cabeza—. Nunca ves el problema.

—Esa me parece una acusación de lo más injusta.

—Paris, hay un motivo por el cual la mayoría de los sobrenaturales solo tienen una habilidad. —Ha empezado a caminar de un lado a otro—. La convergencia de dos dones sobrenaturales en la misma persona es algo sumamente extraño.

—¿Y la hija de Ibrahim? ¿No fue obra tuya? ¿No fue obra de Evie?

—No —responde Max con contundencia—. Eso fue un error esporádico y natural. El descubrimiento nos sorprendió a nosotros tanto como a los demás.

Anderson se queda inmóvil por la tensión.

—¿Cuál es el problema exactamente?

—No es...

El aullido repentino de las alarmas hace que las palabras de Max mueran en su garganta.

—Otra vez no —susurra—. Ay, Dios, otra vez no...

Anderson me dedica una mirada fugaz antes de desaparecer en su habitación, y esta vez regresa completamente arreglado. Sin un solo cabello fuera de sitio. Echa un vistazo al cargador de una pistola antes de guardarla, oculta en su cartuchera.

—Juliette —me dice secamente.

—¿Sí, señor?

—Te ordeno que te quedes aquí. No importa lo que veas u oigas, no debes salir de esta habitación. Tu tarea es no hacer nada a menos que te ordene lo contrario. ¿Lo has entendido?

—Sí, señor.

—Max, consíguele algo de ropa —gruñe Anderson—. Y luego ocúltala. Protégela con tu vida.

KENJI

Este era el plan:

Se suponía que todos teníamos que hacernos invisibles —Warner tomaría el poder prestado de Nazeera y de mí— y saltaríamos del avión justo antes de que aterrizara. Nazeera activaría entonces sus poderes voladores y, con Warner potenciando su habilidad, los tres esquivaríamos el comité de bienvenida que tenía por objetivo asesinarnos. Nos dirigiríamos entonces directamente al corazón de la vasta instalación, donde empezaríamos la búsqueda de Juliette.

Esto es lo que ocurre:

Nos hacemos los tres invisibles y saltamos del avión mientras está aterrizando. Esa parte ha funcionado. Lo que no esperábamos, por supuesto, era que el comité de bienvenida/exterminio anticipara con tanta exactitud nuestros movimientos.

Estamos en el aire, volando por encima de las cabezas de como mínimo dos decenas de soldados armados hasta los dientes cuando alguien apunta algún tipo de pistola con el cañón muy largo hacia el cielo. Parece estar buscando algo.

A nosotros.

—Busca señales de calor —advierte Warner.

—Ya lo sé —dice Nazeera, frustrada. Aumenta la velocidad, pero da igual.

Unos segundos después, el tipo que tiene la pistola de calor grita algo a alguien, quien nos apunta otra pistola, una que inmediatamente inhabilita nuestros poderes.

Es tan espeluznante como suena.

Ni siquiera tengo la oportunidad de gritar. No tengo tiempo de pensar en el hecho de que mi corazón va a mil por minuto, que mis manos tiemblan ni que Nazeera —la indomable e invulnerable Nazeera— de repente está aterrorizada mientras el cielo cae por debajo de ella. Incluso Warner parece descolocado.

Yo ya estaba de los nervios ante la idea de que nos volvieran a disparar estando en el aire, pero puedo decir con franqueza que no estaba mentalmente preparado para esto. Este es un nivel completamente nuevo de terror. De pronto, los tres somos visibles y vamos de cabeza hacia nuestra muerte, y los soldados que están debajo de nosotros simplemente nos miran, esperando.

¿Esperando qué?, pienso.

¿Por qué se limitan a observar nuestra muerte? ¿Por qué se han tomado tantas molestias en hacerse con el control de nuestro avión para aterrizarnos aquí si ahora se van a quedar contemplando cómo caemos del cielo?

¿Acaso les parece entretenido?

El tiempo me parece raro, infinito e inexistente. El viento sopla contra mis pies y lo único que puedo ver es el suelo que se acerca a nosotros demasiado rápido, pero no puedo dejar de pensar que, de entre todas mis pesadillas, jamás pensé que moriría así. Jamás pensé que moriría a causa de la gravedad. No creía que fuera la manera en la que estaba destinado a abandonar el mundo, y me parece mal, me parece injusto, y estoy pensando en lo rápido que hemos fracasado, que no teníamos ninguna oportunidad..., cuando de repente oigo una explosión.

Un destello de fuego, chillidos discordantes, los gritos lejanos de Warner, y de golpe ya no estoy cayendo, ya no soy visible.

Todo ocurre con tanta rapidez que me mareo.

Nazeera me rodea el cuerpo con el brazo y está tirando de mí hacia arriba, forcejeando un poco, y entonces Warner se materializa a mi lado para ayudarme a equilibrarme. Su voz afilada y su presencia familiar son la única prueba de su existencia.

—Buen disparo —dice Nazeera, sus palabras entrecortadas se oyen alto y claro en mi oído—. ¿De cuánto tiempo crees que disponemos?

—De diez segundos antes de que se les ocurra empezar a disparar a ciegas contra nosotros —informa Warner—. Tenemos que salir de su alcance. Ya.

—¡Estoy en ello! —grita Nazeera.

Esquivamos por los pelos las balas mientras caemos en picado, dibujando un arco. Ya estábamos tan cerca del suelo que no tardamos demasiado en aterrizar en medio de un campo, lo bastante lejos del peligro como para poder respirar momentáneamente aliviados, pero demasiado lejos de la instalación como para que el alivio dure demasiado.

Estoy doblado en dos, con las manos posadas en las rodillas, jadeando e intentando calmarme.

—¿Qué has hecho? ¿Qué cojones acaba de pasar?

—Warner ha lanzado una granada —me explica Nazeera. Entonces se dirige a Warner—: La encontraste en la mochila de Haider, ¿verdad?

—Eso y unas cuantas cosas útiles más. Debemos ponernos en marcha.

Oigo el sonido de sus pasos que se retiran, botas que aplastan la hierba, y me apresuro a seguirlos.

—No tardarán en reagruparse —comenta Warner—, así que tenemos muy poco tiempo para que se nos ocurra un plan nuevo. Creo que deberíamos separarnos.

—No —negamos Nazeera y yo a la vez.

—No hay tiempo —se queja Warner—. Saben que estamos aquí, y está claro que se han preparado de sobra para nuestra llegada. Me temo que nuestros padres no son idiotas: saben que hemos venido aquí a salvar a Ella. Nuestra presencia probablemente los haya llevado a empezar la transferencia, si es que no lo han hecho ya. Los tres juntos somos ineficientes. Objetivos fáciles.

—Pero uno de nosotros se tiene que quedar contigo —dice Nazeera—. Nos necesitas cerca si vas a usar el sigilo para infiltrarte.

—Me la jugaré.

—Ni hablar —replica Nazeera—. Mira, conozco esta instalación, así que estaré bien sola. Pero Kenji no conoce este lugar lo bastante bien. El recinto se extiende sobre unos ciento veinte acres de tierra, y eso significa que te puedes perder con facilidad si no sabes dónde mirar. Vosotros dos quedaos juntos. Kenji te prestará su sigilo y tú puedes ser su guía. Yo iré sola.

—¿Qué? —exclamo, alterado—. No, de ninguna manera...

—Warner tiene razón —me interrumpe Nazeera—. Los tres, como grupo, somos un objetivo mucho más fácil. Hay demasiadas variables. Además, hay algo que debo hacer, y cuanto antes llegue a un ordenador, más fáciles serán las cosas para vosotros. Lo mejor será que me encargue de eso por mi cuenta.

—Un momento, ¿a qué te refieres?

—¿Qué tienes planeado? —le pregunta Warner.

—Voy a hackear el sistema para que piense que tu familia y la de Ella están conectadas —le dice a Warner—. Hay un protocolo para este tipo de cosas ya instaurado en el Restablecimiento, así que, si puedo crear los perfiles necesarios y las autorizaciones, la base de datos te reconocerá como miembro de la familia Sommers. Tendrás el acceso garantizado a la mayoría de las salas de alta seguridad en toda la instalación. Pero no es infalible. El sistema hace un escaneo en busca de anomalías cada hora. Si es capaz de descubrir mi artimaña, te denunciará y te encerrará. Pero hasta entonces... te será más fácil buscar por los edificios a Ella.

—Nazeera —dice Warner con un tono sorprendido completamente inusual—. Eso es... maravilloso.

—Más que maravilloso —añado—. Es una pasada.

—Gracias, pero debería irme. Cuanto antes empiece a volar, antes podré iniciarlo, que con suerte significa que para cuando alcances la base, habré hecho que ocurra algo.

—¿Y si te arrestan? —pregunto—. ¿Y si no lo consigues? ¿Cómo te encontraremos?

—No me encontraréis.

—Pero... Nazeera...

—Estamos en guerra, Kishimoto —apunta con una ligera sonrisa en la voz—. No hay tiempo para ponerse sentimental.

—No me hace gracia. Odio ese chiste. Lo odio mucho.

—Nazeera estará bien —indica Warner—. Está claro que no la conoces bien si piensas que se la puede capturar fácilmente.

—¡Se acaba de despertar! ¡Después de un disparo! ¡En el pecho! ¡Por poco se muere!

—Fue casualidad —saltan Warner y Nazeera a la vez.

—Pero...

—A ver —dice Nazeera, su voz de repente muy cerca—. Tengo la sensación de que estoy a unos cuatro meses de enamorarme perdidamente de ti, así que, por favor, no permitas que te maten, ¿vale?

Estoy a punto de responder cuando noto una ráfaga de aire. La oigo despegar hacia el cielo, y aunque sé que no voy a poder verla, estiro el cuello para contemplar su partida.

Y así...

Desaparece.

El corazón me martillea en el pecho, la sangre me recorre la cabeza a toda velocidad. Me siento confuso, aterrorizado, emocionado, optimista. Todas las mejores y peores cosas parecen ocurrirme al mismo tiempo.

No es justo.

—Joder —maldigo en voz alta.

—Vamos —me azuza Warner—. Pongámonos en marcha.

~~ELLA~~
JULIETTE

Max me está mirando como si fuera una alienígena.

No se ha movido desde que se ha ido Anderson; tan solo se ha quedado ahí plantado, tieso y raro, enraizado al suelo. Me acuerdo de la mirada que me dedicó la primera vez que nos cruzamos —la hostilidad descarada de sus ojos— y me lo quedo mirando desde la cama, preguntándome por qué me odia tanto.

Tras un rato de silencio incómodo, me aclaro la garganta. Es obvio que Anderson respeta a Max —le cae bien, incluso—, así que decido que debería dirigirme a él con un nivel parecido de respeto.

—Señor, me gustaría mucho vestirme.

Max se sobresalta al oír el sonido de mi voz. Su lenguaje corporal es completamente distinto ahora que Anderson no está aquí, y todavía me está costando un poco comprenderlo. Parece inquieto. Me pregunto si debería sentirme amenazada por él. El afecto que le profesa a Anderson no es ninguna garantía de que no me vaya a tratar como otra cosa que una soldado sin nombre.

Como una subordinada.

Max suspira. Es un sonido alto y áspero que parece sacarlo del estupor. Me lanza una última mirada antes de desaparecer en la habitación contigua, desde donde oigo un ajetreo indiscernible. Cuando regresa, tiene las manos vacías.

Me mira con el rostro en blanco, más agitado que hace un momento. Se pasa una mano por el pelo. Tiene algunos mechones en punta.

—Anderson no tiene nada que te vaya bien —me informa.

—No, señor —digo con cautela, todavía confundida—. Pensaba que quizá me podrían dar un uniforme de recambio.

Max se da la vuelta y se queda mirando la nada.

—Un uniforme de recambio —dice para sí mismo—. Claro. —Pero cuando inhala profunda y entrecortadamente, veo sin lugar a dudas que está intentando mantener la calma.

Intentando mantener la calma.

De golpe, me doy cuenta de que quizá Max me tiene miedo. Quizá vio lo que le hice a Darius. Quizá sea el doctor que lo arregló.

Aun así...

No veo qué motivo podría tener para pensar que yo le haría daño. Después de todo, mis órdenes provienen de Anderson y, que yo sepa, Max es mi aliado. Lo examino de cerca mientras se lleva la muñeca a la boca para solicitar en voz baja que alguien traiga un nuevo conjunto para mí.

Y entonces se aleja de mí hasta que se alinea con la pared. Se oye un único ruido sordo cuando los talones de sus botas golpean el zócalo y luego, silencio.

Silencio.

Erupciona, acomodándose por completo en la habitación, la quietud alcanzando incluso los rincones más alejados. Me siento atrapada físicamente por él. La falta de sonidos me resulta opresiva.

Paralizante.

Paso el rato contando los moratones que luzco en el cuerpo. Creo que en los últimos días no he dedicado demasiado tiempo a comprobar mi estado; no me había dado cuenta de la cantidad de heridas que tenía. Por lo visto, tengo varios cortes recientes en los brazos y en las piernas, y noto un leve pinchazo en la parte baja del abdomen. Tiro del cuello de mi bata de hospital y me asomo por el agujero para contemplar mi cuerpo debajo.

Pálido. Magullado.

Hay una cicatriz pequeña que me recorre verticalmente el costado del torso y no sé qué hice para ganármela. De hecho, mi cuerpo parece haber amasado una constelación entera de incisiones recientes y moratones atenuados. Por alguna razón, no puedo recordar de dónde vienen.

Levanto la vista de golpe al notar el calor de la mirada de Max.

Me está observando del mismo modo que yo me estoy estudiando, y el brillo que desprenden sus ojos hace que me ponga en guardia. Me incorporo. Me reclino.

No me siento cómoda haciéndole cualquiera de las preguntas que se acumulan en mi boca.

Así pues, me miro las manos.

Ya me he quitado el resto de los vendajes, tengo la mano izquierda prácticamente curada. No hay ninguna cicatriz visible donde me amputé el dedo, pero mi piel está moteada hasta el antebrazo, mayormente de morado y azul oscuro, con algunas manchas amarillas. Aprieto los dedos en un puño y los aflojo. Solo me duele un poco. El dolor se está evaporando a marchas forzadas.

Las siguientes palabras abandonan mis labios antes de que pueda detenerlas:

—Gracias, señor, por curarme la mano.

Max se me queda mirando, inseguro, y su muñeca se ilumina. Baja la vista hacia el mensaje y luego hacia la puerta, y sale disparado hacia ella; me dedica extrañas miradas furtivas por encima del hombro, como si tuviera miedo de darme la espalda.

Este Max me parece más raro a cada segundo que pasa.

Cuando la puerta se abre, la habitación se inunda de sonido. Unas luces parpadeantes se abren camino por el resquicio de la puerta, por el pasillo retumban gritos y pasos. Oigo metal golpeando metal y el aullido distante de una alarma.

Mi corazón se acelera.

Estoy de pie antes de que pueda frenarme, mis sentidos afilados ajenos al hecho de que mi bata de hospital apenas consigue cubrirme el cuerpo. Lo único que siento es una necesidad repentina de unirme a la conmoción, de hacer lo que pueda para ayudar y de encontrar al comandante y protegerlo. Para eso me han construido.

No me puedo quedar aquí de brazos cruzados.

Pero entonces recuerdo que mi comandante me ha dado órdenes explícitas de quedarme aquí, y las ganas de pelear me abandonan el cuerpo.

Max cierra la puerta, silenciando el caos en un único movimiento. Abro la boca para decir algo, pero el destello de sus ojos me advierte de que no hable. Coloca un montón de ropa sobre la cama, negándose a acercarse a mí, y sale de la habitación.

Me visto rápidamente, me cambio la bata suelta por la tela almidonada y tiesa de un uniforme militar acabado de lavar. Max no me ha traído ropa interior, pero no me molesto en comentárselo; estoy aliviada por tener algo que ponerme. Todavía me estoy abotonando el galón de delante, moviendo los dedos tan rápido como puedo, cuando mi mirada se posa una vez más en el escritorio que está justo enfrente de la cama. Hay un único cajón abierto ligeramente, como si lo hubiesen cerrado con prisas.

Ya lo había visto.

Ahora no puedo apartar los ojos de él.

Algo tira de mí, una necesidad que no consigo explicar. Me estoy acostumbrando e incluso me parece normal ya sentir el extraño calor que me llena la cabeza, por lo que no cuestiono mi impulso de acercarme. En algún lugar de mi interior algo me grita que me esté quieta, pero solo soy vagamente consciente de ello. Oigo la voz amortiguada de Max en la otra habitación; está hablando con alguien con un tono preocupado y agresivo. Parece distraído por completo.

Alentada, doy un paso adelante.

Mi mano envuelve el tirador del cajón y solo necesito un poco de esfuerzo para abrirlo. Se desliza sigilosamente. La madera apenas hace ruido al desplazarse. Y estoy a punto de contemplar su contenido cuando…

—¿Qué estás haciendo?

La voz de Max envía un aviso afilado que perfora la neblina de mi cerebro. Doy un paso atrás, pestañeando. Intentando comprender qué estaba haciendo.

—El cajón estaba abierto, señor. Iba a cerrarlo. —La mentira me viene a la cabeza de forma automática. Con facilidad.

Me maravilla.

Max cierra el cajón de un empujón y me mira directamente a la cara con suspicacia. Yo parpadeo, correspondiéndole la mirada con despreocupación.

Me doy cuenta al instante de que está sosteniendo mis botas.

Me las lanza y las agarro. Me dan ganas de preguntarle si tiene una goma para el pelo —llevo el pelo demasiado largo, tengo un vago recuerdo de que estaba mucho más corto—, pero decido que vale más que no.

Me observa con detenimiento mientras me pongo las botas y, cuando vuelvo a estar de pie, me ordena que lo siga.

No me muevo.

—Señor, mi comandante me ha dado una orden directa de permanecer en esta habitación. Me quedaré aquí hasta que se me indique lo contrario.

—Te estoy indicando lo contrario. Te lo estoy ordenando.

—Con todo el debido respeto, señor, usted no es mi comandante.

Max resopla, la frustración le oscurece los rasgos, y levanta la muñeca a la boca.

—¿Lo has oído? Te dije que no me iba a hacer caso. —Una pausa—. Sí. Tendrás que venir a por ella tú mismo.

Otra pausa.

Max está escuchando a través de un pinganillo invisible, igual que el que le he visto usar a Anderson, un aparato que ahora me doy cuenta de que deben de llevar implantado en el cerebro.

—Ni en sueños —protesta Max con una ira tan repentina que me sobresalto. Niega con la cabeza—. No pienso tocarla.

Otro segundo de silencio y...

—Eso ya lo sé —dice tajante—. Pero es diferente cuando tiene los ojos abiertos. En su cara hay algo... No me gusta la manera como me mira.

Se me ralentiza el corazón.

La oscuridad me llena la visión, y vuelve a iluminarse. Oigo mi propio pulso, oigo cómo me entra el aire en los pulmones, cómo sale, oigo mi propia voz, alta..., muy alta...

En mi cara hay algo

Las palabras se alargan, se arrastran

enmi cara hayalgo en enmi cara enmiiiiis ojos había algo, la manera en la que la miré

Abro los ojos de golpe con un sobresalto. Respiro entrecortadamente, confundida, y apenas dispongo de unos instantes para reflexionar sobre lo que acaba de ocurrir en mi cabeza antes de que la puerta se abra de pronto de nuevo. Un rugido me llena los oídos: más sirenas, más gritos, más sonidos de movimiento urgente y caótico…

—Juliette Ferrars.

Hay un hombre delante de mí. Alto. Imponente. Con cabello negro, piel bronceada, ojos verdes. Sé, solo con mirarlo, que ostenta una gran cantidad de poder.

—Soy el comandante supremo Ibrahim.

Abro mucho los ojos.

Musa Ibrahim es el comandante supremo de Asia. Según se comenta, los comandantes supremos del Restablecimiento tienen el mismo nivel de autoridad, pero es ampliamente sabido que el comandante supremo Ibrahim es uno de los fundadores del movimiento y uno de los pocos comandantes supremos que ha ostentado esa posición desde el principio. Le tienen un respeto extremo.

De ahí que, cuando me dice: «Ven conmigo», yo respondo:

—Sí, señor.

❖ ❖ ❖

Lo sigo por la puerta hacia el caos, pero no tengo demasiado tiempo de asimilar el alboroto antes de que doblemos abruptamente una esquina y nos metamos en un pasillo oscuro. Sigo a Ibrahim por un camino estrecho en el que las luces se van haciendo cada vez más tenues a medida que avanzamos. Echo la vista atrás varias veces para ver si Max todavía está con nosotros, pero parece haberse ido en otra dirección.

—Por aquí —me indica Ibrahim con sequedad.

Doblamos una esquina más y, de pronto, el pasaje estrecho se abre hacia un área de aterrizaje descomunal bien iluminada. Hay una escalera industrial a mano izquierda y un ascensor de acero brillante enorme a la derecha. Ibrahim se dirige al ascensor y apoya la pala en la puerta lisa. Al cabo de unos segundos, el metal emite un tímido pitido y la puerta se desliza con un leve siseo.

Cuando estamos los dos dentro, Ibrahim se coloca a una buena distancia de mí. Espero que le dé la orden al ascensor —escaneo el interior en busca de botones o de algún tipo de monitor—, pero no hace nada. Un segundo después, sin previo aviso, el ascensor se mueve.

El viaje es tan suave que tardo un minuto en darme cuenta de que nos estamos moviendo hacia un costado, no arriba ni abajo. Miro a mi alrededor aprovechando la oportunidad para examinar más de cerca el interior y solo entonces reparo en los cantos redondeados. Creía que esta unidad era rectangular, pero parece ser circular. Me pregunto entonces si nos estamos moviendo como hacen las balas, a través de la tierra.

Miro a Ibrahim por el rabillo del ojo.

No dice nada. No me indica nada. No parece ni interesado ni perturbado por mi presencia, algo que para mí es una novedad. Se comporta con una seguridad que me recuerda mucho a Anderson, pero en Ibrahim hay algo distinto, algo más, que parece único. Con un vistazo rápido, ya te queda claro que se siente completamente seguro de sí mismo. No estoy convencida de que ni siquiera Anderson se sienta así consigo mismo. Siempre está evaluando y empujando, examinando y cuestionando. Ibrahim, por su lado, parece tranquilo. Imperturbable. Con una determinación innata.

Me pregunto cómo debe de ser sentirse así.

Y luego me inquieto por estar sopesando esas cosas.

Una vez que el ascensor se detiene, emite tres zumbidos cortos y penetrantes. Un instante después, las puertas se abren. Espero a que Ibrahim salga primero y lo sigo.

Cuando cruzo la puerta, el hedor me da la bienvenida. La calidad del aire es tan mala que ni siquiera puedo abrir los ojos del todo. Hay un olor punzante en el ambiente, algo con reminiscencias de azufre, y me adentro en una nube de humo tan espesa que los ojos me lloran de inmediato. No tardo en empezar a toser y me cubro la cara con el brazo mientras me abro paso por la habitación.

No sé cómo Ibrahim puede soportarlo.

Solo cuando he dejado atrás la nube el olor acre empieza a disiparse, pero para entonces le he perdido la pista a Ibrahim. Giro en derredor, intentando identificar mi entorno, pero no hay ninguna pista visual que me ayude. Este laboratorio no parece muy distinto a los demás que he visto. Una cantidad abundante de acero y cristal. Decenas de mesas de metal alargadas que ocupan la habitación, todas cubiertas con vasos de precipitado y tubos de ensayo y lo que parecen microscopios enormes. La diferencia primordial de aquí es que hay unos nichos gigantes de cristal empotrados en las paredes, cuyos semicírculos lisos y transparentes asemejan unas portillas más que otra cosa. Cuando me acerco, me doy cuenta de que son algún tipo de invernaderos. Cada uno contiene una vegetación extraordinaria que no había visto nunca. Las luces se encienden a medida que avanzo por el vasto espacio, pero la mayor parte sigue sumida en la oscuridad, y se me corta la respiración cuando choco contra una pared de cristal.

Retrocedo un paso, mis ojos ajustándose a la luz.

No es una pared.

Es un acuario.

Un acuario más grande que yo. Un acuario del tamaño de la pared. No es la primera pecera que veo en un laboratorio aquí, en Oceanía, y me empiezo a preguntar por qué hay tantas. Doy otro paso atrás, todavía intentando dotar de sentido lo que estoy viendo. Descontenta, me acerco otra vez. Hay una luz tenue azul en el tanque, pero de poco sirve para iluminar su gran dimensión. Alargo el cuello para mirar por encima, pero pierdo el equilibrio y me sujeto al cristal en el último momento. No es más que un esfuerzo fútil.

Tengo que encontrar a Ibrahim.

Justo cuando estoy a punto de alejarme, percibo algo que se mueve en el tanque. El agua tiembla dentro y empieza a revolverse.

Una mano golpea con fuerza el cristal.

Suelto un grito ahogado.

Lentamente, la mano se retira.

Me quedo ahí, congelada por el miedo y la fascinación, cuando alguien me aprieta el brazo.

Esta vez por poco grito.

—¿Dónde estabas? —me pregunta Ibrahim iracundo.

—Lo siento, señor —contesto de inmediato—. Me he perdido. El humo era tan espeso que...

—¿De qué estás hablando? ¿Qué humo?

Las palabras mueren en mi garganta. Creía haber visto humo. ¿No había humo? ¿Es otra prueba?

Ibrahim suspira.

—Ven conmigo.

—Sí, señor.

Esta vez, no despego los ojos de Ibrahim.

Y esta vez, cuando cruzamos el laboratorio a oscuras hasta llegar a una habitación circular tan iluminada que me deslumbra, sé que estoy en el lugar correcto. Porque algo va mal.

Alguien ha muerto.

KENJI

Cuando por fin llegamos a la instalación, estoy exhausto, sediento, y con una necesidad imperiosa de usar el baño. Warner no tiene nada de eso, por lo que se ve, porque está hecho de uranio, plutonio o de alguna mierda parecida, así que tengo que suplicarle que me deje tomarme una pausa breve. Y por suplicarle quiero decir que lo agarro por la parte de atrás de la camisa y lo obligo a frenar... Y luego básicamente me desplomo al lado de una pared. Warner se aparta de mí y el sonido de su exhalación irritada es lo único que necesito para saber que a mi «pausa» le queda menos de medio segundo de duración.

—No nos tomamos descansitos —me dice tajante—. Si no puedes mantener el ritmo, quédate aquí.

—A ver, que no te estoy pidiendo que nos detengamos. Ni siquiera te estoy pidiendo una pausa de verdad. Solo necesito un segundo para recuperar el aliento. Dos segundos. Quizá cinco segundos. No es ninguna locura. Y que me falte el aire no significa que no quiera a J. Significa que hemos corrido unos mil kilómetros. Significa que mis pulmones no están hechos de acero.

—Dos kilómetros —me corrige—. Hemos corrido dos kilómetros.

—Bajo el sol. Cuesta arriba. Tú vas con un puto traje. ¿No sudas o qué? ¿Cómo puede ser que no estés cansado?

—Si a estas alturas todavía no lo has entendido, está claro que no puedo enseñártelo.

Me impulso para ponerme otra vez de pie. Nos ponemos en marcha.

—No estoy seguro de querer saber a qué te refieres —le suelto, bajando la voz mientras con la mano voy en busca de mi pistola. Estamos doblando la esquina hacia la entrada, donde nuestro superplán conlleva esperar a que alguien abra la puerta y aprovechar para entrar antes de que se cierre.

Todavía no hemos tenido esa suerte.

—Eh —susurro.

—¿Qué? —Warner parece mosqueado.

—¿Cómo es que le acabaste proponiendo matrimonio?

Silencio.

—Venga ya, va. Me pica la curiosidad. Además, tengo que mear, así que si no me distraes en lo único en lo que voy a pensar es en lo mucho que tengo que mear.

—Mira, a veces desearía poder quitarme la parte del cerebro que almacena las cosas que me dices.

Lo ignoro.

—¿Cómo fue? ¿Cómo lo hiciste? —Alguien sale por la puerta y me tenso, preparado para saltar hacia delante, pero no hay suficiente tiempo. Mi cuerpo se relaja de nuevo contra la pared—. ¿Conseguiste el anillo como te dije?

—No.

—¿Qué? ¿Cómo que no? —Vacilo—. ¿Al menos encendiste una vela o algo? ¿Preparaste la cena?

—No.

—¿Le compraste unos bombones? ¿Te arrodillaste?

—No.

—¿No? ¿No hiciste ni una de esas cosas? ¿Ninguna? —Mis susurros se están convirtiendo en susurros a voces—. ¿No hiciste ni una sola de las cosas que te dije que hicieras?

—No.

—Hijo de puta.

—¿Qué más da? —me pregunta—. Me dijo que sí.

Suelto un quejido.

—Eres lo peor, ¿lo sabías? Lo peor. No la mereces.

Warner resopla.

—Pensaba que eso ya era obvio.

—Eh... No te atrevas a hacer que me sienta mal por...

Dejo la frase a medias cuando la puerta se abre de repente. Un pequeño grupo de doctores (¿científicos?, no lo sé) sale del edificio y Warner y yo nos ponemos de pie de un salto y en posición. Este grupo está formado por las personas suficientes —y tardan lo bastante en salir— como para que cuando agarro la puerta y la sostengo abierta durante unos segundos, no parezcan darse cuenta.

Estamos dentro.

Y solo llevamos dentro menos de un segundo cuando Warner me estrella contra la pared, dejándome sin aire.

—No te muevas —susurra—. Ni un milímetro.

—¿Por qué no? —resuello.

—Mira arriba —me indica—, pero solo con los ojos. No muevas la cabeza. ¿Ves las cámaras?

—No.

—Nos estaban esperando —asegura—. Han anticipado nuestros movimientos. Vuelve a mirar arriba, pero hazlo con cuidado. Esos pequeños puntos negros son cámaras. Sensores. Escáneres infrarrojos. Monitores térmicos. Están buscando inconsistencias en el metraje de seguridad.

—Mierda.

—Sí.

—Entonces, ¿qué hacemos?

—No estoy seguro.

—¿No estás seguro? —me escandalizo, intentando no perder los estribos—. ¿Cómo puedes no estar seguro?

—Estoy pensando —susurra, irritado—. Y no oigo que estés aportando ideas.

—Mira, yo lo único que sé es que tengo muchas muchas ganas de mea...

Me interrumpe el sonido distante de la cadena de un váter. Un instante después, una puerta se abre. Giro la cabeza un milímetro y me doy cuenta de que estamos junto al lavabo de caballeros.

Warner y yo aprovechamos el momento y detenemos la puerta antes de que se cierre. Una vez que entramos en el baño, nos arrimamos a la pared con las espaldas contra los fríos azulejos. Estoy intentando con todas mis fuerzas no pensar en todos los restos de orina que están tocando mi cuerpo cuando Warner exhala.

Es un sonido suave y breve, pero parece aliviado.

Supongo que eso significa que en este baño no hay escáneres ni cámaras, pero no puedo estar seguro, porque Warner no media palabra, y no hace falta ser un genio para saber por qué.

No sabemos a ciencia cierta si estamos solos.

No puedo ver si lo hace, pero estoy bastante seguro de que Warner está comprobando las cabinas ahora mismo. Al menos es lo que yo estoy haciendo. No es un baño enorme, estoy seguro de que hay muchos más, y está justo en la entrada/salida del edificio, así que en este instante no parece tener demasiado tráfico.

Cuando ambos estamos seguros de que no hay nadie, Warner dice:

—Vamos a subir a través del conducto de ventilación. Si de verdad necesitas usar el baño, hazlo ahora.

—Vale, pero ¿por qué te pones así por eso? ¿De verdad pretendes hacerme creer que tú nunca tienes que usar el baño? ¿Estás por encima de las necesidades fisiológicas humanas o qué?

Warner me ignora.

Oigo cómo se abre la puerta de la cabina y sus sonidos cuidadosos mientras trepa por los cubículos metales. En el techo hay un respiradero enorme justo encima de una de las cabinas, y observo al tiempo que sus manos invisibles se encargan en un santiamén de quitar la rejilla.

Me afano a usar el baño. Y luego me lavo las manos haciendo todo el ruido posible, por si acaso Warner siente la necesidad pueril de comentar algo sobre mi higiene.

Para mi sorpresa, no se da el caso.

Se limita a preguntarme:

—¿Estás listo? —Y sé por el sonido retumbante de su voz que ya está a medio camino del conducto de ventilación.

—Estoy listo. Avísame cuando estés dentro.

Más movimientos cuidadosos, y el metal repiquetea mientras entra.

—Ya. Asegúrate de recolocar la rejilla al subir.

—Descuida.

—Por cierto, espero que no seas claustrofóbico. Y si lo eres... Buena suerte.

Respiro hondo.

Suelto el aire.

Y comenzamos nuestro viaje a los infiernos.

~~ELLA~~
JULIETTE

Max, Anderson, una mujer rubia y un hombre negro alto se encuentran en el centro de la habitación, observando un cadáver, y solo levantan la vista cuando Ibrahim se acerca.

Los ojos de Anderson se clavan en mí al instante.

Noto que el corazón se me encoge. No sé cómo Max ha llegado aquí antes que nosotros y no sé si estoy a punto de recibir un castigo por haber obedecido al comandante supremo Ibrahim.

Mi mente va a mil por hora.

—¿Qué hace ella aquí? —pregunta Anderson, con expresión salvaje—. Le dije que se quedara en la habi…

—He desautorizado tus órdenes —intercede Ibrahim con frialdad— y le he dicho que me acompañara.

—Mi habitación es una de las localizaciones más seguras de esta ala —dice Anderson, conteniendo a duras penas la rabia—. Nos has puesto a todos en peligro al traerla.

—Nos están atacando —constata Ibrahim—. La has dejado sola, completamente expuesta…

—¡La he dejado con Max!

—Max, que siente demasiado pavor hacia su propia creación como para pasarse unos pocos minutos a solas con la chica. Te olvidas de que hay un motivo por el que nunca se le otorgó una posición militar.

Anderson le lanza a Max una mirada extraña y confundida. La confusión de su rostro hace que por algún motivo me sienta mejor. No tengo ni idea de qué está pasando. No tengo ni idea de a quién debo obedecer. No tengo ni idea de qué ha querido decir Ibrahim con «creación».

Max se limita a negar con la cabeza.

—Los hijos están aquí —dice Ibrahim cambiando de tema—. Están aquí, entre nosotros, pasando completamente desapercibidos. Van de habitación en habitación buscándola, y ya han matado a cuatro de nuestros científicos clave en el proceso. —Señala con la cabeza hacia el cadáver, un hombre de pelo canoso y mediana edad tumbado sobre un charco de sangre—. ¿Cómo ha ocurrido? ¿Cómo es que todavía no los han podido localizar?

—Las cámaras no han registrado nada —contesta Anderson—. Al menos no todavía.

—Entonces, me estás diciendo que esto... y los otros tres muertos que hemos encontrado hasta ahora... ¿ha sido obra de fantasmas?

—Deben de haber hallado la manera de engañar el sistema —tercia la mujer—. Es la única respuesta plausible.

—Sí, Tatiana, hasta ahí he llegado... Pero la pregunta es cómo. —Ibrahim se pellizca el puente de la nariz con el índice y el pulgar. Y está claro que se dirige a Anderson al proseguir—: Todas las preparaciones que decías que habías hecho para prevenir un posible ataque... ¿han sido para nada?

—¿Y qué esperabas? —Anderson ya no está intentando refrenar la cólera—. Son nuestros hijos. Los criamos para esto. Estaría decepcionado si fueran lo bastante estúpidos como para caer en nuestras trampas nada más llegar.

¿Nuestros hijos?

—¡Basta! —grita Ibrahim—. Basta ya. Tenemos que iniciar la transferencia ahora.

—Ya te he dicho que no podemos —interviene Max con urgencia—. Todavía no. Necesitamos más tiempo. Emmaline aún tiene que caer por debajo del diez por ciento de viabilidad para que el procedimiento transcurra sin incidentes, ahora mismo está al doce por ciento. Faltan unos pocos días, quizá un par de semanas, y deberíamos ser capaces de avanzar. Pero cualquier cosa por encima del diez por ciento de viabilidad significa que existe la posibilidad de que todavía sea lo bastante fuerte como para resistir...

—Me importa una mierda —salta Ibrahim—. Ya hemos esperado demasiado. Y ya hemos gastado bastante dinero y tiempo intentando mantenerla tanto a ella como a su hermana vivas a nuestro cargo. No podemos arriesgarnos a cometer otro fallo.

—Pero empezar la transferencia al doce por ciento de viabilidad tiene un treinta y ocho por ciento de posibilidades de fracaso —dice Max hablando a toda velocidad—. Podríamos estarnos exponiendo a un riesgo fatal...

—En ese caso, encuentra más formas para reducir la viabilidad —le espeta Ibrahim.

—Estamos al límite de lo que podemos hacer en estos momentos. Todavía es demasiado fuerte... Se resiste a nuestros esfuerzos...

—Ese es otro motivo para deshacernos de ella cuanto antes —dice Ibrahim, interrumpiéndolo de nuevo—. Estamos empleando una cantidad ingente de recursos para mantener a los demás niños aislados de sus avances, cuando solo Dios sabe qué daños habrá ocasionado. Ha estado entrometiéndose en todos lados, causando un desastre innecesario. Necesitamos a un nuevo huésped. A uno sano. Y lo necesitamos ya.

—Ibrahim, no seas imprudente —le advierte Anderson, intentando adoptar un tono calmado—. Podría ser un grave error. Juliette es una soldado perfecta, lo ha demostrado con creces, y ahora mismo nos podría ser de gran ayuda. En vez de encerrarla, deberíamos enviarla. Encargarle una misión.

—Me niego.

—Ibrahim, tiene razón —comenta el hombre negro alto—. Los niños no se esperarán toparse con ella. Sería el mejor señuelo.

—¿Lo ves? Azi está conmigo.

—Yo no. —Tatiana niega con la cabeza—. Es demasiado peligroso. Demasiadas cosas podrían salir mal.

—¿Qué podría salir mal? —pregunta Anderson—. Es más poderosa que cualquiera de ellos y me obedece por completo. A todos. Al movimiento. Sabéis tan bien como yo que ha demostrado su lealtad en reiteradas ocasiones. Sería capaz de capturarlos en cuestión de minutos. Todo esto podría terminar en menos de una hora y podríamos seguir con nuestras vidas. —Anderson clava los ojos en los míos—. No te importaría darles caza a unos pocos rebeldes, ¿verdad, Juliette?

—Sería un honor, señor.

—¿Lo veis? —Anderson hace un gesto hacia mí.

Una alarma empieza a aullar, un sonido estruendoso y doloroso. Sigo paralizada, tan abrumada y confundida por este aluvión vertiginoso de información que ni siquiera sé qué hacer conmigo misma. Pero, de pronto, los comandantes supremos parecen aterrorizados.

—Azi, ¿dónde está Santiago? —le pregunta Tatiana, desesperada—. Eres el último que ha estado con él, ¿verdad? Que alguien se ponga en contacto con Santiago…

—Ha caído —constata Azi, dándose unos golpecitos en la sien—. No responde.

—Max —lo llama Anderson, pero él ya está corriendo hacia la puerta, con Azi y Tatiana pisándole los talones.

—Ve a buscar a tu hijo —le ordena Ibrahim a Anderson.

—¿Por qué no vas tú a por tu hija? —replica Anderson.

Ibrahim entorna los ojos.

—Me llevo a la chica —afirma en voz baja—. Voy a terminar este trabajo, y lo haré solo si hace falta.

Anderson pasa la vista de mí a Ibrahim.

—Estás cometiendo un error. Por fin se ha convertido en nuestra herramienta. No dejes que el orgullo te impida ver la respuesta que tenemos justo enfrente. Juliette debería ser la que persiguiera a los niños ahora mismo. El hecho de que no se esperen que ella pueda ser su agresora los convierte en objetivos fáciles. Es la solución más obvia.

—¡Has perdido la cabeza! —grita Ibrahim—. No te creas que soy lo bastante necio como para asumir un riesgo así. No la voy a entregar a sus amigos como si fuera un idiota.

¿Amigos?

¿Tengo amigos?

—Hola, princesa —me susurra alguien al oído.

KENJI

Warner casi me arrea un bofetón.

Tira de mí hacia atrás, agarrándome sin miramientos por el hombro, y nos arrastra a los dos por el deslumbrante laboratorio, que da mucha grima.

Cuando nos hemos alejado lo suficiente de Anderson, Ibrahim y J-Robot, espero que Warner diga algo, lo que sea.

Pero se queda callado.

Los dos observamos cómo la conversación distante va subiendo de tono, aunque desde aquí no podemos discernir las palabras exactas. Sin embargo, creo que, aunque pudiéramos oír lo que están diciendo, Warner no les prestaría atención. Su cuerpo parece haberse rendido. Ni siquiera puedo verlo ahora, pero puedo notarlo. Advierto algo en sus movimientos, en sus suspiros leves.

Su mente está en Juliette.

Juliette, que está igual. De hecho, mejor. Tiene buen aspecto, con los ojos centelleantes y la piel brillante. Lleva el pelo suelto —largo, espeso, oscuro—, igual que lo tenía la primera vez que la vi.

Pero no es la misma. Incluso yo soy capaz de verlo.

Y resulta devastador.

Supongo que es mejor que si hubiese tomado el lugar de Emmaline, pero esta versión extraña, robótica y supersoldado de J. también es profundamente preocupante.

Creo.

Sigo esperando que Warner rompa por fin el silencio, que me dé alguna indicación de sus sentimientos o sus teorías sobre el asunto —y tal vez, ya que se pone, que me dé su opinión profesional sobre qué demonios deberíamos hacer ahora—, pero los segundos siguen transcurriendo en un perfecto silencio.

Al final me rindo.

—Está bien, suéltalo —susurro—. Dime en qué estás pensando.

Warner emite una larga exhalación.

—Esto no tiene ningún sentido.

Asiento, aunque no puede verme.

—Ya lo sé. Nada tiene sentido en situaciones como esta. Siempre siento que es injusto, ¿sabes?, como si el mund...

—No es que me esté poniendo filosófico —me interrumpe Warner—. Quiero decir que no tiene sentido literalmente. Nouria y Sam dijeron que la operación síntesis transformaría a Ella en una supersoldado... y que, cuando se iniciara el programa, el resultado sería irreversible.

»Pero esto no es la operación síntesis —continúa—. La operación síntesis se basa literalmente en sintetizar los poderes de Ella y de Emmaline, y ahora mismo no hay...

—Síntesis —resumo—. Lo capto.

—Esto no está bien. Han hecho las cosas en el orden incorrecto.

—Quizá se pusieron nerviosos porque el intento de Evie de borrar la mente de J. no funcionó. Quizá necesitaban hallar la manera de corregir ese error, y rápido. Quiero decir que es mucho más fácil tenerla cautiva si es dócil, ¿no? Y leal a sus intereses. Es más fácil que mantenerla recluida en una celda. Vigilarla constantemente. Monitorizar cada uno de sus movimientos. Siempre preocupados por si va a transformar el papel higiénico en un pincho y escapará. Sinceramente —me encojo de hombros—, a mí me parece que les da pereza y ya está. Creo que están hartos de que J. siempre se escape y se resista. Este es el camino que ofrece menos resistencia.

—Sí —conviene Warner—. Exacto.

—Espera… ¿Exacto qué?

—Sea lo que sea lo que le hayan hecho, al iniciar prematuramente la fase, lo han hecho con prisas. Ha sido un parche.

Se me enciende una bombilla en la cabeza.

—Y eso significa que ha sido una chapuza.

—Y si es una chapuza…

—… debe de tener fallos, claro.

—Deja de terminar mis frases —me espeta, molesto.

—Deja de ser tan predecible.

—Deja de comportarte como un niño.

—Deja de comportarte tú como un niño.

—Esto es absur…

De repente, Warner se queda callado cuando la voz temblorosa y enfadada de Ibrahim retruena por todo el laboratorio.

—He dicho que te quites de en medio.

—No puedo permitir que lo hagas —dice Anderson subiendo el tono de voz—. ¿Acaso no has oído la alarma? Santiago ha caído. Se han encargado de otro comandante supremo. ¿Cuánto rato más vamos a permitir que siga esto?

—Juliette —la llama Ibrahim de pronto—. Te vienes conmigo.

—Sí, señor.

—Juliette, detente —ordena Anderson.

—Sí, señor.

¿Qué diantres está ocurriendo?

Warner y yo corremos como un rayo hacia delante para ver mejor, pero no importa lo cerca que estemos; sigo sin poder creer lo que veo.

La escena es surrealista.

Anderson está protegiendo a Juliette. El mismo Anderson que ha empleado tanta energía en intentar matarla está ahora delante de ella con los brazos extendidos, protegiéndola con su vida.

¿Qué diantres ha ocurrido en el tiempo que ha estado aquí? ¿Se habrá hecho Anderson con un cerebro nuevo? ¿Con un corazón nuevo? ¿Con un parásito?

Y sé que no estoy yo solo en la confusión al oír musitar a Warner: «¿Qué demonios pasa?».

—Deja de comportarte como un necio —dice Anderson—. Te estás aprovechando de una tragedia para tomar una decisión no autorizada, cuando sabes tan bien como yo que tiene que haber consenso en algo así de importante antes de dar un paso adelante. Solo te estoy pidiendo que esperes, Ibrahim. Que esperes a que vuelvan los demás y lo sometamos a una votación. Dejemos que decida el consejo.

Ibrahim apunta a Anderson con una pistola.

Ibrahim apunta a Anderson con una pistola.

Por poco pierdo la cabeza. Grito tan fuerte que casi hago que nos descubran.

—Apártate, Paris —le ordena—. Ya has arruinado la misión. Te he dado decenas de oportunidades para hacerlo bien. Me diste tu palabra de que interceptaríamos a los niños antes de que tuvieran la ocasión de poner un pie en el edificio, y mira lo que ha pasado. Me has prometido, nos has prometido a todos nosotros, una y otra vez que lo solucionarías, y en lugar de eso lo único que ocurre es que nos cuesta nuestro tiempo, nuestro dinero, nuestro poder, nuestras vidas. Todo.

»Me toca a mí poner las cosas a sitio —prosigue Ibrahim, y la rabia hace que le tiemble la voz. Niega con la cabeza—. No lo entiendes, ¿verdad? No entiendes lo mucho que nos ha costado la muerte de Evie. No entiendes cuánta parte de nuestro éxito se construyó gracias a su genialidad, gracias a sus avances tecnológicos. No entiendes que Max jamás será lo que fue Evie, que él nunca podrá ocupar su lugar. Y, al parecer, tampoco entiendes que ella ya no está aquí para perdonar tus constantes errores.

»No. Ahora me toca a mí. Me toca a mí arreglar las cosas, porque soy el único que no ha perdido la cordura. Soy el único que comprende la enormidad de lo que tenemos por delante. Soy el único que ve lo cerca que estamos de una destrucción completa y devastadora. Estoy decidido a hacer las cosas bien, Paris, aunque signifique quitarte de en medio durante el proceso. Así que apártate.

—Hazle caso a la razón —dice Anderson con ojos recelosos—. No puedo apartarme sin más. Quiero que nuestro movimiento..., que todo lo que nos ha costado muchos esfuerzos construir..., yo también quiero que sea un éxito. Seguro que te has dado cuenta. Debes de haberte dado cuenta de que no me he rendido para nada; debes saber que mi lealtad está contigo, con el consejo, con el Restablecimiento. Pero también debes saber que ella vale demasiado. No puedo permitir que esto desaparezca tan fácilmente. Hemos llegado demasiado lejos. Todos hemos tenido que hacer demasiados sacrificios como para arruinarlo ahora.

—No me obligues a hacerlo, Paris.

J. da un paso al frente, a punto de decir algo, y Anderson arrima su cuerpo al de ella para protegerla.

—Te he ordenado que te quedaras callada —dice, mirando hacia atrás—. Y ahora te ordeno que permanezcas a salvo, a toda costa. ¿Me oyes, Juliette? ¿Me o...?

Cuando el disparo retruena, no puedo creerlo.

Creo que mi mente me está jugando una mala pasada. Creo que me encuentro ante algún tipo de interludio estrafalario —un sueño extraño, un momento de confusión—, y espero a que la escena cambie. Se despeje. Se reinicie.

Pero no.

Nadie creía que iba a ocurrir así. Nadie pensó que los comandantes supremos se destruirían entre ellos. Nadie pensó que veríamos a Anderson derrocado por uno de los suyos, nadie pensó que se aferraría el pecho sangrante y usaría su último aliento para decir:

—Corre, Juliette. Huye...

Ibrahim vuelve a disparar, y esta vez Anderson se queda callado.

—Juliette —la llama Ibrahim—, te vienes conmigo.

J. no se mueve.

Está paralizada en el sitio, mirando fijamente la silueta inmóvil de Anderson. Es muy raro. Sigo esperando que se levante. Sigo esperando que sus poderes curativos se activen. Sigo esperando ese molesto momento en el que vuelva a la vida, tapándose la herida con un pañuelo...

Pero no se mueve.

—Juliette —repite Ibrahim con aspereza—. Ahora responderás ante mí. Y te estoy ordenando que me sigas.

J. levanta la vista hacia él. Su rostro no muestra expresión alguna. Tiene los ojos en blanco.

—Sí, señor.

En ese momento, lo sé.

En ese momento, sé exactamente lo que va a ocurrir a continuación. Puedo sentirlo, puedo sentir una extraña electricidad en el aire antes de que haga su movimiento. Antes de que tire por la borda nuestra protección.

Warner desactiva la invisibilidad.

Se queda de pie, inmóvil, durante unos instantes, el tiempo suficiente como para que Ibrahim se dé cuenta de su presencia, grite y vaya en busca de la pistola. Pero no es lo bastante rápido.

Warner está a tres metros de Ibrahim cuando este se queda inerte de repente, cuando se ahoga y la pistola le resbala de la mano, cuando los ojos casi le salen de las órbitas. Una fina línea roja aparece en medio de la frente de Ibrahim, un reguero de sangre espeluznante que antecede al repentino sonido de su cráneo abriéndose por la mitad. Es el sonido de la carne que se desgarra, un sonido inocuo que me recuerda al hecho de partir en dos una naranja. Y a los pocos segundos las rodillas de Ibrahim golpean el suelo. Cae sin gracia, su cuerpo desmoronándose sobre sí mismo.

Sé que está muerto porque veo el contenido de su cráneo. Veo coágulos de materia gris que se desparraman por el suelo.

Pienso que es precisamente lo que es capaz de hacer J., y que me pone el vello de punta.

Es lo que siempre ha sido capaz de hacer, solo que ha sido demasiado buena persona como para hacerlo.

Warner, por otro lado...

Ni siquiera parece afectarle el hecho de que acabe de abrirle el cráneo a un hombre. Parece no importarle en absoluto la masa cerebral que gotea sobre el suelo. No, solo tiene ojos para J., que le devuelve la mirada, confundida. Pasa la vista del cuerpo inerte de Ibrahim al de Anderson y arroja los brazos hacia delante con un grito repentino y desesperado...

Y no ocurre nada.

La J. robótica no tiene ni idea de que Warner puede absorber sus poderes.

Warner da un paso hacia ella y J. entorna los ojos antes de hundir el puño en el suelo. La habitación empieza a temblar. El suelo se empieza a fisurar. Los dientes me castañetean con tanta fuerza que pierdo el equilibrio, me estampo contra una pared y sin querer desactivo la invisibilidad. Cuando Juliette me ve, grita.

Me aparto de un salto, me abalanzo hacia delante y me escondo bajo una mesa. El cristal se estrella contra el suelo, las esquirlas salen volando por todas partes.

Oigo que alguien gruñe.

Me asomo por entre las patas de la mesa justo a tiempo de ver cómo Anderson empieza a moverse. Esta vez, suelto un jadeo.

El mundo entero parece detenerse.

Anderson se pone en pie entre trompicones. No parece que se encuentre bien. Está blanco, pálido..., un amago de su antiguo yo. Algo va mal con su poder curativo, porque está solo medio vivo, la sangre le mana de dos heridas del torso. Se bambolea mientras se levanta, tosiendo sangre. Su piel se vuelve gris. Usa la manga para limpiarse la sangre de la boca.

J. sale corriendo hacia él, pero Anderson levanta la mano en su dirección y ella se detiene. Su rostro ceniciento adopta una expresión de sorpresa cuando clava la vista en el cadáver de Ibrahim.

Se ríe. Tose. Se seca más sangre.

—¿Tú has hecho esto? —pregunta con los ojos fijos en su hijo—. Me has hecho un favor.

—¿Qué le has hecho? —exige saber Warner.

Anderson sonríe.

—¿Qué te parece si te lo enseño? —Mira a J.—. ¿Juliette?

—Sí, señor.

—Mátalos.

—Sí, señor.

J. avanza justo cuando Anderson saca algo del bolsillo y apunta la luz azul penetrante en dirección a Warner. Esta vez, cuando J. levanta los brazos, Warner sale despedido y se estampa con fuerza contra la pared de piedra.

Cae al suelo con un jadeo, sin aire en los pulmones, y yo aprovecho el momento para abalanzarme hacia él y activar mi invisibilidad sobre los dos.

Me aparta de un empujón.

—Venga ya, que tenemos que irnos de aquí... No es una pelea justa...

—Vete tú —replica, aferrándose el costado—. Ve a buscar a Nazeera y a los demás. Yo estaré bien.

—No vas a estar bien —siseo—. Te matará.

—No me importaría.

—No digas tonterías...

La mesa de metal, que es la única que nos provee de algo de resguardo, sale volando para estrellarse contra la pared contraria. Le echo un último vistazo a Warner y tomo una decisión en el último segundo.

Me arrojo a la batalla.

Sé que solo dispongo de un segundo antes de que mi materia gris se una a la de Ibrahim en el suelo, así que lo aprovecho al máximo. Saco la pistola de la cartuchera y disparo tres, cuatro veces.

Cinco.

Seis.

Lleno de plomo el cuerpo de Anderson hasta que retrocede por los impactos, hundiéndose en el suelo con una tos seca y sangrienta. J. se dirige hacia mí, pero desaparezco, corro para cubrirme detrás de una mesa y, cuando el arma que sostiene Anderson en la mano cae al suelo con un tintineo, también le disparo. El arma se agrieta y estalla en llamas antes de explotar del todo.

J. suelta un grito y se cae de rodillas a su lado.

—Mátalos —dice Anderson entrecortadamente, con la sangre manchándole la comisura de los labios—. Mátalos a todos. Mata a cualquiera que se interponga en tu camino.

—Sí, señor —contesta Juliette.

Anderson tose. Más sangre emana de sus heridas.

J. se pone en pie y se da la vuelta, barriendo la habitación con la mirada para buscarnos, pero yo ya estoy apresurándome hacia Warner y proyectando mi invisibilidad sobre los dos. Warner parece estar un poco aturdido, pero por obra de algún milagro está indemne.

Intento ayudarlo a ponerse en pie y por primera vez no me empuja el brazo. Oigo cómo inhala. Cómo exhala.

Bueno, quizá sí está un poco herido.

Espero que haga algo, que diga algo, pero se limita a quedarse ahí, mirando a J. Y entonces...

Se quita la invisibilidad.

Por poco grito.

J. da un salto cuando lo ve e inmediatamente arremete contra él. Agarra una mesa y nos la lanza.

Nos agachamos para esquivarla con tanto ímpetu que estoy a punto de romperme la nariz contra el suelo. Todavía puedo oír el estruendo de cosas que se rompen a nuestro alrededor cuando digo:

—¿En qué cojones estabas pensando? ¡Acabas de arruinar la única oportunidad que teníamos de salir de aquí!

Warner se remueve, el cristal cruje bajo su peso. Respira con dificultad.

—Lo que te he dicho iba en serio, Kishimoto. Deberías irte. Busca a Nazeera. Pero aquí es donde debo estar.

—¿Quieres decir que te deben matar ahora mismo? ¿Ese es el sitio en el que debes estar? ¿En la muerte? Pero ¿tú te estás oyendo?

—Algo va mal —dice Warner arrastrando los pies para ponerse en pie—. Su mente está atrapada, atrapada dentro de algo. De un programa. De un virus. Sea lo que sea, necesita ayuda.

J. grita invocando otro terremoto que hace que la habitación se sacuda. Me estrello contra una mesa y trastabillo hacia atrás. Un dolor agudo me perfora el estómago y contengo la respiración. Maldigo.

Warner apoya un brazo en la pared para no perder el equilibrio. Veo que está a punto de avanzar directamente hacia la pelea, pero lo agarro del brazo y tiro de él.

—No te estoy diciendo que la dejemos aquí, ¿vale? Te estoy diciendo que tiene que haber otra manera. Debemos salir de aquí y reagruparnos. Idear un plan mejor.

—No.

—A ver, creo que no me estás entendiendo. —Echo una mirada a J., que se acerca lentamente, con los ojos ardientes y el suelo resquebrajándose a sus pies—. Te va a matar.

—En ese caso, moriré.

Y ya está.

Esas son las últimas palabras de Warner antes de marcharse.

Va al encuentro de J. en el centro de la habitación y ella no vacila antes de lanzarle un violento puñetazo a la cara.

Él lo bloquea.

Ella vuelve a golpear. Él lo bloquea. Ella le da una patada. Él la esquiva.

Warner no está contraatacando.

Solo la iguala, movimiento a movimiento, encajando sus golpes, anticipando su pensamiento. Me recuerda a la pelea contra Anderson en el Santuario, cuando en ningún momento atacó a su padre, solo se defendió. En aquel momento, era obvio que solo estaba intentando enfurecer a su padre.

Pero esto...

Esto es distinto. Está claro que no lo está disfrutando. No está intentando enfurecerla, y no se está intentando defender. Está peleando contra ella por ella. Para protegerla.

Para salvarla en cierto modo.

Y no tengo ni idea de si esto va a funcionar.

J. aprieta los puños y grita. Las paredes tiemblan, el suelo sigue abriéndose. Trastabillo y me aferro a una mesa.

Y aquí estoy yo como un idiota, devanándome los sesos para intentar descubrir qué hacer, cómo ayudar...

—La madre que me parió —exclama Nazeera—. ¿Qué demonios está pasando?

El alivio me azota rápido y caliente. Tengo que resistir el impulso de rodear su cuerpo invisible con los brazos, de tirar de ella hacia mi pecho y no permitir que se vuelva a marchar.

Sin embargo, finjo un poco de desapego.

—¿Cómo has llegado aquí? —le pregunto—. ¿Cómo nos has encontrado?

—Estaba hackeando los sistemas, ¿recuerdas? Os he visto por las cámaras. No se puede decir que estuvierais siendo precisamente sigilosos.

—Sí, ya. Tienes razón.

—Por cierto, traigo noticias. He encontrad... —Se queda a media frase de golpe, sus palabras desvaneciéndose en la nada. Y luego, tras un segundo, dice en voz baja—: ¿Quién ha matado a mi padre?

El estómago se me convierte en piedra.

Respiro hondo antes de responder.

—Warner.

—Ah.

—¿Estás bien?

Oigo cómo exhala.

—No lo sé.

J. vuelve a gritar y levanto la vista.

Está furiosa.

Sé, incluso desde lejos, que está frustrada. No puede usar sus poderes directamente sobre Warner, y él es un contrincante demasiado bueno como para que lo derrote sin disponer de ventaja. Ha optado por arrojarle objetos grandes y pesados. Lo que sea que tenga a mano. Cualquier tipo de equipamiento médico. Fragmentos de pared.

La cosa no pinta bien.

—No ha habido manera de que se vaya —le digo a Nazeera—. Se ha querido quedar. Cree que puede ayudarla.

—Deberíamos dejar que lo intente. —La oigo suspirar—. Mientras tanto, me vendría bien tu ayuda.

Me doy la vuelta, en un acto reflejo, para mirarla; he olvidado momentáneamente que es invisible.

—¿Ayudarte con qué? —le pregunto.

—He encontrado a los demás niños —me indica—. Por eso he estado ocupada tanto rato. Conseguiros el pase de seguridad ha sido más fácil de lo que pensaba. Así que he empleado el tiempo indagando en profundidad en las cámaras y he descubierto dónde están escondiendo a los demás hijos de los comandantes supremos. Pero tiene mala pinta y me vendría bien algo de ayuda.

Levanto la vista para atisbar por última vez a Warner.

A J.

Pero ya no están.

~~ELLA~~
JULIETTE

Corre, Juliette

corre

más rápido, corre hasta que se te rompan los huesos y se te partan las piernas y se te atrofien los músculos

Corre corre corre

hasta que no puedas oír sus pasos detrás de ti

Corre hasta caer muerta.

Asegúrate de que tu corazón se detiene antes de que te alcancen. Antes de que puedan tocarte.

Corre, dije.

Las palabras aparecen, de improviso, en mi mente. No sé de dónde vienen y no sé por qué las conozco, pero me las digo a mí misma mientras avanzo, golpeando el suelo con las botas, mi cabeza hecha una maraña de caos. No entiendo qué acaba de ocurrir. No entiendo qué me está pasando. Ya no entiendo nada.

El chico está cerca.

Se mueve con más velocidad de la que había previsto, y me sorprende. No esperaba que fuera capaz de encajar mis golpes. No esperaba que pudiera enfrentarse a mí con tanta facilidad. Mayormente, me ha dejado pasmada que de alguna manera sea inmune a mi poder. Ni siquiera sabía que fuera posible.

No lo entiendo.

Me estoy devanando los sesos, intentando desesperadamente comprender cómo ha podido ocurrir una cosa así —y si yo he podido ser la responsable de tal anomalía—, pero nada tiene sentido. Ni su presencia. Ni su actitud. Ni siquiera la manera como pelea.

Que viene a ser que no pelea.

Ni siquiera quiere pelear. Parece no tener ningún tipo de interés en atacarme, a pesar de las múltiples pruebas que dan fe de que estamos empatados. Solo me esquiva, haciendo solo el esfuerzo más básico para protegerse, y aun así todavía no he logrado matarlo.

Hay algo raro en él. Algo que me está sacando de quicio, que me perturba.

Pero ha salido disparado cuando le he lanzado otra mesa y no ha parado de correr desde entonces.

Me parece que es una trampa.

Lo sé, pero no obstante me siento impulsada a seguirlo. A encararme a él. A destruirlo.

Lo localizo de repente en la otra punta del laboratorio y me mira a los ojos con una indiferencia que me encoleriza. Arremeto contra él, pero se mueve con rapidez y desaparece por una puerta adyacente.

Es una trampa, me recuerdo.

Una vez más, no estoy segura de que tenga ningún tipo de importancia que sea una trampa. Me han ordenado que lo encuentre. Que lo mate. Solo tengo que ser mejor. Más lista.

Así que lo sigo.

Desde que me he topado con este chico, desde el primer momento que hemos empezado a intercambiar golpes, he ignorado las sensaciones hormigueantes que me recorren el cuerpo. He intentado hacer caso omiso a mi repentina piel febril y al temblor de mis manos. Pero cuando una nueva oleada de náuseas hace que me tambalee, ya no puedo negar más mi miedo:

Algo no anda bien en mí.

Atisbo otro mechón de su pelo dorado y mi visión se enturbia, se despeja, el corazón se me frena. Durante unos instantes, mis músculos parecen tener convulsiones. Hay un terror insidioso y trémulo que me aferra los pulmones con el puño, y no lo comprendo. Mantengo la esperanza de que esta sensación cambie. De que se aclare. Y de que desaparezca. Pero a medida que van transcurriendo los minutos y los síntomas no hacen amago alguno de menguar, empiezo a entrar en pánico.

No estoy cansada, no. Mi cuerpo es demasiado fuerte. Puedo sentirlo —puedo notar mis músculos, su fuerza, su firmeza— y sé que podría seguir batallando durante horas. Días. No me preocupa rendirme, no me preocupa derrumbarme.

Me preocupa mi cabeza. Mi confusión. La incertidumbre que se filtra hacia mi interior y se extiende como un veneno.

Ibrahim está muerto.

A Anderson no le queda demasiado.

¿Se recuperará? ¿Morirá? ¿Quién seré yo sin él? ¿Qué es lo que quería hacer conmigo Ibrahim? ¿De qué me estaba intentando proteger Anderson? ¿Quiénes son estos niños a los que debo matar? ¿Por qué Ibrahim se refirió a ellos como amigos míos?

Mis preguntas son interminables.

Las aniquilo.

Aparto a un lado una sucesión de escritorios de acero y vislumbro al chico doblando una esquina a toda prisa. La rabia se abre paso en mi interior, mandándome una descarga de adrenalina al cerebro, y empiezo a correr de nuevo, con una determinación renovada que me ayuda a enfocar la mente. Avanzo por la habitación poco iluminada, abriéndome paso por un mar infinito de parafernalia médica. Cuando me detengo, el silencio se aposenta.

Un silencio tan puro que resulta ensordecedor.

Miro a mi alrededor, buscando. El chico ha desaparecido. Pestañeo, confundida, barriendo la habitación con la mirada mientras se me acelera el pulso con un miedo creciente. Los segundos pasan, se congregan en momentos que me parecen minutos, horas.

Es una trampa.

El laboratorio, débilmente iluminado, está sumido en un silencio tan completo que a medida que se alarga empiezo a preguntarme si no estaré atrapada en un sueño. De repente, me siento paranoica, insegura. Quizá ese chico ha sido un producto de mi imaginación. Quizá todo esto no es más que alguna extraña pesadilla y quizá me despertaré pronto y Anderson estará de vuelta en su despacho, e Ibrahim volverá a ser un hombre al que no he conocido jamás y mañana me despertaré en mi receptáculo al lado del agua.

A lo mejor todo esto es otra prueba, pienso.

Una simulación.

Quizá Anderson está poniendo a prueba mi lealtad una última vez. Quizá mi tarea sea quedarme quieta, mantenerme a salvo como me ha pedido que haga y destruir a cualquiera que me entorpezca el camino. O quizá…

Basta.

Noto un movimiento.

Un movimiento tan sutil que es casi imperceptible. Un movimiento tan grácil que podría haber sido una brisa, si no fuera por una cosa:

Oigo un latido.

Alguien está aquí, alguien inmóvil, alguien astuto. Me yergo con los sentidos aguzados y el corazón martilleándome en el pecho.

Alguien está aquí alguien está aquí…

¿Dónde?

Allí.

Aparece, como salido de un sueño, delante de mí como si fuera una estatua, quieto como el acero templado. Me mira con ojos verdes, del color del vidrio marino, del color del celadón.

No he tenido ocasión de mirarlo como Dios manda.

No así.

Se me acelera el corazón mientras lo examino: camiseta blanca, chaqueta verde, cabello dorado. Piel como porcelana fina. No se encoge ni se agita y, durante unos instantes, estoy segura de que tenía razón, de que es probable que no sea más que un espejismo. Un programa.

Otro holograma.

Alargo una mano, cautelosa, y con la punta de los dedos le acaricio la piel del cuello. Se le entrecorta la respiración.

Es real, entonces.

Le coloco la palma en el pecho, solo para asegurarme, y noto su corazón desbocado. Palpita rápido, muy rápido.

Levanto la vista, sorprendida.

Está nervioso.

Otra respiración entrecortada se le escapa, y esta vez la acompaña con una pizca de control. Da un paso atrás, niega con la cabeza y se queda mirando al techo.

No está nervioso.

Está desconsolado.

Debería matarlo ahora, pienso. *Mátalo ahora.*

Unas náuseas me sobrevienen con tanto vigor que por poco me mareo. Doy unos pocos pasos inestables hacia atrás, agarrándome a una mesa de acero. Me aferro con los dedos al borde frío de metal y me sujeto, con los dientes apretados, azuzando a mi mente a que se despeje.

El calor me inunda el cuerpo.

Un calor, un calor tortuoso, me presiona los pulmones y me llena la sangre. Mis labios se separan. Me siento seca. Levanto la vista, y está justo enfrente de mí y no hago nada. No hago nada mientras veo cómo se mueve su cuello.

No hago nada mientras mis ojos lo devoran.

Me noto desvaída.

Examino la línea definida de su mandíbula, la ligera cuesta donde su cuello se encuentra con su hombro. Sus labios se me antojan suaves. Sus pómulos altos, la nariz aguileña, las cejas espesas, doradas. Está hecho con delicadeza. Manos preciosas y fuertes. Uñas cortas y limpias. Reparo en un anillo de jade que lleva en el dedo meñique.

Suspira.

Se quita la chaqueta y la coloca con cuidado sobre el respaldo de una silla cercana. Debajo solo lleva puesta una simple camiseta blanca, los contornos esculpidos de sus brazos desnudos atraen la atención de la luz tenue. Se mueve lentamente, con gestos tranquilos. Cuando empieza a caminar de un lado a otro, lo observo, estudio su forma. No me sorprende descubrir que se mueve con gracia. Me fascina él, su cuerpo, sus pasos medidos, los músculos forjados bajo su piel. Parece que tenga mi edad, quizá me lleve unos años, pero en la manera como me mira hay algo que le hace parecer mayor que nuestras edades sumadas.

Sea lo que sea, me gusta.

Me pregunto qué se supone que tengo que hacer con esto, con todo esto. ¿De verdad es una prueba? De ser así, ¿por qué habrían enviado a alguien como él? ¿Por qué un rostro tan refinado? ¿Por qué un cuerpo tan perfectamente formado?

¿Se suponía que tenía que disfrutarlo?

Un sentimiento extraño y delirante se remueve en mi interior al pensarlo. Algo ancestral. Algo maravilloso. Casi me da hasta pena, pienso, tener que matarlo. Y es el calor, la opacidad, la insensibilidad inexplicable de mi mente lo que me empuja a decir...

—¿Dónde te han elaborado?

Él se sobresalta. No me pensaba que se sobresaltaría. Pero cuando se gira para mirarme parece confundido.

—Tu atractivo es atípico —me explico.

Pone unos ojos como platos.

Sus labios se separan, se aprietan y tiemblan hasta formar una curva que me sorprende a mí. Y a él también.

Sonríe.

Sonríe y yo me lo quedo mirando: dos hoyuelos, dientes rectos, ojos brillantes. Un calor repentino e incomprensible me recorre la piel y la prende en llamas. Siento que ardo. Tengo fiebre.

—Así que estás ahí dentro —dice finalmente.

—¿Quién?

—Ella —contesta, hablando en voz baja—. Juliette. Decían que habrías desaparecido.

—No he desaparecido —replico mientras las manos me tiemblan e intento recomponerme—. Soy Juliette Ferrars, soldado supremo de nuestro comandante de América del Norte. ¿Quién eres tú?

Se acerca. Sus ojos se enturbian mientras me contempla, no hay oscuridad en ellos. Intento parecer más alta, más imponente. Me recuerdo a mí misma que tengo una tarea, que es mi momento de atacar, de cumplir mis órdenes. Quizá debería...

—Cariño —susurra.

El calor me atraviesa la piel. El dolor me empuja la mente al percatarme de que he pasado algo por alto. Una emoción soñolienta se remueve dentro de mí y la aniquilo.

Él da un paso al frente y me rodea la cara con las manos. Pienso en romperle los dedos. Dislocarle las muñecas. El corazón me late desbocado.

No me puedo mover.

—No deberías tocarme —le digo, bisbiseando las palabras.

—¿Por qué no?

—Porque te mataré.

Con delicadeza, me echa la cabeza hacia atrás con manos posesivas, persuasivas. Un anhelo me agarrota los músculos y los mantiene quietos. Se me cierran los ojos por instinto. Inhalo su aroma y mi boca se llena con su sabor: aire fresco, flores fragantes, calor, felicidad. Me golpea la más extraña de las ideas de que ya hemos estado así antes, que esto ya lo he vivido, que ya lo conocía antes y entonces lo noto, noto su aliento en mi piel y la sensación, la sensación es...

embriagadora,

desorientadora.

Estoy perdiendo el hilo del pensamiento, intentando a la desesperada localizar mi propósito, enfocarme en mis ideas, cuando

se mueve

el suelo se inclina, sus labios me acarician la mandíbula y emito un sonido, un sonido desesperado e inconsciente que me deja atónita. Mi piel está enloquecida, ardiente. Ese calor familiar me contamina la sangre, la temperatura se me dispara y me ruborizo.

—¿Te...?

Intento hablar, pero me besa en el cuello y jadeo, sus manos todavía atrapadas alrededor de mi cara. Me he quedado sin aliento, con el corazón desatado, el pulso martilleando, la cabeza dando vueltas. Me toca como si me conociera, como si supiera lo que quiero, lo que necesito. Me siento enajenada. Ni siquiera reconozco el sonido de mi propia voz cuando al fin consigo decir:

—¿Te conozco?

—Sí.

El corazón me da un salto. La simpleza de la respuesta me estrangula la mente, hurga en busca de la verdad. Algo me dice que es verdad. Algo me dice que ya conozco estas manos, esta boca, estos ojos.

Son reales.

—Sí —repite, su propia voz rasgada por la emoción. Sus manos se separan de mi cara y me quedo desamparada sin ellas, anhelando su calor. Me acerco más a él sin querer, pidiéndole algo que ni siquiera comprendo. Pero entonces sus manos se deslizan por debajo de mi camisa, sus palmas presionan contra mi espalda y la magnitud de este contacto repentino de piel contra piel hace que me arda todo el cuerpo.

Me siento explosiva.

Siento que estoy peligrosamente cerca de algo que podría matarme, pero aun así me arrimo a él, cegada por el instinto, sorda a todo menos al feroz latido de mi corazón.

Se separa un centímetro.

Tiene las manos todavía atrapadas bajo mi camisa, sus brazos desnudos me envuelven la piel desnuda y su boca sobrevuela la mía, el calor que hay entre los dos amenaza con estallar. Tira de mí hacia él y reprimo un gemido, perdiendo la cabeza cuando las líneas duras de su cuerpo se hunden en el mío. Está por todos lados, su aroma, su piel, su respiración. No veo otra cosa que no sea él, no noto nada que no sea él, sus manos se extienden por mi torso, mis pulmones se comprimen bajo su cuidada y ardiente exploración. Me dejo llevar por las sensaciones, sus dedos me acarician el estómago, la nuca. Apoya la frente sobre la mía y me pongo de puntillas, pidiéndole algo, suplicándole algo...

—¿Qué...? —digo con la voz entrecortada—. ¿Qué está pasando?

Me besa.

Labios suaves, oleadas de sensaciones. El sentimiento se derrama por los huecos de mi mente. Las manos me empiezan a temblar. El corazón me late tan fuerte que apenas me puedo quedar quieta cuando me abre la boca y me devora. Sabe a calor y menta, a verano, como el sol.

Quiero más.

Le rodeo la cara con las manos y tiro de él hacia mí; emite un sonido suave y desesperado que nace en lo profundo de su garganta y que me pincha el cerebro directamente en la zona de placer. Un calor puro y eléctrico me eleva, hace que me salga de mí misma. Parece que esté flotando, rendida ante este extraño momento, sostenida por un antiguo molde que encaja en mi cuerpo a la perfección. Me siento frenética, azotada por la necesidad de saber más, un anhelo que ni siquiera comprendo.

Cuando nos separamos, respira con dificultad, con el rostro sonrojado y dice:

—Vuelve, cariño. Vuelve.

Todavía me cuesta respirar y busco desesperadamente respuestas en sus ojos. Explicaciones.

—¿A dónde?

—Aquí —susurra, presionando mis manos sobre su corazón—. A casa.

—Pero yo no…

Unos destellos de luz me nublan la visión. Trastabillo hacia atrás, cegada, como si estuviera soñando, reviviendo la caricia de un recuerdo olvidado, y es como un dolor que busca ser calmado, es una sartén humeante arrojada al agua helada, es una mejilla sonrojada apoyada sobre una almohada fría en una noche cálida cálida y el calor se congrega, se reúne detrás de mis ojos, me distorsiona la visión, atenúa los sonidos.

Aquí.
Esto.
Mis huesos contra sus huesos. Estoy en casa.

Vuelvo a mi piel con un estremecimiento repentino y violento, y me siento salvaje, inestable. Me lo quedo mirando, con el corazón en un puño y mis pulmones intentando absorber aire. Me devuelve la mirada, sus ojos con un tono de verde tan pálido en esta luz que durante unos instantes ni siquiera parece humano.

Algo le está pasando a mi cabeza.

El dolor se junta en mi sangre y se calcifica alrededor de mi corazón. Siento que estoy en pie de guerra conmigo misma, perdida y herida; la mente me da vueltas, llena de dudas.

—¿Cómo te llamas? —le pregunto.

Da un paso adelante, tan cerca que nuestros labios se tocan. Se separan. Su aliento susurra por encima de mi piel y mis nervios zumban, echan chispas.

—Ya sabes cómo me llamo —murmura.

Intento negar con la cabeza. Me sujeta por el mentón.

Esta vez, no lo hace con cuidado.

Esta vez, está desesperado. Esta vez, cuando me besa, me parte en dos, irradiando calor en ondas. Sabe a agua de manantial y a algo dulce, algo abrasador.

Me siento mareada. Delirante.

Cuando se aparta, me quedo temblando, me tiemblan los pulmones, me tiembla la respiración, me tiembla el corazón. Observo como si estuviera en un sueño cómo se quita la camiseta y la lanza al suelo. Y entonces vuelve a estar pegado a mí, ha regresado, me ha atrapado en sus brazos y me besa tan profundamente que mis rodillas flojean.

Me levanta, me rodea el cuerpo y me coloca sobre la larga mesa de acero. El frío del metal se filtra por la tela de mis pantalones, haciendo que se me erice el vello de la piel abrasada, y suelto un jadeo. Se me cierran los ojos cuando se sienta a horcajadas sobre mis piernas y se apodera de mi boca. Aprieta mis manos contra su pecho, arrastra mis dedos hacia debajo de su torso desnudo y emito un sonido roto y desesperado; el placer y el dolor me aturden, me paralizan.

Me desabotona la camisa, sus manos diestras se mueven con rapidez incluso mientras me besa el cuello, las mejillas, la boca, la garganta. Grito cuando se mueve; sus besos se desplazan hacia abajo por mi cuerpo, buscando, explorando. Aparta las dos mitades de mi camisa, su boca caliente contra mi piel, y entonces acorta el espacio que nos separa, presionando su torso desnudo contra el mío, y mi corazón explota.

Algo se rompe en mi interior.

Se desgarra.

Un sollozo repentino y fracturado se escapa de mi garganta. Unas lágrimas espontáneas me anegan los ojos, sorprendiéndome cuando me caen por la cara. Una emoción desconocida me sube como la espuma por el cuerpo, expandiéndome el corazón, confundiéndome la cabeza. Se arrima a mí hasta no poder más, nuestros cuerpos soldados el uno con el otro. Y al poco apoya la frente sobre mi clavícula; le tiembla el cuerpo, embargado por la emoción, al decirme:

—Vuelve.

Tengo la cabeza llena de arena, de sonidos, de sensaciones que dan vueltas en mi mente. No entiendo qué me está pasando, no comprendo este dolor, este placer increíble. Le estoy manchando la piel con las lágrimas y él solo me arrima más a su cuerpo, apretando nuestros corazones hasta que el sentimiento me hunde los dientes en los huesos y me parte en dos los pulmones. Quiero enterrarme en este momento, quiero absorberlo entero, quiero salir a rastras de mí misma, pero hay algún problema, algo bloqueado, algo que se ha detenido...

Algo roto.

Lo comprendo con oleadas suaves, teorías que lamen una y otra vez las orillas de mi conciencia, hasta que estoy empapada de confusión. De conciencia.

De terror.

—Sabes cómo me llamo —me dice en voz baja—. Siempre lo has sabido, cariño. Siempre he sabido cómo te llamas tú. Y estoy... estoy tan enamorado de ti...

El dolor me nace en los oídos.

Se congrega, se expande. Una presión que sube hasta un punto tan elevado que se agudiza y se transforma en una tortura que me detiene el corazón.

Primero me quedo sorda, tiesa. Luego me quedo ciega, floja.

Por último, mi corazón se reinicia.

Regreso a la vida con una inhalación repentina y espeluznante que por poco me ahoga. La sangre me corre a toda prisa a las orejas, a los ojos, me cae por la nariz. La saboreo, saboreo mi propia sangre en la boca al tiempo que comienzo a comprenderlo: hay algo en mi interior. Un veneno. Algo violento. Algo que está mal está mal está *mal*

Y entonces, como si estuviera a kilómetros de distancia, me oigo gritar.

Noto unas baldosas frías bajo las rodillas, yeso irregular que se presiona contra mis nudillos. Grito en el silencio, el poder crea poder, la electricidad me carga la sangre. Mi mente se está separando de sí misma, intentando identificar el veneno, este parásito que reside dentro de mí.

Tengo que matarlo.

Grito, obligando a mi propia energía a ir hacia dentro, aullando hasta que la energía explosiva que se acumula en mi interior me rompe los tímpanos. Grito hasta que noto que la sangre me gotea por las orejas y me baja por el cuello, grito hasta que las luces del laboratorio empiezan a estallar y a romperse. Grito hasta que me sangran los dientes, hasta que el suelo se resquebraja bajo mis pies, hasta que la piel de las rodillas se me empieza a abrir. Grito hasta que el monstruo que hay dentro de mí empieza a morir.

Y solo entonces...

Y solo cuando estoy segura de haber matado una pequeña parte de mí misma, me desplomo.

Me estoy ahogando, tosiendo sangre, con el pecho agitado por el gran esfuerzo. La habitación se emborrona. Da vueltas.

Presiono la frente contra el suelo frío y reprimo las náuseas. Y noto una mano conocida y grande sobre la espalda. Con una lentitud lacerante, consigo levantar la cabeza.

Un borrón dorado aparece y desaparece delante de mí.

Pestañeo una, dos veces, e intento levantarme empujándome con los brazos, pero un dolor agudo y abrasador en la muñeca me ciega. Miro abajo y examino la extraña luz borrosa. Vuelvo a pestañear. Diez veces más.

Al fin consigo enfocar la vista.

La piel dentro de mi brazo derecho se ha abierto. La sangre me empapa la piel y gotea sobre el suelo. De dentro de la herida, una luz azul palpita anclada en un cuerpo circular de acero cuyos bordes se aprietan contra mi carne desgajada.

Con un último esfuerzo, me arranco el mecanismo parpadeante del brazo, el último vestigio de este monstruo. Se cae de mis dedos temblorosos y repiquetea sobre el suelo.

Y esta vez, cuando levanto la vista, veo su cara.

—Aaron —susurro.

Se cae de rodillas.

Me rodea el cuerpo ensangrentado con los brazos y yo me rompo, me rompo en pedazos, con los sollozos partiéndome el pecho por la mitad. Lloro hasta que el dolor llega a su punto álgido, lloro hasta que me palpita la cabeza y se me hinchan los ojos. Lloro con la cara apoyada en su cuello, los dedos hincados en su espalda, desesperados por aferrarse a algo. A algo real.

Me sostiene, silencioso y firme, abrazando mi sangre y huesos contra su cuerpo incluso cuando las lágrimas reculan, incluso cuando empiezo a temblar. Me sujeta fuerte cuando mi cuerpo comienza a sacudirse, me abraza con más fuerza cuando las lágrimas manan de nuevo, me sostiene en los brazos y me acaricia el pelo y me dice que todo, que todo va a salir bien.

KENJI

Mi cometido era custodiar esta puerta, algo que, en un principio, se suponía que era bueno —ayudar en la misión de rescate y bla bla bla—, pero cuanto más espero aquí, protegiendo a Nazeera mientras hackea los ordenadores que mantienen a los hijos de los comandantes supremos en algún espeluznante estado de sueño profundo, más cosas salen mal.

Este lugar se está cayendo a pedazos.

Literalmente.

Las lámparas del techo empiezan a chisporrotear echando chispas, las grandes escaleras comienzan a gruñir. Las enormes ventanas dispuestas en renglones a ambos lados de este edificio de cincuenta plantas se están empezando a resquebrajar.

Los doctores corren, gritan. Las alarmas aúllan como locas y las sirenas retumban. Una voz robótica está anunciando el estado de crisis por los altavoces como si fuera lo más normal del mundo.

No tengo la menor idea de lo que está pasando ahora mismo, aunque si tuviera que apostar algo, diría que tiene que ver con Emmaline. Pero debo quedarme aquí, arrimado a la pared, para que no me pisoteen accidentalmente y esperar a que lo que sea esto llegue a su fin. El problema es que no sé si va a ser un final feliz o triste…

Para alguien.

No he sabido más de Warner desde que nos hemos separado y estoy intentando con todas mis fuerzas no pensar en ello. Prefiero concentrarme en las cosas positivas que han pasado hoy, como el hecho de que nos las hayamos apañado para matar a tres comandantes supremos —cuatro si contamos a Evie— y que el trabajo fantástico con los ordenadores de Nazeera ha sido todo un éxito, porque sin ella de ningún modo habríamos hecho avance alguno.

Después de nuestra travesía por los conductos de ventilación, Warner y yo hemos conseguido descender hasta el corazón de la instalación, pasando desapercibidos. Ha sido más fácil evitar las cámaras una vez que hemos llegado al núcleo; las habitaciones estaban más juntas, y aunque las áreas de alta seguridad tienen más puntos de acceso con pase, algunas de ellas disponen de menos cámaras. Así que hemos evitado ciertos ángulos y las cámaras no nos han podido ver. Con el pase falso que Nazeera nos ha creado, hemos podido avanzar con facilidad. Gracias a ella hemos alcanzado el lugar correcto —después de haber matado sin querer a un científico superimportante—, donde todos los comandantes supremos han empezado a salir en desbandada.

Gracias a ella hemos podido encargarnos de Ibrahim y Anderson. Y gracias a ella Warner está encerrado con la J. robótica en algún lado. Si digo la verdad, ni siquiera sé cómo sentirme. No me he permitido pensar en el hecho de que J. puede que no regrese jamás, que puede que no vuelva a ver a mi mejor amiga. Si pienso demasiado en ello, empiezo a notar que me falta el aire, y ahora mismo no me puedo permitir el lujo de dejar de respirar. Todavía no.

Así que intento no pensar en ello.

Pero Warner...

Con Warner será una de dos: o sale de esta vivo y feliz o muere haciendo algo en lo que creía.

Y no puedo hacer nada para ayudar.

El problema es que hace más de una hora que no lo veo, y no tengo ni idea de qué significa eso. Tanto podría ser una noticia muy buena como una muy muy mala. No me ha contado sus planes —qué sorpresa, ¿verdad?—, así que no sé exactamente qué tenía pensado hacer una vez que se encontrara a solas con ella. Y si bien lo conozco lo suficiente como para no confiar en sus acciones, debo admitir que hay una pequeña parte de mí que se pregunta si sigue vivo siquiera.

Un gruñido antiguo y desgarrador interrumpe mis pensamientos.

Levanto la vista hacia la fuente del sonido y me doy cuenta de que el techo está cediendo. El tejado se está derrumbando. Las paredes empiezan a temblar. Los largos pasillos enrevesados giran todos alrededor de un patio interior del que se alza un árbol gigantesco que parece prehistórico. Por algún motivo que no consigo comprender, los raíles de acero alrededor de los pasillos empiezan a fundirse. Observo en tiempo real cómo el árbol se prende fuego, con llamas rugiendo y elevándose a una velocidad alucinante. Se genera una nube de humo que se va enroscando en mi dirección, asfixiando los pasillos, y el corazón se me acelera al tiempo que miro alrededor y el pánico se me dispara. Comienzo a aporrear la puerta, sin importarme quién me pueda oír.

Joder, es el fin del mundo.

Llamo a gritos a Nazeera pidiéndole que salga, que huyamos de aquí antes de que sea demasiado tarde, y empiezo a toser; el humo me llena los pulmones. Sigo esperando desesperadamente que oiga mi voz cuando de repente, y de golpe...

La puerta se abre.

Trastabillo hacia atrás por el impacto, y cuando levanto la vista, con los ojos enardecidos, veo a Nazeera. A Nazeera, a Lena, a Stephan, Haider, Valentina, Nicolás y a Adam.

A Adam.

No puedo explicar con exactitud lo que ocurre a continuación. Hay muchos gritos. Muchas carreras. Stephan abre un agujero con un puñetazo en una pared que se desmorona y Nazeera nos ayuda a llegar a un lugar seguro surcando el cielo. Todo ocurre de forma emborronada. Veo cómo las cosas suceden en instantes, en gritos.

Parece un sueño. Los ojos me pican y me lloran.

Estoy llorando debido al fuego, creo. Es el calor, el cielo, las llamas rugientes que lo devoran todo.

Observo cómo las llamas devoran la capital de Oceanía, todos sus 120 acres.

Y también a Warner y a Juliette.

ELLA
(JULIETTE)

Lo primero que hacemos es buscar a Emmaline.

La intento localizar con la mente y me responde al instante. Calor, dedos de calor que se me curvan alrededor de los huesos. Que cobran vida con chispas en mi corazón. Siempre estuvo ahí, siempre ha estado conmigo.

Ahora lo comprendo.

Comprendo que los momentos que me han salvado eran regalos de mi hermana, regalos que pudo obsequiarme solo a cambio de destruirse a sí misma. Está mucho más débil ahora que hace dos semanas porque ha gastado mucha parte de sí misma para mantenerme con vida. Para evitar que sus maquinaciones llegaran a mi corazón. A mi alma.

Ahora lo recuerdo todo. Mi mente está afilada a un nuevo nivel, pulida hasta una claridad que no había experimentado jamás. Lo veo todo. Lo entiendo todo.

No tardamos demasiado en encontrarla.

No me disculpo por la gente a la que disperso ni por las paredes que destrozo por el camino. No me disculpo por mi ira y dolor. No dejo de moverme cuando veo a Tatiana y a Azi, no hace falta. Les rompo el cuello con facilidad. Les parto el cuerpo por la mitad en un solo gesto.

Cuando alcanzo a mi hermana, la agonía de mi interior llega a su punto álgido. Está lánguida dentro de su tanque, un pez disecado, una araña moribunda. Está aovillada en la esquina más oscura, con el largo cabello negro envuelto alrededor de su silueta arrugada y caída. Un lamento suave emana de su tanque.

Está llorando.

Es pequeña. Está asustada. Me recuerda a otra versión de mí misma, a una persona de la que apenas me acuerdo, una chica joven a la que arrojaron a la prisión, demasiado rota por el mundo como para darse cuenta de que siempre había tenido el poder de liberarse. El poder de conquistar la Tierra.

Yo tuve ese lujo.

Emmaline no.

Verla hace que me quiera hacer añicos. Se me acelera el corazón con ira, con devastación. Cuando pienso en lo que le hicieron..., lo que le han hecho...

No lo pienses

No lo pienso.

Inhalo una respiración profunda y entrecortada. Intento recomponerme. Noto que Aaron me sujeta la mano y le aprieto los dedos en agradecimiento. Me tranquiliza tenerlo aquí. Saber que está a mi lado. Conmigo.

Es mi compañero en todo.

Dime lo que quieres, le digo a Emmaline. *Lo que sea. Sea lo que sea, lo haré.*

Silencio.

¿Emmaline?

Un miedo afilado y desesperado me atraviesa.
Su miedo, no el mío.
Unas sensaciones distorsionadas destellan detrás de mis ojos —resplandores de color, los sonidos del metal que chirría—, y su pánico se intensifica. Se tensa. Noto cómo me zumba por toda la espalda.

—¿Qué pasa? —pregunto en voz alta—. ¿Qué ha ocurrido?

Aquí

Aquí

Su forma lechosa desaparece en el tanque, hundiéndose bajo el agua. Se me eriza el vello de los brazos.

—Me parece que te has olvidado de mí.
Mi padre entra en la habitación, sus altas botas de goma marcan sus pasos con suavidad.
Levanto los brazos al instante, con la esperanza de desgarrarle el bazo, pero él es demasiado rápido, sus movimientos son demasiado rápidos. Aprieta un botón en un pequeño mando y apenas tengo tiempo de respirar antes de que mi cuerpo empiece a convulsionarse. Grito, con los ojos cegados por una violenta luz morada, y consigo girar la cabeza solo con unos cortos movimientos lacerantes.
Aaron.
Él y yo estamos aquí paralizados, bañados por una luz tóxica que procede del techo. Jadeando, temblando sin control. La mente me da vueltas, intentando a la desesperada urdir un plan, alguna fisura, una vía de escape.

—Me sorprende tu arrogancia —dice mi padre—. Me sorprende que pudieras llegar a pensar que entrarías aquí con tanta facilidad y ayudarías a tu hermana a suicidarse. ¿Creías que sería sencillo? ¿Creías que no habría consecuencias?

Gira un dial y el cuerpo se me sacude con más violencia hasta levantarse del suelo. El dolor es cegador. La luz me parpadea en los ojos, me atonta la mente, anestesia mi habilidad para pensar. Estoy sostenida en el aire, incapaz de girar la cabeza. La gravedad empuja, tira de mi cuerpo y amenaza con despedazarme.

Si pudiera gritar, lo haría.

—De todos modos, está bien que estés aquí. Será mejor que acabemos con esto ya. Hemos esperado demasiado. —Asiente, ausente, hacia el tanque de Emmaline—. Está claro que ya has visto lo desesperados que estamos por disponer de una nueva huésped.

NO

La palabra es un grito dentro de mi cabeza.

Max se tensa.

Levanta la vista, mirando a la nada, y la rabia que hay en sus ojos apenas parece contenida. Me doy cuenta de que él también puede oírla.

Claro que puede.

Emmaline aporrea el cristal del tanque emitiendo sonidos amortiguados y el nimio esfuerzo parece dejarla exhausta. Aun así, se aprieta contra él, con la mejilla hundida al aplastarla contra el cristal.

Max titubea, vacila.

No se le da nada bien ocultar las emociones, y su incerteza es fácilmente discernible. Está claro, incluso desde mi perspectiva desorientada, que está intentando decidir con quién de nosotras dos tiene que lidiar primero. Emmaline vuelve a golpear con el puño, esta vez con menos fuerza.

NO

Otro grito dentro de mi cabeza.
Con un suspiro contenido, Max se decanta por Emmaline.
Veo cómo gira y camina hacia el tanque. Apoya la palma sobre el cristal y este se ilumina de un tono azul neón. La luz azul se expande y se desparrama por toda la habitación, revelando lentamente una serie de intrincados circuitos eléctricos. Las venas de neón son más gruesas en algunos sitios, a veces trenzadas, la mayoría rectas. Se parece a un sistema cardiovascular similar al que hay dentro de mi propio cuerpo.
Mi propio cuerpo.
Algo cobra vida con un jadeo en mi interior. La razón. El pensamiento racional. Estoy atrapada aquí; el dolor me engaña y me hace pensar que no tengo control sobre mis poderes, pero eso no es verdad. Cuando me obligo a recordar, puedo sentirlo. La energía todavía pulsa por mis venas. Es un susurro leve y desesperado..., pero está ahí.
Poco a poco, recupero mi mente agonizante.
Aprieto los dientes, enfocándome en mis pensamientos y llevando el cuerpo al límite. Lentamente, enhebro los hilos dispares de mi poder, aferrándome a las hebras con fuerza.
Y con más lentitud incluso me abro camino con la mano hacia la luz. El esfuerzo me abre heridas en los nudillos, en las puntas de los dedos. La sangre corre por mi mano y me gotea por la muñeca mientras levanto el brazo en un arco por encima de la cabeza.
Como si estuviera a años luz, oigo un pitido.
Max.

Está introduciendo nuevos códigos en el tanque de Emmaline. No tengo la menor idea de lo que eso significa para ella, pero me supongo que no puede ser bueno.

Espabila.

Espabila, me digo a mí misma.

Con brusquedad, dirijo el brazo hacia la luz conteniendo un grito. Uno a uno, mis dedos se estiran por encima de mi cabeza, la sangre gotea de cada uno de ellos hacia mi muñeca y me cae sobre los ojos. Mi mano se abre con la palma apuntando al techo. Más sangre me recorre la cara mientras acumulo la energía hacia la luz.

El techo estalla.

Aaron y yo caemos al suelo con un golpe sordo. Oigo algo que cruje en mi pierna y el dolor me aúlla.

Lo reprimo.

Las luces chirrían y el techo de hormigón empieza a rajarse. Max se da la vuelta con el terror arrebatándole el gesto cuando apunto hacia delante con una mano.

Cierro el puño.

El tanque de Emmaline se fisura con un crujido violento y repentino.

—¡No! —grita Max. Saca el control remoto de su bata de laboratorio y pulsa histérico los botones que ya están inutilizados—. ¡No! No, no...

El cristal cede con un gruñido y se abre con un estruendo final. Max se queda cómicamente quieto.

Pasmado.

Y se muere con esa expresión exacta en la cara. Y no soy yo quien lo mata. Es Emmaline.

Emmaline, que retira las manos palmeadas de los cristales rotos y apoya los dedos sobre la cabeza de su padre. Lo mata solo con el poder de su mente.

La mente que él le dio.

Cuando ha acabado, el cráneo de Max se abre en dos. La sangre mana de sus ojos muertos. Los dientes le han caído de la cara sobre la camisa. Sus intestinos se desparraman por un corte profundo en su torso.

Aparto la mirada.

Emmaline cae al suelo. Jadea a través del regulador fusionado a su cara. Sus piernas débiles empiezan a temblar, violentamente, y está emitiendo unos sonidos que solo puedo suponer que son palabras que ya no es capaz de pronunciar.

Tiene más de anfibio que de ser humano.

Me doy cuenta ahora al tener delante la prueba de su incompatibilidad con nuestro aire, con el mundo exterior. Repto hasta ella, arrastrando la pierna rota y ensangrentada.

Aaron me intenta ayudar, pero cuando nuestras miradas se cruzan se echa atrás.

Entiendo que tengo que hacerlo sola.

Recojo el cuerpo pequeño y desgastado de mi hermana y lo aprieto contra el mío. Me coloco sus piernas húmedas sobre el regazo y me apoyo su cabeza sobre el pecho. Y le digo por segunda vez:

—Dime lo que quieres. Lo que sea. Sea lo que sea, lo haré.

Sus dedos escurridizos se aferran a mi cuello, a la vida. Una visión me nubla la mente, una visión de todo ardiendo en llamas. Una visión de esta instalación, su prisión, desintegrándose. Quiere que la demuela, que la haga polvo.

—Eso está hecho —le aseguro.

Tiene otra petición. Solo una más.

Y me quedo callada durante demasiado rato.

Por favor

Su voz me suena en el corazón, suplicante. Desesperada. Su agonía es intensa. Su terror, palpable.

Los ojos se me anegan de lágrimas.

Apoyo la mejilla en su pelo mojado. Le digo lo mucho que la quiero. Lo mucho que significa para mí. El tiempo que ojalá hubiésemos tenido. Le digo que jamás la olvidaré.

Que la voy a echar de menos todos los días.

Y entonces le pido que me permita llevarme su cuerpo a casa cuando haya acabado.

Un calor amable me inunda la mente, una sensación mareante.

Felicidad.

Sí, me dice.

Cuando he terminado, cuando le he arrancado los tubos del cuerpo, cuando he estrechado sus huesos húmedos y temblorosos contra los míos, cuando he apoyado mi venenosa mejilla contra la suya, cuando le he succionado la poca vida que le quedaba en el cuerpo...

Cuando he terminado, me acurruco alrededor de su cuerpo frío y lloro.

Aferro su cuerpo vacío contra mi corazón y siento la injusticia de todo rugir en mi interior. Siento cómo me fractura. Siento que se lleva una parte de mí al perecer.

Y entonces grito.

Grito hasta que siento que la tierra se mueve bajo mis pies, hasta que siento que el viento cambia de dirección. Grito hasta que las paredes se desmoronan, hasta que siento que la electricidad chispea, hasta que noto que las luces prenden. Grito hasta que el suelo se fisura, hasta que todo se viene abajo.

Y después nos llevamos a mi hermana a casa.

EPÍLOGO
WARNER
UNO

La pared es de un blanco inusual.

Más blanca de lo habitual. La mayoría de la gente cree que las paredes blancas son blancas de verdad, pero la verdad es que solo parecen blancas, pero en realidad no lo son. La mayoría de los tonos de blanco están mezclados con un poco de amarillo, que ayuda a suavizar los cantos afilados del blanco puro, convirtiéndolo más bien en un tono crudo o marfil. Varios tonos crema. Clara de huevo, incluso. El blanco de verdad es prácticamente intolerable como color, tan blanco que casi es azul.

Esta pared, en particular, no es tan blanca como para que resulte ofensiva, pero es de un tono lo bastante limpio como para que me pique la curiosidad, algo que se acerca a un milagro, porque llevo contemplándola durante gran parte de la última hora. Treinta y siete minutos, para ser exactos.

Las costumbres me tienen como rehén, igual que la formalidad.

—Cinco minutos más —dice ella—. Te lo prometo.

Oigo el frufrú de la tela. Cremalleras. El crujido de...

—¿Eso es tul?

—¡Se supone que no debes estar escuchando!

—¿Sabes una cosa, cariño? Ahora se me ocurre que he experimentado situaciones como rehén que han sido bastante menos tortura que esto.

—Está bien, está bien, ya me lo he quitado. Guardado. Solo necesito un momento para ponerme la ro...

—Eso no hace falta —digo dándome la vuelta—. Está claro que esta parte me está permitido verla.

Me reclino sobre la pared de blanco inusual, estudiándola mientras me mira con el ceño fruncido y los labios separados formando una palabra que parece haber olvidado.

—Por favor, continúa —la animo, con un gesto de la cabeza— lo que sea que estuvieras haciendo.

Mantiene la frente arrugada unos segundos más de puro teatro y entrecierra los ojos en un gesto de frustración que es mentira pura y dura. Agrava esta farsa llevándose una prenda al pecho, fingiendo pudor.

No me importa lo más mínimo.

Me embebo de ella, de sus curvas suaves, de su piel lisa. Su pelo es precioso con cualquier corte, aunque últimamente lo lleva algo más largo. Largo y espeso, sedoso contra su piel, y cuando tengo suerte... contra la mía.

Deja caer lentamente la blusa.

De repente, me yergo.

—Se supone que tengo que ponerme esto debajo del vestido —me dice, su ira fingida ya olvidada. Juguetea con las ballenas de un corsé de color crema y resigue con los dedos inconscientemente el liguero y las medias de rejilla. No puede mirarme a los ojos. De repente, la vergüenza la embarga, y esta vez es real.

¿Te gusta?

Una pregunta sin formular.

Cuando me ha invitado a pasar al probador, he supuesto que era por algún motivo más allá de quedarme observando las variaciones del color de una pared de un blanco inusual. He pensado que quería que viera algo.

Que la viera a ella.

Veo ahora que estaba en lo cierto.

—Eres preciosa —le digo, incapaz de despojar el asombro de mi voz. Oigo la maravilla pueril de mi tono, que me avergüenza más de lo que debería. Sé que no debería sentir ningún tipo de vergüenza por mis sentimientos profundos ni por emocionarme.

Aun así, me siento extraño.

Joven.

—Siento que te acabo de estropear la sorpresa. Se supone que no tienes que ver nada de nada hasta la noche de bodas —murmura.

El corazón se me detiene unos segundos.

La noche de bodas.

Acorta la distancia que nos separa y me rodea con los brazos, liberándome así de la parálisis momentánea. Mi corazón late más rápido con ella aquí, tan cerca. Y aunque no sé cómo ha sabido que necesitaba de repente el consuelo de sus caricias, le estoy agradecido. Exhalo, tirando de ella suavemente hacia mí, y nuestros cuerpos se relajan al recordarse.

Hundo la cara en su pelo, inhalo el aroma dulce de su champú, de su piel. Solo han pasado dos semanas. Dos semanas desde el fin del antiguo mundo. Desde el principio de uno nuevo.

Todavía me parece que ella sea un sueño.

—¿De verdad está pasando esto? —susurro.

Alguien llama a la puerta de golpe y yergo la espalda.

Ella frunce el ceño.

—¿Sí?

—Siento mucho importunarla ahora, señorita, pero hay un caballero que desea hablar con el señor Warner.

Ella y yo intercambiamos una mirada.

—De acuerdo —responde a toda prisa—. No te enfades.

Entrecierro los ojos.

—¿Por qué debería enfadarme?

Se echa atrás para mirarme mejor a los ojos. Los suyos son brillantes, preciosos. Llenos de preocupación.

—Es Kenji.

Me obligo a tragarme un nudo de rabia tan violenta que creo que me va a dar un ataque. Me deja mareado.

—¿Qué hace aquí? —consigo preguntar—. ¿Cómo demonios sabe dónde estamos?

Ella se muerde el labio.

—Nos llevamos a Amir y a Olivier.

—Ya veo. —Nos asignamos guardias extra, y eso significa que nuestra posición se publicó en el boletín de seguridad público. Por supuesto.

Ella asiente.

—Me vino a buscar antes de que nos marcháramos. Estaba preocupado... Quería saber por qué nos íbamos a dirigir de nuevo hacia las antiguas tierras reguladas.

Intento decir algo para dejar constancia de la inhabilidad de Kenji de hacer una simple deducción a pesar de tener un montón de pistas justo delante de sus narices..., pero Ella sostiene un dedo en alto.

—Le dije que estábamos buscando ropa de recambio y le recordé que, por ahora, los centros de provisiones siguen siendo los únicos lugares donde comprar comida o ropa o... —hace un gesto con la mano, arruga la frente— cualquier cosa. De todos modos, me dijo que intentaría reunirse con nosotros aquí. Dijo que quería ayudar.

Mis ojos se abren ligeramente. Siento que me acomete otro ataque.

—Dijo que quería ayudar.

Ella asiente.

—Increíble. —Un músculo me palpita en la mandíbula—. Y gracioso también, porque ya nos ha ayudado tanto... Justo anoche nos echó un cable enorme destruyendo mi traje y tu vestido, obligándonos a comprar ahora ropa de una... —miro alrededor, abarcando con un gesto la nada— tienda el mismísimo día en el que se supone que nos vamos a casar.

—Aaron —susurra. Se vuelve a acercar. Me coloca una mano en el pecho—. Se siente fatal por eso.

—¿Y tú? —le pregunto, escrutando su rostro, sus sentimientos—. ¿No te sientes tú fatal por eso? Alia y Winston trabajaron mucho para fabricarte algo precioso, algo diseñado específicamente para ti...

—No me importa. —Se encoge de hombros—. Solo es un vestido.

—Pero era tu vestido de novia —digo, mi voz rasgándose, prácticamente rompiéndose con la palabra.

Suspira y en el sonido oigo cómo se rompe su corazón, más por mí que por ella misma. Se da la vuelta y abre la cremallera de la enorme funda que cuelga de una percha por encima de su cabeza.

—Se supone que no tienes que ver esto —me recuerda, sacando kilómetros de tul de la bolsa—, pero creo que puede significar más para ti que para mí, así que... —se da la vuelta y sonríe— voy a dejar que me ayudes a decidir qué ponerme esta noche.

Casi suelto un gruñido al oír el recordatorio.

Una boda de noche. ¿Quién diantres se casa de noche? Solo los desgraciados. Los desafortunados. Aunque supongo que ahora nos podrían contar en sus filas.

En vez de reorganizarlo todo, lo hemos atrasado varias horas para tener tiempo de comprar algo de ropa. Bueno, yo tengo ropa. La mía no importa demasiado.

Pero su vestido... Kenji destrozó su vestido la noche antes de nuestro enlace. Como un monstruo.

Lo voy a matar.

—No puedes matarlo —me recrimina, tirando todavía de montones de tela de la bolsa.

—Estoy seguro de no haber dicho nada parecido en voz alta.

—No, pero lo estabas pensando, ¿verdad?

—Con todo mi corazón.

—No puedes matarlo —se limita a repetir—. Ni ahora ni nunca.

Suspiro.

Todavía se las está viendo y deseando para desenterrar el vestido.

—Perdóname, cariño, pero si todo esto... —señalo con la cabeza hacia la funda, la explosión de tul— es para un solo vestido, me temo que ya sé qué opinión tengo al respecto.

Deja de tirar. Se gira con los ojos desorbitados.

—¿No te gusta? Ni siquiera lo has visto todavía.

—He visto lo suficiente como para saber que, sea lo que sea, no es un vestido. Es un conjunto caótico de capas de poliéster. —La rodeo y pellizco la tela con los dedos—. ¿En esta tienda no tienen tul de seda? Quizá podamos hablar con la costurera.

—Aquí no hay costurera.

—Es una tienda de ropa —replico. Le doy la vuelta al corpiño, arrugando la nariz al ver las puntadas—. Debe de haber una costurera. Una no muy buena, está claro, pero aun así...

—Los vestidos los hacen en una fábrica —me dice—. Los hace una máquina.

Me tenso.

—Mucha gente no ha crecido con sastres privados a su disposición —me dice esbozando una sonrisa—. El resto de nosotros teníamos que comprar la ropa lista para usar. Ya hecha. Mal entallada.

—Ya —mascullo entre dientes. De pronto, me siento estúpido—. Claro. Perdóname. El vestido es muy bonito. Quizá debería esperar a que te lo pusieras. Te he dado mi opinión demasiado rápido.

No sé por qué, pero mi respuesta solo empeora las cosas.

Se queja y me dedica una única mirada derrotada antes de desplomarse en la pequeña silla del probador.

Se me cae el alma a los pies.

Se lleva la cara a las manos.

—Es un desastre, ¿verdad?

Vuelven a llamar a la puerta.

—¿Señor? El caballero parece estar muy inquieto por…

—Es evidente que no es un caballero —contesto tajante—. Dile que espere.

Unos instantes de vacilación. Luego, en voz baja:

—Sí, señor.

—Aaron.

No hace falta que levante la vista para saber que no está contenta con mi falta de modales. Los dueños de este centro de provisiones en concreto han cerrado toda la tienda solo para nosotros y han sido sumamente amables. Sé que estoy siendo cruel, pero ahora mismo no puedo evitarlo.

—Aaron.

—Hoy es el día de tu boda —le digo, incapaz de mirarla a los ojos—. Te ha arruinado el día de tu boda. De nuestra boda.

Ella se pone en pie. Noto cómo su frustración se desvanece. Se transforma. Discurre por la tristeza, la felicidad, la esperanza, el miedo y finalmente…

La resignación.

Uno de los peores sentimientos posibles en lo que tendría que ser un día de alegría. La resignación es peor que la frustración. Mucho peor.

Mi ira se enquista.

—No lo ha arruinado —repone al cabo de un rato—. Todavía podemos hacer que vaya bien.

—Tienes razón —le digo, rodeándola con los brazos—. Claro que tienes razón. No importa. Nada importa.

—Pero es el día de mi boda —insiste—. Y no tengo nada que ponerme.

—Tienes razón. —La beso en la coronilla—. Lo voy a matar.

Alguien aporrea la puerta de pronto.

Me tenso. Giro sobre los talones.

—¿Chicos? —Más golpes—. Sé que estáis supercabreados conmigo, pero tengo buenas noticias, os lo juro. Voy a solucionarlo. Os lo voy a compensar.

Estoy a punto de responder cuando Ella tira de mi mano, silenciando mi réplica mordaz con un simple movimiento. Me dedica una mirada que significa:

Dale una oportunidad.

Suspiro mientras la rabia se instala en mi cuerpo y mis hombros se hunden bajo su peso. A regañadientes, doy un paso al lado para dejar que Ella lidie con este idiota de la manera que considere oportuno.

Al fin y al cabo, es su boda.

Ella se acerca a la puerta. La señala, apuntando con el dedo hacia la pintura, de un blanco inusual, mientras habla.

—Más te vale que valga la pena, Kenji, o Warner te matará y yo lo ayudaré a hacerlo.

Y en cuanto la oigo...

Vuelvo a sonreír.

DOS

Nos llevan de vuelta al Santuario de la misma manera que nos llevan a todos lados estos días: en un todoterreno blindado, pero el coche y sus ventanas tintadas solo nos hacen llamar más la atención, algo que me preocupa. Pero como a Castle le gusta remarcar, no tengo ninguna solución para el problema, así que estamos en un callejón sin salida.

Intento ocultar mi reacción mientras cruzamos el área arbolada a las afueras del Santuario, pero no puedo evitar poner mala cara ni que mi cuerpo se cierre en sí mismo, preparándose para una pelea. Tras la caída del Restablecimiento, la mayoría de los grupos rebeldes emergieron de sus escondites para regresar al mundo…

Pero nosotros no.

Justo la semana pasada limpiamos este camino de tierra para el todoterreno, para que ahora se pueda acercar todo lo posible a la entrada oculta, pero no estoy seguro de que haya sido de gran ayuda. Una muchedumbre ya se ha congregado a nuestro alrededor y avanzamos a paso de tortuga. La mayoría tiene buenas intenciones, pero gritan y golpean el coche con el entusiasmo de una multitud beligerante, y cada vez que tenemos que pasar por este circo debo obligarme físicamente a mantener la calma. A quedarme sentado tranquilo e ignorar el impulso de sacar la pistola de la cartuchera bajo mi chaqueta.

Me cuesta.

Sé que Ella puede protegerse a sí misma, lo ha demostrado más de mil veces, pero aun así me preocupo. Se ha hecho popular hasta un nivel que casi me aterroriza. Hasta cierto punto, nos ha pasado a todos. Pero Juliette Ferrars, como es conocida alrededor del mundo, no puede ir a ningún lado ni hacer nada sin atraer a las masas.

Dicen que la quieren.

Aun así, actuamos con cautela. Todavía quedan muchos en el mundo a los que les encantaría insuflar vida a las reminiscencias del Restablecimiento, y asesinar a una heroína querida sería la manera más efectiva de empezar un plan de ese estilo. Aunque tenemos niveles de intimidad nunca vistos en el Santuario, donde las protecciones de vista y sonido de Nouria alrededor del terreno nos garantizan una libertad que no podemos disfrutar en ningún otro sitio, hemos sido capaces de ocultar nuestra ubicación específica. La gente sabe, en general, dónde encontrarnos, y esa pequeña porción de información los ha estado alimentando durante semanas. Los civiles esperan aquí, miles y miles de personas, cada día.

Solo para la oportunidad de vernos unos instantes.

Hemos tenido que instalar barricadas. Hemos tenido que contratar seguridad extra, reclutar a soldados armados de los sectores locales. Esta área no se parece en nada al aspecto que tenía hace un mes. Es un mundo distinto. Y noto que el cuerpo se me agarrota cuando nos acercamos a la entrada. Ya casi estamos.

Levanto la vista, preparado para decir algo…

—No te preocupes. —Kenji me clava la mirada—. Nouria ha aumentado la seguridad. Debería haber un equipo esperándonos.

—No entiendo por qué todo esto es necesario —dice Ella mirando por la ventanilla—. ¿Por qué no puedo bajar un momento y hablar con ellos?

—Porque la última vez que lo hiciste por poco te pisotean —contesta Kenji, exasperado.

—Fue solo una vez.

Kenji abre mucho los ojos por la indignación; en este punto, él y yo estamos completamente de acuerdo. Me acomodo en el asiento mientras cuenta con los dedos.

—El mismo día que por poco te arrollan, alguien intentó cortarte el pelo. Otro día un puñado de personas intentó besarte. La gente lanza literalmente sus recién nacidos encima de ti. Además, ya he contado hasta seis personas que se han meado encima ante tu presencia, algo que, debo añadir, no solo es triste sino también antihigiénico, sobre todo cuando intentan abrazarte mientras se siguen manchando los pantalones. —Niega con la cabeza—. Las multitudes son demasiado numerosas, princesa. Demasiado fuertes. Demasiado apasionadas. Todo el mundo te grita en la cara, hace lo imposible por tocarte. Y la mitad del tiempo no podemos protegerte.

—Pero...

—Sé que la mayoría tiene buenas intenciones —digo tomándole la mano. Ella se remueve en el asiento y me mira a los ojos—. La mayoría es amable, curiosa. Se siente abrumada por la gratitud y está desesperada por ponerle cara a su libertad. Y lo sé porque siempre analizo las multitudes y escruto su energía por si hay rabia o violencia. Y aunque la mayoría es buena gente —suspiro y niego con la cabeza—, tesoro, te has granjeado muchos enemigos. Estas multitudes masivas sin registrar no son seguras. Todavía no. Quizá no lo lleguen a ser nunca.

Respira hondo y suelta el aire poco a poco.

—Sé que tienes razón —dice Ella en voz baja—. Pero en cierto modo me parece mal no ser capaz de hablar con la gente por la que he peleado. Quiero que sepan cómo me siento. Quiero que sepan lo mucho que nos importan... y lo mucho que tenemos planeado reconstruirlo todo y poner las cosas en su sitio.

—Lo harás —le aseguro—. Me encargaré de que tengas la oportunidad de decirles todas esas cosas. Pero solo han pasado dos semanas, cariño. Y ahora mismo no disponemos de la infraestructura necesaria para gestionarlo.

—Pero estamos trabajando en ello, ¿verdad?

—Estamos trabajando en ello —repone Kenji—. Y ahora que lo mencionas, de hecho... No es que esté buscando excusas o lo que sea..., pero si no me hubieses pedido que priorizara el comité de reconstrucción, probablemente no habría dado la orden de demoler unos cuantos edificios inestables, entre los cuales se hallaba el estudio de Winston y Alia, y que conste —levanta las manos— que yo no sabía que era su estudio. Y repito, no es que esté buscando excusas por mi comportamiento reprobable o lo que sea..., pero ¿cómo demonios iba yo a saber que era un estudio de arte? Estaba registrado oficialmente en los libros como inestable, marcado para demolición...

—No sabían que estaba marcado para demolición —interviene Ella con un deje de impaciencia en la voz—. Lo convirtieron en su estudio precisamente porque nadie lo estaba usando.

—Sí —dice Kenji, señalándola—. Vale. Pero, ¿ves?, eso yo no lo sabía.

—Winston y Alia son tus amigos —remarco de mala manera—. ¿No es asunto tuyo saber esas cosas?

—Oye, han sido dos semanas muy agitadas desde que el mundo se hizo pedazos, ¿vale? He estado ocupado.

—Todos hemos estado ocupados.

—Vale, ya basta —dice Ella, levantando una mano. Está mirando por la ventanilla con el ceño fruncido—. Alguien se acerca.

Kent.

—¿Qué está haciendo Adam aquí? —pregunta Ella. Se gira para mirar a Kenji—. ¿Sabías que iba a venir?

Si Kenji responde, no lo oigo. Me estoy asomando por la ventanilla tintada para observar la escena que tiene lugar fuera, en la que Adam se abre camino por entre la gente para acercarse al coche. Parece desarmado. Grita algo al mar de gente, pero no se acallan al instante. Lo intenta unas cuantas veces más... y se calman. Miles de caras se giran para mirarlo.

Me esfuerzo por comprender sus palabras.

Y entonces, lentamente, se hace a un lado mientras diez hombres y mujeres armados hasta los dientes se acercan a nuestro coche. Sus cuerpos forman una barricada entre el vehículo y la entrada al Santuario, y Kenji es el primero en salir, invisible y marcando el camino. Proyecta su poder para proteger a Ella, y yo le robo su habilidad para mí mismo. Los tres, con los cuerpos indetectables, nos movemos con cautela hacia la entrada.

Solo cuando estamos al otro lado, a salvo dentro de los confines del Santuario, me relajo al fin.

Un poco.

Miro atrás, como hago siempre, hacia la muchedumbre reunida más allá de la barrera invisible que protege nuestro campo. Algunos días tan solo me quedo aquí de pie y estudio sus caras, buscando algo. Lo que sea. Alguna amenaza desconocida, sin nombre.

—Vaya... Increíble —dice Winston, y su voz inesperada me saca del ensimismamiento.

Me giro para mirarlo y me sorprendo al verlo sudado y sin aliento mientras se acerca a nosotros.

—Cómo me alegro de que hayáis vuelto —añade, resollando—. ¿Alguno de vosotros por casualidad no sabrá arreglar tuberías? En una de las tiendas tenemos algún tipo de problema con las aguas residuales, y está todo manga por hombro.

El regreso a la realidad es rápido.

Nos sacude.

Pero Ella da un paso adelante y agarra la llave inglesa —Dios mío, ¿está mojada?— de la mano de Winston, y apenas me lo puedo creer. Le rodeo la cintura con un brazo y tiro de ella hacia atrás.

—Por favor, cariño. Hoy no. Otro día, quizá. Pero hoy no.

—¿Qué? —Mira hacia atrás—. ¿Por qué no? Se me da muy bien usar la llave inglesa. Ah, por cierto —dice, girándose hacia los demás—, ¿sabíais que Ian lleva en secreto lo bien que se le da la carpintería?

Winston se ríe.

—Ha sido un secreto solo para ti, princesa —dice Kenji.

Ella arruga la frente.

—Bueno, es que el otro día estábamos arreglando uno de los edificios en mejor estado, y me enseñó a usar todo lo que tenía en la caja de herramientas. Lo ayudé a reparar el tejado —dice, sonriendo de oreja a oreja.

—Una justificación un poco extraña para pasarte las horas antes de tu boda sacando caca de un váter. —Kent se acerca a nosotros paseando. Está riendo.

Mi hermano.

Qué raro es todo.

Es la versión más feliz y sana que haya visto jamás de él. Tardó una semana en recuperarse cuando lo trajimos aquí, pero cuando recobró el conocimiento y le contamos lo que había ocurrido —y le aseguramos que James estaba a salvo—, se desmayó.

Y no se despertó hasta al cabo de dos días.

Desde entonces, se ha convertido en una persona distinta del todo. Prácticamente exuda alegría. Está feliz por todo el mundo. Hay una oscuridad que todavía se aferra a todos nosotros... y es probable que nos acompañe el resto de nuestras vidas.

Pero Adam parece totalmente cambiado.

—Solo quería comentaros las novedades. Nouria quiere que salga y lleve a cabo una desactivación general antes de que nadie entre o salga del recinto. Solo como precaución. —Mira a Ella—. Juliette, ¿te parece bien?

Juliette.

Muchas cosas cambiaron cuando volvimos a casa, y esta fue una de ellas. Recuperó su nombre. Lo reclamó. Dijo que eliminando a Juliette de su vida temía que le estuviera dando al fantasma de mi padre demasiado poder sobre ella. Se dio cuenta de que no quería olvidar sus años como Juliette ni subestimar a la joven que era, peleando contra viento y marea para sobrevivir. Juliette Ferrars es quien era cuando se hizo famosa en el mundo, y quiere que siga siendo así.

Ahora soy el único al que se le permite llamarla Ella.

Es solo para nosotros. Un vínculo a nuestra historia compartida, un guiño a nuestro pasado, al amor que siempre he sentido por ella, fuese cual fuese su nombre.

La observo mientras se ríe con sus amigos, mientras saca un martillo del cinturón de herramientas de Winston y hace ver que golpea a Kenji con él, seguramente con motivo. Lily y Nazeera aparecen de la nada. Lily lleva en brazos un bultito que es un perro que Ian y ella salvaron de un edificio abandonado cercano. Ella suelta el martillo con un grito y Adam da un salto atrás, alarmado. Toma la criatura sucia y mugrienta en los brazos y lo llena de besos, aunque el bicho le ladre con una ferocidad salvaje. Acto seguido, se gira para mirarme, al tiempo que el animal sigue soltando ladriditos en su oído, y me doy cuenta de que tiene los ojos anegados en lágrimas. Está llorando por un chucho.

Juliette Ferrars, una de las heroínas más temidas y alabadas de nuestro mundo, está llorando por un perro. Quizá nadie más lo entendería, pero sé que es la primera vez que tiene uno en brazos. Sin vacilación, sin miedo, sin el peligro de que le pueda causar daño a una criatura inocente. Para ella, es felicidad pura.

Para el mundo, ella es extraordinaria.

¿Para mí?

Para mí, Ella es el mundo.

Así que cuando me coloca a la criatura en los brazos, la sostengo con reticencias, sin quejarme cuando la bestia me lame la cara con la misma lengua que sin duda alguna habrá usado para limpiarse el trasero. Me quedo quieto, estoico, incluso cuando sus babas calientes me bajan por el cuello. Me quedo quieto cuando sus patas mugrientas se hunden en mi abrigo y me araña la lana con las uñas. Estoy tan quieto, de hecho, que al final la criatura se tranquiliza, y sus patas inquietas se acomodan contra mi pecho. Gimotea mientras me mira, gimotea hasta que al fin levanto una mano y le acaricio la cabeza.

Cuando oigo la risa de Ella, soy feliz.

¿TE GUSTÓ ESTE LIBRO?

Escríbenos a
puck@uranoworld.com
y cuéntanos tu opinión.

ESPAÑA /MundoPuck /Puck_Ed /Puck.Ed

LATINOAMÉRICA /PuckLatam

/PuckEditorial

¡Gracias por vivir otra
#EXPERIENCIAPUCK!

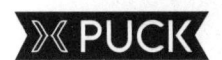

PUCK